무한투

無限鬪

무한투 7

류진 新무협 판타지 소설

초판 1쇄 찍은 날 § 2002년 4월 30일
초판 1쇄 펴낸 날 § 2002년 5월 10일

지은이 § 류진
펴낸이 § 서경석

편집장 § 문혜영
편집책임 § 김희정
편집 § 장상수 · 박영주 · 권민정 · 이종민
마케팅 § 정필 · 강양원 · 김규진 · 안진원

펴낸곳 § 도서출판 청어람
등록번호 § 제1081-1-89호
등록일자 § 1999. 5. 31
어람번호 § 제2-0089호

주소 § 경기도 부천시 원미구 심곡1동 350-1 남성B/D 3F (우) 420-011
전화 § 032-656-4452   팩스 § 032-656-4453
http://www.chungeoram.com
E-mail § eoram99@chollian.net

값 7,500원

ISBN 89-5505-281-2 (SET)
ISBN 89-5505-357-6 04810

무한투

無限鬪

류진 新무협 판타지 소설

7 불행은 밤 그림자처럼

도서출판
청어람

CONTENTS ▬

중원의 뱀파이어

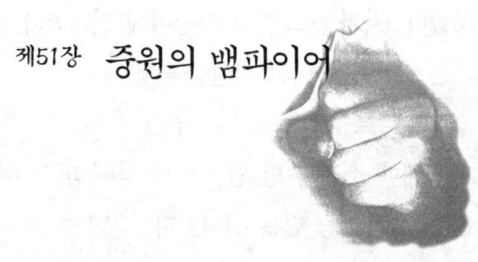

제51장 중원의 뱀파이어

　도예진(屠睿眞)은 부스스 잠에서 깨어났다. 한밤중에 요의 때문에 잠에서 깨는 것은 언제나 불쾌한 일이었다. 귀찮은 마음에 참고 잠을 청하려 했지만 생리적인 현상 때문에 깬 잠이 다시 찾아올 리 없었다.

　그녀는 어쩔 수 없이 침상에서 일어났다. 맞은편 벽에 걸린 청색 바탕에 붉은 연꽃이 수놓아진 화려한 옷이 도예진의 눈을 즐겁게 했다. 그녀의 십칠 세 생일을 맞아 아버님이 어제 선물해 주신 옷이었다. 그녀는 졸린 가운데서도 손끝으로 비단의 감촉을 느끼고 방구석으로 걸음을 옮겼다.

　요강은 자질구레한 물건을 넣어놓는 장식장의 아래쪽에 넣어져 있었다. 도예진은 요강을 꺼내 장식장과 탁자 사이에 놓았다. 구리로 만든 요강은 깨끗하게 닦여 있었다.

　그녀는 치마 속으로 손을 집어넣어 속옷을 벗고 요강 위에 쭈그려

앉았다. 차가운 느낌이 엉덩이에 전해졌다. 한기에 몸을 부르르 떤 그녀는 고개를 숙이고 배설물을 쏟아냈다.

쪼르르르—!

경쾌한 소리가 방 안 구석구석에 퍼질 때쯤 갑자기 머리끝이 쭈뼛 곤두섰다. 본능 같은 것이었다. 그녀는 천천히 고개를 들었다.

탈에 하얀 분칠을 한 것 같은 얼굴이 거꾸로 매달린 채 그녀의 바로 눈앞에 나타났다. 급히 숨을 들이켜 비명을 지르려 했지만 억센 손이 그녀의 입을 막았다. 발버둥쳐 봤지만 고통스럽기만 할 뿐 벗어날 수가 없었다.

그녀의 몸은 입을 막은 손에 의해 천천히 끌어 올려졌다. 항거할 수 없는 힘이었다. 흘러내린 오줌이 허벅지를 타고 종아리를 거쳐 발끝에 다다른 후에야 자신이 공중에 대롱대롱 매달려 있다는 것을 깨달았다.

송곳니가 유난히 뾰족한 하얀 탈이 뭐라고 말을 했지만 알아들을 수가 없었다. 입이 막히지 않았다면 어떤 조건을 내세워서라도 차가운 손을 벗어나고 싶었다.

하지만 그녀에게 살아날 기회가 올 것 같지는 않았다. 하얀 탈이 얼굴 가까이 다가오더니 이내 목 부근으로 옮겨갔다. 어깨 바로 위쪽 목에 끈적하고 차가운 느낌이 전해졌다.

푹!

그 소리는 너무도 똑똑히 들렸다.

"꿀꺽꿀꺽!"

그 소리조차 선명하게 들렸다.

그녀는 의식이 점점 희미해지는 것을 느꼈다. 목을 통해 생명이 빠져나가는 것 같았다. 탁하게 풀린 그녀의 눈동자가 벽에 걸린 옷에 머물렀다.

'내일 새옷을 친구들한테 자랑해야 하는데…….'

그녀의 마지막 생각이었다.

드라칸은 여자를 놓고 몸을 회전시켜 내려섰다. 확실히 이곳 여자들은 피 맛이 좋았다. 살결도 훨씬 부드러워 이빨을 대자마자 짜릿함을 느낄 수 있었다. 약간 갈색이 들어간 피부조차 섹시했다. 물론 그가 느끼는 감정은 성적인 것이 아니었다. 애초에 그런 감정 같은 것은 없으니 말이다. 단지 느낌이 그렇다는 것뿐이다.

드라칸은 방을 한차례 둘러본 후 중얼거렸다.

"그런데 체르샤 이 녀석은 어디 간 거야?"

그는 종이가 발라진 이상한 형태의 문을 열고 방을 나섰다. 너비가 8인치(1인치:2.54센티미터) 정도 되는 나무판자가 길게 대진 바닥도 그렇고, 뜰로 바로 통하게 된 거실의 형태도 그가 사는 곳과는 전혀 딴판이었다.

사람의 외형만 조금 비슷할 뿐 그 외의 모든 것이 달랐다. 정말 이상한 곳이었다.

"피 맛은 훨씬 좋으니 그것으로 됐지."

그는 중얼거리며 어둠 속을 더듬었다. 이곳에서도 그가 사는 곳과 공통점이 있다면 밤의 침묵이었다. 저택이라고 할 만큼 큰집은 쥐 죽은 듯 조용했다. 폭이 어깨 두 배 정도 되는 좁은 복도 끝에서 체르샤의 기운이 느껴졌다.

그곳에는 사선이 교차되어 마름모꼴 무늬를 이룬 문이 놓여 있었다. 드라칸은 조심스럽게 문을 열었다. 책상에 팔꿈치를 대고 뭔가를 열심히 보고 있는 체르샤가 눈에 들어왔다. 그의 입에는 예의 돼지 방광이 물려져 있었다.

'멍청한 놈!'

드라칸은 체르샤의 어깨를 툭 쳤다.

"여기서 뭐 하는 거냐?"

화들짝 놀란 체르샤가 그를 힐끔 보고 다시 이상한 무늬가 새겨진 책으로 눈을 돌렸다.

"이곳 사람들의 말과 글을 연구하는 중이에요. 이곳 글자들은 정말 난해하지만 이제 웬만큼 해독할 수 있게 됐어요. 물론 말도 어느 정도 알아듣고요."

"온 지 이 주밖에 안 됐는데 말이냐?"

체르샤는 자신의 머리를 검지로 툭툭 쳤다.

"원래 제 머리가 좋을 뿐더러 흡혈귀가 된 후로 이해하는 속도가 열 배는 빨라진 것 같아요. 좋은 일이죠."

드라칸은 체르샤의 말을 이해할 수 없었다. 그는 한 번도 자신의 머리가 좋아졌다는 것을 느끼지 못했다. 언제 흡혈귀가 됐는지 기억조차 못하니 당연한 일인지 모른다.

"그런데 정말 놀라운 것을 발견했어요."

"뭘 말이냐?"

체르샤는 책을 그의 눈앞으로 내밀었다.

"이거 보세요."

그가 봐봤자 검은 것은 글씨요, 흰 것은 종이라는 것밖에 뭘 알겠는가?

"정말 놀랍지 않나요?"

드라칸은 갑자기 화가 나서 체르샤의 뒤통수를 사정없이 후려쳤다.

"그래, 너 똑똑해서 좋겠다. 뭘 알아야 놀라든지 말든지 할 거 아니냐?"

체르샤는 뒤통수를 만지며 구시렁거리다 책을 가리켰다.

"보세요. 이 책의 모든 글자 형태가 똑같아요. 이 책뿐만 아니라……."

그는 다른 책을 꺼내며 말을 이었다.

"이 책도 마찬가지죠. 글자의 형태가 이처럼 흡사할 수 있을까요?"

"한 사람이 썼나 보지."

"아무리 한 사람이 썼다 해도 이건 너무 똑같아요. 어쩌면 이건 쓴 것이 아닐지도 몰라요."

"쓴 게 아니면 저절로 하늘에서 떨어지기라도 했단 말이냐?"

체르샤는 책의 가장자리를 따라 손가락을 옮겼다. 손가락 끝에는 희미하게 검은 선이 그려져 있었다.

"책마다 이런 모양이 있어요. 자를 대고 그린 것처럼 네모 반듯하게요."

"그럼 그렇게 그렸겠지."

체르샤는 고개를 저었다.

"아니에요. 이것에는 분명 내가 모르는 무언가가 있어요. 손으로 쓴 것이 아니라면 이 책을 어떻게 만들었을까?"

나중의 말은 혼자만의 중얼거림이었다. 드라칸은 체르샤의 뒷덜미를 잡아 일으켰다.

"쓸데없는 것에 시간 낭비 하지 말고 빨리 그 완전무결한 흡혈귀나 찾아."

"쓸데없는 것이 아니에요. 그 흡혈귀를 만나도 말이 통해야 우리의 뜻을 설명하죠."

하긴 체르샤의 말이 맞았다. 하지만 뜻이 통하든 안 통하든 완전무결한 흡혈귀의 존재부터 확인하고 싶었다.

"같은 흡혈귀니 어떻게든 교감이 되겠지. 그러니 어서 완전한 흡혈귀의 위치나 파악해."

"뭐 드라칸님의 뜻이 정히 그렇다면……."

체르샤는 품에서 수정구를 꺼내 잠시 살피더니 한쪽을 가리켰다. 창문이 난 곳이었다.

"저쪽이에요. 이제 얼마 남지 않았어요."

*　　　　*　　　　*

왕청일은 여신우를 따라 방으로 들어섰다. 자신의 산장인데도 마치 낯선 곳을 방문하는 듯한 느낌이었다. 먼저 들어선 여신우가 손님을 맞듯 그의 뒤에서 문을 닫았다.

왕청일은 뒤를 힐끔 보고 방 중앙의 흡혈야황에게 시선을 돌렸다. 그녀는 붉은 머리칼을 아무렇게나 늘어뜨리고 술을 마시고 있었다. 술잔에 닿은 주사빛 입술이 무척이나 매혹적으로 느껴졌다.

흡혈야황은 그가 들어섰는데도 고개조차 돌리지 않고 술 마시는 데 열중했다.

"야황님."

여신우가 시종처럼 공손한 자세로 흡혈야황을 불렀다. 그녀가 술을 따르며 입을 열었다.

"왜?"

"왕 문주를 데려왔습니다."

"왜?"

그녀의 같은 말의 다른 물음은 왕청일을 적잖게 당황시켰다. 흡혈야황은 그에게 볼일이 없는데 여신우가 데려온 것 같았기 때문이다. 여신우가 낮게 허리를 조아리며 대답했다.

"어제 말씀드린 문제 때문입니다."

"어제… 그렇군. 어제 그런 얘기를 했었군."

흡혈야황은 그 말만 하고 다시 술잔을 기울였다. '그래서 어쩌란 말이야?' 라는 식의 행동이었다. 왕청일은 차츰 화가 나기 시작했다. 그가 누군가? 흑도 제일문파인 정무문의 문주이며, 곧 천하제일인의 자리에 등극할 몸이었다.

비록 흡혈야황이 그에게 불로불사(不老不死)의 막강한 힘을 줄지는 모른다지만 이런 식의 무례는 참기 힘들었다. 그들이 힘을 합한다면 동등한 동업자로서지 흡혈야황의 부하가 된다는 의미가 아니었다.

"허험! 아무래도 얘기하기가 어려울 것 같구려."

여신우는 애써 화를 내리누르고 몸을 돌렸다. 당장 판을 엎고 싶었지만 지금은 가진 힘이 부족했기 때문에 물러설 수밖에 없었다.

그가 문 안쪽으로 파여진 손잡이에 손가락을 끼울 때 흡혈야황의 목소리가 들렸다.

"원하는 것이 뭔가?"

그에게 묻는 것 같기도 하고 여신우를 향한 물음 같기도 했다. 왕청일은 고개를 돌려 흡혈야황을 보았다. 순간 몸에 찌르르한 정체 모를 느낌이 파고들었다.

흡혈야황의 검은 눈동자는 마치 깊이를 알 수 없는 무저갱 같았다. 잠깐 봤을 뿐인데 그 속으로 빨려 들어가는 기분이 들었다. 눈길을 돌려야 한다고 생각하면서도 누군가 머리 양쪽을 잡고 있는 것처럼 고개가 돌아가지 않았다.

왕청일은 깊은 호흡을 몇 번 쉬더니 순간적으로 눈을 감았다. 흡혈야황의 눈 잔상이 뇌리에 맺혔지만 육안으로 보이지 않으니 고개를 돌리기가 훨씬 쉬웠다. 등골이 서늘해짐을 느끼는 그에게 흡혈야황의 목소리가 들렸다.

"내 눈을 피하다니 제법이군."

왕청일은 흡혈야황의 눈을 피하며 물었다.

"섭혼술이오?"

"섭혼술? 호호호—!"

그녀는 갑자기 웃음을 터뜨렸다. 뭐가 우스운지 웃음은 한참 동안이나 이어졌다. 짜랑짜랑한 여운이 사라지기까지는 오랜 시간이 필요했다.

"왜 웃는 것이오?"

참았던 물음을 던졌다. 흡혈야황은 여전히 웃음의 여운이 가시지 않은 목소리로 말했다.

"예전에 한 번 들었던 말이었지."

그녀의 표정이 갑자기 침울해졌다. 흡혈야황도 여자라고 감정의 변화가 무척이나 심했다. 잠자코 곁에 서 있던 여신우가 조심스럽게 물었다.

"왕 문주에게 도움을 청했으면 합니다."

"도움이 필요할 정도의 일인가?"

"그렇지는 않습니다만 시간을 절약하기 위해서지요."

"시간이라… 내게는 차고 넘쳐서 주체할 수 없는 쓰레기로군."

여신우는 잠시 망설이다가 물었다.

"그럼 주적자를 직접 찾아가시겠습니까? 물론 그것이 문제를 해결하는 가장 빠른 방법이기는 합니다. 어디 있는지 위치만 파악한다면……."

흡혈야황의 눈빛이 낮게 가라앉았다. 그녀는 미간을 찌푸리거나 입술 끝을 움직이며 혼자만의 생각에 빠졌다. 무슨 생각에 골몰한 특유의 표정이었다. 한참 만에 그녀는 가는 한숨을 내쉬었다.

"어떻게 해야 할까. 내 마음을 나도 잘 모르겠군."

흡혈야황은 피식 웃으며 '내게도 마음이 있었던가?' 하고 중얼거린 후 왕청일을 보았다.

"뭘 원하나?"

난데없는 물음에 왕청일은 대답을 못하고 여신우를 보았다. 그러자 여신우가 대신 대답을 했다.

"왕 문주는 불사의 몸과 강력한 힘을 원합니다. 대신 왕 문주가 모든 힘을 다해 우리를 도울 것입니다."

"그리 어려운 일은 아니로군. 하지만 그전에 선행되어야 하는 것이 있다는 것쯤은 알겠지?"

"물론입니다."

흡혈야황은 왕청일을 향해 물었다.

"어때? 만족하나?"

그는 어리둥절한 표정을 지었다. 뭘 만족하냐고 묻는지 이해할 수 없었다. 이번에도 여신우가 그를 도와주었다.

"불사의 생명과 천하제일인의 힘을 주면 야황님을 도와줄 수 있냐고 묻는 것이오."

왕청일은 그 말이 선뜻 현실로 다가오지 않았다. 누구나 한 번쯤은 영생을 꿈꿨을 테고, 그것이 꿈이라는 것 또한 잘 알았다. 그래서 당연히 희망에 '영생'이란 단어는 지워지기 마련이었다. 그런데 흡혈야황과 여신우는 태연히 영생을 주겠다는 말을 하고 있었다.

그래서 왕청일은 물었다.

"정말 내게 영생과 천하제일인의 힘을 줄 수 있소?"

물음은 흡혈야황에게 했는데 대답은 여신우에게서 나왔다.

"야황께서 원하는 것이 이뤄지면 당연히 그리될 것이오."

"하지만 영생이라니… 솔직히 선뜻 믿기지 않는구려."

그는 드물게 속마음을 털어놓았다. 아무리 팥으로 메주를 쑨다 해도 믿을 정도로 남을 신뢰하는 인간이라도 영생이란 것은 믿지 않을 것이다.

여신우는 흡혈야황에게 물었다.

"조그만 증거라도 보여주어야겠습니다."

흡혈야황이 고개를 끄덕이자 여신우는 검을 빼 들어 자신의 팔목을 그었다. 피는 금세 솟아 나와 팔뚝을 타고 바닥에 줄줄 흘러내렸다.

"무슨 짓이오?"

여신우는 대답없이 팔뚝을 흡혈야황에게 내밀었다. 그녀는 엄지와 검지를 비비더니 그 손으로 여신우의 상처를 문질렀다. 네 번 정도 왕복했을까? 여신우의 팔에서 흐르던 피가 거짓말처럼 멎었다.

혈향이 짙은 피만 아니라면 시장통에서 흔히 하는 사기 곡예라고 치부했을 것이다. 그의 놀란 얼굴을 보고 여신우가 엷은 웃음을 지었다.

"이건 야황님의 극히 작은 능력에 불과하오. 사실 주적자의 그 놀라운 무위는 야황께서 선사한 것이오."

"왜 주적자에게 그런 능력을……?"

여신우는 손을 들어 그의 질문을 막았다.

"자세한 것은 알려 하지 마시오. 확실한 것은 왕 문주께 약속드린 힘을 야황께서 주실 수 있다는 것이오. 그러니 야황님의 말을 믿고 우릴 도와주시오."

왕청일은 중얼거리듯 말했다.

"세상을 오시할 정도의 능력을 가지고 있으면서 나에게 도움을 청하는 이유를 모르겠구려."

그랬다. 다른 이에게 영생과 천하무적의 힘을 줄 수 있으면서 왜 딴 사람에게 도움을 청하겠는가?

여신우도 이해할 수 없다는 듯 고개를 저었다.

"야황님의 뜻을 어찌 알겠소? 우리는 그저 시키는 대로 하면 그뿐이지요."

여신우는 정말 흡혈야황의 충실한 부하라도 되는 듯 말했다. 자신에게는 분명 흡혈야황의 힘을 흡수해서 천하를 이분(二分)하자고 해놓고서 말이다.

'하긴 저렇게 연극을 잘 하니 지금까지 정파의 명숙 노릇을 해왔겠지.'

그는 생각을 하며 물었다.

"그래, 내가 할 일이 무엇이오?"

여신우는 흡혈야황을 힐끔 보고 대답했다.

"주적자 일행 중 나인현이란 술법사가 있습니다. 그녀의 소재를 파악해서 납치하면 됩니다."

당괴는 두 사람이 나가는 것을 본 후 술잔을 기울였다. 이미 세 병이
나 마셨는데 취기는 돌지 않고 쓰디쓴 맛만 느껴졌다. 하긴 이 맛도 그
리 나쁘지는 않았다. 그 속에 배인 독특한 향기만으로도 만족할 수 있
었다.

그녀는 술을 따른 후 술잔에 담긴 마알간 액체를 보았다. 그 속에 담
긴 그녀의 얼굴은 찌그러져 잔뜩 인상을 쓰고 있는 것 같았다.

그녀의 얼굴 위로 다른 얼굴이 겹쳐졌다. 주적자였다. 뇌리에 떠오
른 생각이 비춰지는 이상한 술잔 같았다.

"난 주적자를 죽이고 싶은 걸까?"

자신의 마음을 알 수 없었다. 분명 황금도에서 싸울 때는 기필코 죽
이고 싶었다. 약속을 어기고 자신을 향해 검을 휘두른 주적자를 갈기
갈기 찢어 죽이고 싶었다. 그녀를 배신한 주적자를 용서할 수 없었다.

그런데 지하실에서 두 명의 피를 빨고 다시 살아났을 때 그녀는 자
신의 삶보다 주적자가 죽지 않은 것에 더 안도했다. 이 세상에 주적자
가 없다면 그 기나긴 고독의 시간을 어찌 보낸단 말인가?

비록 적으로 만난다 하더라도 주적자만이 그녀의 권태를 몰아낼 수
있었다. 물론 싸워야 한다면 그녀는 최선을 다해서 주적자의 목숨을
끊으려 할 것이다. 그것은 마음으로 정해지는 것이 아니라 죽음을 거
부하는 그녀의 본능이었다.

"그래… 세월이 지나면 주적자를 향한 나의 사랑도 희넉되겠지. 세
월이 지나면……."

그녀는 술잔 속의 주적자를 단숨에 마셨다. 그녀의 마음처럼 쓴맛이

식도를 타고 넘어갔다.

*   *   *

"왕족발, 나와!"

감옥 문이 열리자마자 간수가 소리쳤다.

'저 자식이 감히 대 정무문의 소문주한테 반말을 찍찍 내뱉다니!'

왕족발은 화가 치밀어 벌떡 일어섰다. 검상을 입은 옆구리가 아파 절로 얼굴에 주름이 생겼다.

"제기랄!"

그가 옆구리를 잡고 인상을 쓰자 왕청원이 물었다.

"괜찮으냐?"

용두장과의 싸움에서 살아남은 사람은 그들 둘과 왕족쌍뿐이었다. 나머지는 그들을 보호하다 장렬히 죽음을 맞이했다. 하지만 왕족발은 그것이 별로 마음 아프지 않았다. 물론 그 당시에는 약간의 가책이 느껴졌지만 그런 것은 시간이 지나면—그래 봤자 이틀도 지나지 않았지만—자연히 희석되기 마련이었다.

그리고 그런 아픔은 빨리 잊는 편이 좋다는 것이 그의 지론이었다. 기억하고 싶어도 잘 되지 않지만…….

왕족발은 애써 태연한 표정을 지으며 대답했다.

"아무렇지 않습니다."

왕청원이 가까이 다가오며 속삭였다.

"분위기를 보아하니 황금도에서의 계획이 수포로 돌아간 모양이다. 그러니 뭘 물어보더라도 시치미를 뚝 떼거라. 형님의 계획이 어떠했다는 것을 절대 말해선 안 된다. 설사 고문을 하더라도."

"걱정 마십시오. 고문 따위에 굴복할 제가 아닙니다."

"왕족발! 빨리 나와!"

"이 자식아! 이름 자꾸 부르지 마!"

그는 간수에게 소리 지른 후, 왕청원에게 다녀오겠다는 인사를 했다. 왕청원은 그가 어두컴컴한 지하의 통로를 돌아 사라질 때까지 다섯 평 넓이의 감옥 철창을 잡고 지켜보았다.

'족쌍이는 어디에 가두어둔 걸까?'

그가 있는 지하에는 여덟 개의 감옥이 있었는데 그중 어느 곳에도 왕족쌍의 모습은 보이지 않았다.

'설마 녀석들이 족쌍이에게 이상한 짓을 하지는 않겠지?'

왕족발은 그렇게 믿기로 했다. 정파 녀석들이 정무문이나 하는 그런 치사한 짓을 할 리가 없었다. 그리고 그렇게 믿는 것이 속 편했다.

'여자니까 방 같은 곳에 가둬놓았을 거야.'

그는 왕족쌍에 대해 나름대로 결론을 내렸다. 지하실을 나와 커다란 정원 두 개를 지난 것뿐인데 벌써 다리가 아팠다. 놈들이 거궐혈(巨闕穴)과 심유혈(心兪穴), 양문혈(梁門穴)을 막아 무공을 펼칠 수 없는 탓이었다.

간수가 데려간 곳은 그가 제일 가고 싶지 않은 곳, 바로 기선진의 처소였다.

'젠장, 그년이 또 무슨 짓을 하려고. 아이고, 제발 면사를 쓰고 있어야 할 텐데.'

간수는 기선진의 처소 앞에서 왕족발을 데리고 왔다는 보고만 하고 사라졌다. 잠시 후 문이 열리고 기선진의 모습이 보였다. 다행히 그녀의 얼굴은 가려져 있었다.

"어서 오세요."

기선진은 반가운 손님을 맞는 듯한 목소리로 말했다.

"웬일로 이 죄인을 부른 것이오?"

왕족발은 안으로 들어서며 퉁명스럽게 물었다.

"앉으세요."

그녀는 방 중앙에 있는 둥근 탁자를 가리켰다. 그곳에는 두 개의 찻잔과 주전자가 놓여 있었다. 영락없이 손님을 맞는 자리 같았다. 하지만 왕족발은 그 자리에서 꼼짝하지 않았다.

"용건이 있으면 빨리 말하시오. 나도 나름대로 바쁜 사람이니."

"감옥에서 바쁠 게 뭐가 있겠어요?"

"그동안 소홀히 했던 코도 파야 하고, 귀도 후벼야 하고, 물은 충분하지 않지만 때도 밀고……."

"앉으세요."

기선진의 목소리는 낮았지만 여자 특유의 한기가 느껴졌다. 왕족발은 뜨끔했지만 더 버티기로 했다. 하지만……

"차 식어요. 어서 앉으세요."

"그러죠."

그냥 앉기로 했다. 기선진이 겁나서가 아니라 순전히 귀찮기 때문이었다. 공자님께서도 여자와의 다툼은 피하라 하지 않았던가.

왕족발이 의자에 엉덩이를 걸치자 기선진도 맞은편에 앉았다. 그녀는 이제 막 데워냈는지 김이 모락모락 나는 차를 그의 찻잔에 따랐다. 향이 좋은 용정차였다. 차를 즐겨 마시지 않는 왕족발이었지만 절로 침이 넘어갔다. 원래 감옥 안에 있으면 못 먹는 모든 것이 맛있게 느껴지는 법이었다.

왕족발은 '마치 감옥에서 십 년은 산 것 같군' 이란 생각을 하며 차를 한 모금 입에 물었다. 향에 비해 맛은 역시 별로였다. 그는 이래서 차를 싫어했다. 그럴듯한 냄새만 피우고 정작 알맹이는 별 볼일 없는 것이 바로 차라는 물건이었다.

사람도 겉모습보다는 안이 충실해야 훌륭한 사람이 되는 법이었다. 자신처럼…….

"감옥 안이 불편하지 않으세요?"

불편하지 않을 리 없었다. 음식은 십 년 전에 묵은 만두가 곤두설 정도로 이상했고, 잠자리는 바늘 침상에 누운 것 같았다. 거기에 변방이 훤히 드러나 있어서 날마다 숙부의 거시기와 엉덩이를 봐야 했다. 덕분에 숙부 엉덩이에 그의 엄지 손톱보다 큰 왕사마귀가 있다는 것을 처음 알았다. 물론 알아서 별 쓸 데도 없는 것이었다.

"내겐 이곳이 더 불편하오."

말을 하는 그의 눈에 휘장이 드리워진 침대가 보였다.

'아, 저 푹신한 침대에서 하룻밤 푹 자면 피곤이 싸악 풀릴 텐데.'

"제 침대에서 주무시고 싶으세요?"

"네."

그는 대답을 하고 화들짝 놀라 손을 저었다.

"아, 아니요! 절대 아니오. 절대! 맹세코 난 저 침대에서 자고 싶다는 생각을 해본 적이 없소!"

기선진의 눈이 초승달처럼 휘어졌다. '당신의 마음을 모두 알아요' 라고 눈으로 말하는 것 같았다.

'하여간 여자들이란 주둥이와 직감만을 이용해서 사는 족속들이라

니까.'

그는 속으로 투덜거린 후 말했다.

"빨리 용건을 말씀하시오. 별 볼일이 없다면 난 이만 가겠소."

그는 벌떡 일어서서 돌아서다 말고 차를 단숨에 마셨다. 좋아하지 않는 차지만 감옥에서는 구경도 하기 힘드니 먹을 수 있을 때 먹어둬야 했다. 생각 같아서는 저 주전자에 든 것을 모두 마시고 싶었다. 돌아서는 그의 등에 기선진의 목소리가 부딪혔다.

"동생이 궁금하지 않으세요?"

그는 우뚝 걸음을 멈췄다. 기선진과의 대면 때문에 족쌍이를 까맣게 잊고 있었다. 왕족발은 다시 몸을 돌렸지만 앉지는 않았다.

"족쌍이는 어디 있소?"

"걱정 마세요. 잘 지내고 있으니까요."

"물론 잘 대해야 할 거요. 그렇지 않으면……."

왕족발은 탁자 너머로 몸을 바짝 숙였다.

"내가 당신들을 절대 가만두지 않을 테니까."

"무서운 협박이군요."

그녀는 말을 하며 면사 걸이가 걸린 귀로 손을 가져갔다. 면사를 벗을 태세였다.

'으윽! 이런 협박을……!'

왕족발은 황급히 손을 저었다.

"내, 내가 했던 말은 취소요. 그러니 제발 그 면사는……!"

그의 말이 끝나기도 전에 기선진의 면사가 벗겨졌다. 그리고…….

'젠장할!'

그녀의 얼굴이 나타났다. 변함없는 모습이었지만 볼 때마다 새롭게 다가오는 이유가 뭘까?

왕족발은 잽싸게 돌아섰다.

"난 가겠소!"

"과연 가실 수 있을까요?"

"무슨 소리요?"

"당신은 당신 아버지 왕청일 문주가 무슨 일을 꾸몄는지 사실대로 실토하고서야 이 방을 벗어날 수 있을 거예요."

"홍! 난 그런 것 모르오. 난 그냥 숙부가 구하러 와서 같이 갔을 뿐이오."

생각해 뒀던 답을 그대로 뱉어냈다. 뒤에 있는 그녀에게서 아무런 말도 들리지 않았다. 잠시 시간이 지나도 그녀는 여전히 침묵을 지켰다.

'왜 아무 말도 하지 않는 거지?'

그는 궁금해서 슬쩍 돌아보았다. 그녀의 끔찍하도록 두꺼운 입술이 양쪽으로 벌어져 있었다. 도저히 그렇게 보이지는 않지만⋯ 미소 같았다.

"당신은 사실을 말하게 될 거예요."

"사실은 이미 말했소. 난 정말⋯⋯!"

왕족발은 말을 삼켰다. 갑자기 단전에서 뜨거운 기운이 확 치솟아 올랐다. 이것은 익히 경험했던 현상이었고 그의 생애에서 가장 멍청한 짓이라고 결론지은 일의 주범이기도 했다.

"설마 당신⋯⋯?"

기선진은 자신의 옷고름을 풀며 말했다.

"오랜만이지요?"

그녀의 얼굴을 보면 도저히 욕정이 생기지 않을 것임에도 불구하고 몸이 빠르게 뜨거워졌다. 역시 춘약의 힘은 위대했다. 그의 이성은 순식간에 그를 떠나갔다.

'젠장!'

막 잠에서 깨어났을 때의 나른함은 달콤함 그 자체였다. 누군가 알 수 없는 소리를 지르고 있었지만 꿈인지 생시인지 모호한 그 순간에서 벗어나고 싶지 않았다. 그런데 갑자기 뇌리에 어떤 얼굴이 그려졌다. 기선진이란 이름이 떠오른 순간 왕족발은 벌떡 상체를 일으켰다.

"이놈들아! 대체 족발이한테 무슨 짓을 한 거냐!"

아까부터 들린 시끄러운 소리는 왕청원의 것이었다. 왕청원은 굵은 철창을 잡고 밖에 있는 간수에게 고래고래 고함을 지르고 있었다.

"숙부님……."

왕족발은 잠긴 목소리를 뱉어냈다. 왕청원은 죽은 아들이 되살아난 듯한 얼굴을 하고 그에게 왔다.

"괜찮으냐?"

안 괜찮을 까닭이 없었다. 하지만 왕족발은 은근히 찔리는 데가 있었기 때문에 가볍게 인상을 썼다.

"머리가 좀 아프고 팔다리가 저리기는 하지만 참을 만합니다."

"몸에 상처가 없는 것을 보면 고문을 받은 것 같지 않던데… 혹시 분근착골(分筋錯骨) 같은 내가고문을 당한 것은 아니냐? 악독한 놈들, 어찌 정파라고 자처하는 것들이 그런 수법을 쓸 수 있단 말인가?"

왕족발은 혼자 말하고 혼자 흥분하는 왕청원에게 아무 얘기도 할 수 없었다. 아니라고 하면 간밤의 일—그도 기억나지 않지만—을 설명해야 하고, 같이 광분하기에는 그의 얼굴 가죽이 아직은 얇았다.

왕청원은 흥분을 가라앉히고 나직한 목소리로 물었다.

"형님의 계획을 실토했느냐?"

왕족발은 완강히 고개를 저었다.

"아닙니다! 그럴 리가 있겠습니까?"

부인을 하기는 했지만 사실 모르는 일이었다.

'설마 내가 말한 것은 아니겠지?'

*　　　　*　　　　*

"왕족발 소문주의 입을 통해 확인한 사실이에요."

기선진의 말에 장내는 침묵에 휩싸였다. 혁련제, 도현 진인, 현현 신니, 무각 대사의 표정은 모두 청동상처럼 딱딱했다.

"역시 그렇군. 황금도가 갑자기 무너진 것이 이상하다 생각했는데."

도현 진인의 말을 혁련제가 받았다.

"그런데 자신도 위험한 상황에서 왜 진천뢰를 터뜨렸을까요?"

"자신의 의도와는 상관없이 터졌을 확률이 높습니다. 지금 중요한 것은 그게 아니라 왕청일이 그런 음모를 꾸몄다는 사실 아니겠습니까?"

도현 진인의 말에 기선진이 고개를 끄덕였다.

"맞아요. 이건 절대 그냥 넘어갈 수 있는 일이 아니에요."

"아미타불. 결국 정사대전이 벌어지겠구려."

왕청일을 응징한다는 것은 결국 흑도와의 전면전을 의미했다. 그들이 가장 피하고 싶은 일이었다. 백도가 약간의 우위를 차지하고 있기는 하지만 그 차이가 크지 않았다. 그렇기 때문에 싸운다면 공멸할 가능성이 높았다.

그렇다고 모른 척 그냥 넘어갈 수도 없는 노릇이었다. 왕청일의 음모가 드러나며 난처해진 곳은 정무문보다 정천맹 쪽이었다.

"우리에게 현재 왕 문주의 동생과 자식들이 있다는 것을 잊으면 안 됩니다. 이 점을 잘 이용하면 의외로 일을 쉽게 풀 수 있을지 몰라요."

기선진의 말에 현현 신니가 걱정스런 목소리를 흘렸다.

"하지만 인질을 잡고 일을 꾸민다는 것은 정파인 우리로서는 좀 꺼림칙하구나."

"수천 명의 사람이 목숨을 잃는 것보다 나쁘지는 않겠죠."

더 이상 기선진의 말에 토를 다는 사람은 없었다. 모두 자신들 문파의 제자가 소중하다는 것은 아는 사람들이었다.

"그래, 따로 생각해 놓은 계책이라도 있느냐?"

"일단 가장 먼저 떠오른 것이 세 사람의 목숨을 담보로 정무문의 세력을 축소시키는 겁니다."

"어떻게 말이냐?"

"정무문은 현재 안휘성을 근거로 하고 있습니다. 그러니 원 근거지인 안휘성을 제외한 중원 모든 곳의 지부 철수를 요구하면 어떨까요?"

기선진의 말대로만 된다면 정무문의 세력은 삼분의 일로 줄어들 것이다. 다리가 모두 잘린 문어 꼴이 될 것이니 말이다. 혁련제가 걱정스런 음성으로 말했다.

"그런 요구를 왕청일이 들어줄 리 없지 않나. 아무리 동생과 자식들이 중요하다지만 말일세."

"제안만 하는 것이니 우리로서는 손해 볼 것이 없죠. 시간을 벌 수도 있고요. 왕청일이 이번 음모를 꾸민 시간이 최소 두 달 이상은 되었을 거예요. 황금도의 존재가 알려진 때부터 음모를 꾸몄다면 훨씬 오래전부터겠죠."

그녀는 차를 한 모금 마신 후 말을 이었다.

"그렇다면 이미 만반의 준비가 되어 있다고 봐야 합니다. 만약 우리가 황금도에서 모두 죽고 이곳에 왕청원과 왕족발 남매를 구했다면 벌써 싸움이 일어났을 겁니다. 그러니 우리에게도 정비할 시간이 필요하지 않겠어요?"

사리에 맞는 그녀의 말은 궁정의 침묵을 불러왔다. 잠시 후, 도현 진인이 입을 열었다.

"본파에 황금도에서의 일을 간략하게 설명한 서한을 보냈는데 아무래도 다시 보내야겠군."

"저도 그래야 하겠습니다. 아니, 사형을 만나 직접 얘기를 해야 할 것 같습니다."

무각 대사의 사형이라면 소림 방장인 천오 대사를 말하는 것이었다.

"그럼 일단 여기 일은 기 군사에게 맡기고 각자 자신의 문파로 돌아가 만약의 사태에 대비하는 것이 좋겠습니다. 기 군사의 말대로 왕청일이 안휘성으로 물러난다면 더 바랄 것이 없겠습니다만 아무래도 그럴 가능성은 희박해 보이는군요."

혁련제의 걱정스런 말에 모두들 고개를 끄덕였다.

"왕청원과 왕족발 남매에 대한 경비도 철저히 해야겠죠."

"그 점은 걱정 마십시오, 사부님. 왕청일이 함부로 경동(輕動)하지는 못할 테니까요."

"그래도 매사에 신중을 기해야 하느니라."

"명심하겠습니다."

도현 진인이 자리에서 일어서며 말했다.

"결정이 됐으니 한시라도 빨리 떠나야겠소."

혁련제와 무각 대사도 뒤를 따랐다.

"그럼 기 군사가 이곳에서의 일을 지휘해 주게. 왕청일이 조건을 들어주지 않는다 해도 최대한 시간을 끌어야 하네."

"여기 일은 걱정 마세요."

막 문을 나서려던 혁련제가 돌아서며 물었다.

"우릴 황금도로 떠나게 했던 흡혈야황 문제도 생각해 봐야 하지 않겠나?"

"지금 급한 상대는 정체도 모호한 흡혈야황이 아니라 정무문이라고 생각합니다."

"하긴……."

그들은 서둘러 자파로 돌아갔다. 무림에 서서히 전운(戰雲)이 밀려들고 있었다.

*　　　　　*　　　　　*

"하남성(河南省), 비학문(飛鶴門) 이하 세 개 문파 이천칠백 명과 본문 오백, 합(合) 삼천이백 명 준비 끝났습니다!"

"강서성(江西省), 칠묘궁(七猫宮) 이하 두 개 문파 구백 명과 본문 삼백, 합 천이백 명 준비 끝났습니다!"

"호북성(湖北省), 흑웅파(黑熊派) 이하 네 개 문파 삼천백 명과 본문 팔백, 합 삼천구백 명 준비 끝났습니다!"

왕청일은 커다란 의자에 앉아 양쪽에 두 줄로 선 여덟 명의 분타장들에게 보고를 받았다. 원래대로라면 벌써 구대문파를 공격해서 승전보를 기다려야 할 때였다.

'일이 꼬이는군.'

분타장의 보고가 모두 끝났는데도 그는 입을 열지 않았다. 저들에게 할 수 있는 말은 한 가지밖에 없었다.

"명령이 떨어지면 바로 출동할 수 있도록 상시 대기해라."

"존명!"

분타장들이 물러가자 그는 자리에서 일어나 접객당 안을 서성였다. 그리 크지 않은 접객당은 열 걸음을 옮기기도 전에 책이 꽂힌 책장에 다다랐다. 그는 다시 몸을 돌려 서성였다.

"현재 전력으로 싸움을 한다면 잘해야 양패구상밖에 되지 않는데."

황금도에서의 일만 성공했다면 우두머리를 잃은 정천맹과 구대문파가 우왕좌왕하는 사이 단숨에 밀어 칠 수 있었는데 생각할수록 아까웠다. 거기에 왕족발의 안위도 그의 발목을 잡는 요인이었다.

왕청원이나 왕족쌍을 아끼지 않는 것은 아니지만 대의를 위해서 버릴 수도 있었다. 하지만 왕족발은 그럴 수가 없었다. 그가 죽은 후에도 정무문이 오래도록 군림천하하기 위해서는 왕족발이 꼭 필요했다. 정통의 후계자가 대를 이어야만 가능한 일이었다.

"후—!"

그는 긴 한숨을 쉬고 다시 의자에 앉았다. 원래는 안휘성의 정무문으로 돌아가야 하는데, 왕족발과 여신우가 데려온 흡혈야황이 선뜻 길을 떠날 수 없게 만들었다. 만약 흡혈야황이 그에게 한 약속이 사실이라면 굳이 지금 전력을 기울여 정천맹과 싸울 필요가 없었다.

불사의 몸에 천하제일의 무위를 가질 수 있는데 서두를 필요가 없는 것이다.

'그래도 족발이는 구해야 하는데…….'

그것에 대해서는 뾰족한 수가 없었다. 섣불리 구하려 하다가 궁지에 몰린 정천맹에서 족발이를 죽이기라도 한다면 큰일이었다.

그의 이마 골이 손가락 하나가 들어갈 정도로 깊어질 때 밖에서 경비 무사의 목소리가 들렸다.

"문주님, 전 대인(全大人)께서 도착하셨습니다."

전 대인은 왕청원을 이십 년 동안 그림자처럼 따라다닌 전횡을 말하는 것이었다. 전횡은 남자로서 왕청원에게 반해 그의 수하가 된 사내로 정무문 소속은 아니었다.

"들게 해라."

대답이 떨어지자 문이 열리고 수척한 모습의 전횡이 들어왔다. 안 그래도 검은 얼굴이 더 검어진 것 같았다. 전횡은 짧게 고개를 숙이는 것으로 인사를 끝내고 입을 열었다.

"주군께서 정천맹의 수중에 떨어졌다는 것이 사실입니까?"

허례(虛禮)를 모르는 전횡답게 본론으로 바로 들어갔다.

"그렇네."

전횡은 눈을 꼭 감았다. 납작한 얼굴에 굵은 주름이 여러 개 겹쳐서 그어졌다.

"내가 같이 갔었어야 하는 건데……."

후회를 토해낸 전횡이 물었다.

"지금 어디 계십니까?"

"용두장에 감금되어 있는 것으로 추측되네."

"알겠습니다. 그럼."

왕청일은 나가려는 전횡을 불렀다.

"이보게. 설마 단신으로 구하러 가려는 것은 아니겠지?"

전횡이 다시 돌아섰다.

"당연히 구하러 가야지요."

"그래, 그래야겠지. 하지만 지금은 참게."

"주군을 그런 곳에 놔둔 채 기다리란 말입니까?"

목소리가 높아지자 쇳소리가 났다.

"자네 혼자서는 무리네."

"알고 있습니다."

"그걸 알면서도 무모한 짓을 하겠다는 건가?"

"백에 하나의 가능성은 있다고 봅니다."

왕청일은 말없이 전횡을 보았다. 백에 하나밖에 없는 가능성에 목숨을 걸 생각을 하는 전횡이 이해되지 않았다. 어쩌면 '주군이 적지에 있는데 어찌 나 혼자 살기를 바라겠는가?' 라는 생각에 같이 죽기를 바라는 것인지도 모른다.

전횡의 생각이 어떻든 보낼 수는 없는 일이었다. 언제 구출 작전을 펼지도 모르는데 지레 정천맹을 놀라게 할 수는 없었다.

"타초경사(打草驚蛇:풀을 건드려 뱀을 놀라게 하다)의 우(愚)를 범하지 말게."

"전 그런 어려운 말 모릅니다. 어쨌든 혼자서라도 주군을 구하러 가겠습니다."

"가지 말게. 이건 명령이야."

"전 문주님의 부하가 아닙니다."

전횡은 거리낌없이 말을 하고 돌아섰다. 왕청일은 갑자기 분노가 치솟음을 느꼈다. 전신의 모세혈관이 심장처럼 박동하고 머리털이 곤두설 정도의 분노는 전에 느껴본 적이 없는 그런 것이었다. 안으로 삭이고 있던 분노가 가슴을 뚫쳐나와 터져 버렸다.

　"건방진 놈!"

　왕청일은 전횡과의 거리를 단숨에 좁혔다. 예상치 못한 공격에 헛바람을 뱉은 전횡이 허리의 도로 손을 가져갔다. 하지만 도신을 밖으로 보이기도 전에 왕청일의 손아귀에 목이 잡혀 버렸다.

　우둑!

　왕청일은 한줌의 망설임도 없이 전횡의 목을 부러뜨려 버렸다. 그는 혀를 길게 빼물고 눈이 반쯤 튀어나온 전횡의 시체를 잠시 보다가 손을 놓았다.

　털썩!

　비명 대신 시체 쓰러지는 소리가 접객당을 울렸다.

　"젠장!"

　왕청일의 입에서 욕설이 튀어나왔다. 이렇게 홧김에 쓸데없는 살인을 하기는 처음이었다. 더욱이 전횡은 정무문의 전력에 커다란 보탬이 될 수도 있는 인물이었다. 비록 그의 손에 쉽게 죽기는 했지만 일당백의 무위를 지닌 자가 바로 전횡이었다.

　그런 자를 감정적으로 죽이다니 왕청일답지 않았다. 하지만 이미 엎질러진 물이고, 살인을 한 덕분에 기분이 많이 누그러졌으니 그것으로 위안을 삼기로 했다.

　'족발이 문제는 시간을 두고 생각하는 것이 좋겠군.'

　그래도 별 상관은 없었다. 지금 악양에 있는 정무문 지부는 지하로 잠적한 상태였다. 즉 정천맹에서 그들에게 무슨 연락을 하려 해도 할 수 없다는 뜻이었다. 그렇다고 정천맹이 족발이를 어떻게 할 가능성은 전무했다. 족발이 같은 중요 인질을 죽여서 득 될 것이 하나도 없기 때문이다.

'지금 가장 급한 것은 나인현이란 계집을 찾는 일이군.'

*　　*　　*

벅—! 벅—!

소소자는 상통걸이 긁는 소리에 절로 몸이 가려워졌다.

"아, 그만 좀 긁어요!"

상통걸은 손톱의 때를 퉁기며 투덜거렸다.

"젠장, 내 집에서 때도 못 벗기게 하는군."

소소자는 사방이 거적으로 만들어진 벽을 가리키며 말했다.

"이것도 집이라고 가지고 있는 것이오?"

그의 생각에 이런 것은 집이 아니었다. 냄새 나는 하천 곁에 있는 움막은 다리 바로 밑에 있어서 햇볕조차 들어오지 않았다.

"이게 이렇게 보여도 겨울에는 따뜻하고 여름에는 시원해서 살기가 얼마나 좋은데. 가끔 사용하는 별장으로는 그만이라구."

무릎을 가슴에 대고 앉아 있던 주적자가 물었다.

"가셨던 일은 어떻게 되었습니까?"

"여신우가 어디에 있는지는 아직 못 알아냈네. 이 넓은 악양에서 한 사람 찾는 일이 쉬운 것은 아니니까. 그건 좀 시간이 걸릴 것 같네."

"배는요?"

상통걸은 검지를 곧추세웠다.

"한 척이 우리가 떠난 선착장에 돌아오지 않았더군. 왕청일이 타고 갔던 배였네."

무언가 곰곰이 생각하던 주적자가 다시 물었다.

"황금섬에서 육지까지 헤엄을 치거나 소선으로 올 수 있을까요?"

"뭐 보통 사람도 아니고 여신우 정도 되는 무림인이라면 가능하겠지. 하지만 그 당시 황금도 주변에는 교와 저파룡이 우글우글하지 않았나. 소선으로 육지까지 온다는 것은 거의 불가능하다고 봐야지. 내가 겪어봐서 아는데 아무리 무공이 강해도 그놈들 하고 싸우다 보면 소선이 부서지게 되어 있어. 틀림없이."

상통걸의 말에는 확신이 차 있었고, 소소자의 생각도 같았다.

"어쩌면 여신우가 왕청일의 배에 탔을 수도 있겠군요."

"황금도에서 못 빠져나왔을 가능성도 있잖나?"

"거지 영감이 여우 꼬랑지 그놈을 몰라서 그래요. 놈은 그런 곳에서 죽을 놈이 아니요. 만약 여신우가 왕청일의 배에 탄 것이라면 둘이 지금까지 같은 배를 타고 있을 가능성이 높아요. 악당끼리는 잘 통하는 법이니까."

"아직도 배에서 내리지 않았다고?"

"그런 뜻이 아니라 한편이 되어 있을지도 모른다는 뜻이요!"

"그냥 그렇게 말하면 되지 왜 비비 꽈서 하는지 원."

소소자가 핀잔을 주려 할 때 주적자가 상통걸에게 물었다.

"왕청일의 소재도 파악되지 않았습니까?"

"왕 문주도 감쪽같이 사라졌더군. 악양지부에도 보이지 않고 안휘성의 정무문으로 떠난 흔적도 없어."

"악양 어딘가에 여신우와 같이 있을 확률이 높군요."

물론 이 예상이 틀릴 수도 있었다. 아무 증거도 없고, 본 사람도 없는 순전히 그들만의 추측이었기 때문이다. 하지만 많은 가능성 중에 가장 큰 것 또한 사실이었다.

"여신우와 있는지는 모르겠지만 왕청일이 아직 악양에 있을 가능성은 매우 높지. 왜냐하면 자식들과 동생이 잡혀 있으니까."

"족발이 남매와 왕청원이요?"

소소자의 물음에 상통걸은 고개를 끄덕였다.

"볼모로 잡혀 있는 왕족발 남매를 왕청원이 구하려다 같이 잡혀 버린 신세가 됐지. 그들이 아직 용두장에 있으니 왕청일은 쉽게 악양을 떠나지 못할 거야."

주적자가 갑자기 벌떡 일어서며 말했다.

"족발이와 족쌍이가 용두장에 있단 말씀이죠?"

소소자는 따라 일어서며 물었다.

"왜?"

"너구리가 숨었으니 연기를 피워서라도 나오게 해야지."

"무슨 소리야?"

옆에서 상통걸이 혀를 찼다.

"쯧쯧쯧… 왜 그렇게 말귀를 못 알아듣나? 왕족발 남매를 이용하겠다는 뜻 아닌가?"

상통걸은 모든 것을 이해한 듯 말하더니 주적자에게 물었다.

"그런데 어떻게 할 생각인가?"

"왕청일이 여신우를 내놓게 만들어야지요."

주적자는 말을 하며 움막의 거적을 걷었다.

"야, 어떻게 하려고 그래?"

소소자는 황급히 쫓아가다 갑자기 멈춘 주적자의 등에 부딪혀 물러섰다.

"왜 갑자기 멈추는 거야?"

그는 옆으로 걸음을 옮겼다. 주적자 앞에 나인현이 서 있었다. 그녀의 얼굴은 사흘 동안 피죽 한 그릇 못 먹은 사람처럼 수척했다. 나인현은 손에 들고 있던 풀잎을 바닥에 던지며 말했다.

"저 떠나겠어요."

소소자는 주적자 앞으로 나섰다.

"어딜 가겠다는 것이오?"

"흡혈야황과 싸우려면 좀 더 수련을 쌓아야겠어요."

그녀는 당과라는 이름 대신 흡혈야황이라 불렀다.

"그럼 천의지로 갈 생각이오?"

"예."

"하지만……."

소소자는 말없이 서 있는 주적자를 일별하고 말했다.

"나 소저가 돌아오기 전에 흡혈야황과의 일이 마무리될지도 모르오."

나인현은 주적자를 보았다.

"제가 올 때까지 기다릴 수 없나요?"

"그럴 수 없소."

"흡혈야황의 상대가 안 된다는 것을 아시잖아요."

그때 주적자의 주머니 안에서 화백이 고개를 내밀었다. 주적자보다 두 시진 정도 늦게 정신을 차린 화백은 물 열두 동이를 비우더니 전처럼 말짱해졌다.

—쭈— 쭈—

화백은 자신도 있다는 것을 알리듯 여전히 알 수 없는 소리를 뱉어 냈다. 저 모습에서 어떻게 그렇듯 무시무시한 형태로 변했는지 이해할 수 없었다. 하긴 정괴를 이해한다는 것 자체가 무리였다.

나인현은 화백을 보며 말했다.

"설마 화백을 믿고 싸우겠다는 것은 아니지요? 이처럼 이상한 과정 을 거친 불안정한 정괴는 결과를 예측할 수 없어요."

"당과와 싸우는데 누구를 의지하고 싶은 생각은 없소."

주적자는 아직도 '당과'라고 불렀다. 그의 마음이 어떨지 소소자로 서는 짐작조차 할 수 없었다. 소소자는 나인현의 옆으로 다가서며 물 었다.

"나 소저, 흡혈… 아니, 당과… 아니, 흡… 제기랄, 어쨌든 그녀와의 싸움이 언제 시작될지 알 수 없는 이 시기에 꼭 천의지로 가야 하겠 소?"

나인현의 입가에 씁쓸한 웃음이 걸렸다.

"지금 주 보표님과 소 의원님, 그리고 제가 합공을 한다 해도 흡혈야 황을 제압할 수는 없어요. 그건 겪어봐서 아실 거예요."

그녀의 말이 맞았다. 그때 화백이 변하지 않았다면 그들 모두 황금 도에 뼈를 묻었을 것이다. 당과가 화백의 존재에 대해 미리 알고만 있 었어도 결과가 달라졌을지 모른다.

"제발 현명한 선택을 해주세요. 지금 상태로 싸우면 패할 것이 분명 해요."

사실 나인현의 말에 따라야 옳았다. 이길 수 없음을 뻔히 알면서 싸우는 것은 한낱 만용에 불과하니까. 그러나 소소자는 주적자에게 그런 말을 할 수 없었다. 죽음을 잃어버린 그에게 어떤 말도 들어오지 않을 것이기 때문이다. 소소자는 그저 최대한 도움을 주기로 했다. 이것은 호미령의 팔에 대한 그의 복수이기도 하니까 말이다.

주적자는 한참 후에 입을 열었다.

"한 가지 물어볼 것이 있소."

"……."

"당과와 싸우면서 난 이상하리만치 힘을 쓰지 못했소."

'그게 힘을 쓰지 못한 거라고? 그럼 이 녀석의 능력은 대체 어느 정도라는 거야?'

소소자의 생각을 뚫고 다시 주적자의 목소리가 들렸다.

"내 능력의 삼 할 정도가 그냥 몸 밖으로 빠져나가는 것 같았소. 그럴만한 이유가 있는 것이오?"

나인현은 이마에 주름을 만들고 잠시 생각을 하더니 대답했다.

"그건 아마 흡혈야황이 주 보표님 힘의 모태(母胎)이기 때문일 거예요. 술법이나 괴의 법칙은 자연의 법칙과 흡사해요. 물이 높은 곳에서 낮은 곳으로 흐르듯 흡혈야황에게 힘을 받은 주 보표님이 흡혈야황을 거스를 수 없는 것은 어쩌면 당연한 일이죠."

소소자가 물었다.

"그래도 치열하게 싸우기는 했잖소?"

"주 보표님께서 원래 가지고 있는 힘이 컸을 뿐 아니라 의지가 워낙 강했기 때문이지요. 하지만 극복하는 데는 분명 한계가 있어요."

"하지만 주적자가 가지고 있는 힘의 대부분은 당과에게서……."

소소자는 불현듯 주적자가 해줬던 얘기가 생각났다.

'그렇지. 호괴의 정기를 흡수했다고 했지.'

비록 그 정기가 모두 주적자에게 흡수되지는 못했다 하더라도 큰 힘에는 분명했다. 거기에 주적자의 무공 또한 능히 천하 십대고수의 상위에 속할 정도였으니 당과가 준 힘이 아니라도 충분히 강했다.

"내가 가진 힘을 모두 발휘할 방법이 없겠소?"

주적자의 물음에 나인현은 고개를 저었다.

"모르겠어요. 어쩌면 가능할 수도 있지만 충분한 시간을 두고 연구를 해야 해요. 하지만 주 보표님께서는 그럴만한 시간이 없겠죠?"

"그렇소."

"주 보표님은 너무 급하군요."

그녀의 시선이 하늘로 향했다. 금방이라도 파란 물감을 주르륵 흘릴 것같이 푸르렀다.

"저도 하루빨리 사도 선배의 원수를 갚고 싶어요. 하지만 힘이 부족함을 알면서 덤빈다는 것은 우둔한 짓이죠."

그녀는 말을 하고 돌아섰다.

"지금 당장 떠날 생각이오?"

소소자의 물음에 그녀는 걸음을 옮기며 대답했다.

"꾸물거릴 이유가 없으니까요."

그는 멀어지는 나인현을 쫓아갔다.

"나 소저! 그곳까지 정말 혼자 가실 생각이오?"

'혼자'라는 말에 힘을 주어서일까? 나인현은 흐릿한 미소를 지어 보였다.

"전 예전과 많이 변했어요."

그녀를 변하게 한 것이 세상이든, 아니면 사도철광의 죽음이든 변한 것은 사실이었다. 깊이를 모를 정도로 낮게 가라앉은 그녀의 분위기가 그것을 말해 주었다.

소소자는 긴 한숨을 쉬고 입을 열었다.

"나 소저의 뜻이 정 그렇다면 어쩔 수 없구려. 이곳에서 승천(昇天)까지는 배를 타고 가는 것이 편할 터이니 선착장까지 바래다 주겠소."

"저 혼자 갈 수 있어요. 이곳에서 주 보표님을 도와주세요."

소소자는 주적자를 보았다.

"나 혼자서도 할 수 있는 일이니 바래다 드려라."

주적자는 나인현에게 눈길을 돌렸다.

"조심하시오."

그녀는 잠시 머뭇거리다 들릴 듯 말 듯 말했다.

"흡혈야황보다 강해져서 돌아올 테니 그때까지 살아 계세요."

주적자는 대답 대신 고개를 끄덕였고, 그녀도 비슷한 몸짓으로 이별을 고했다.

"갑시다. 이왕 떠나려고 마음먹었으니 빨리 헤어지는 것이 좋지."

소소자의 재촉에 나인현이 걸음을 옮겼다.

"되도록이면 내가 올 때까지 기다려라. 그리 오래 걸리지 않을 테니!"

소소자는 대답을 기다리지 않고 나인현의 뒤를 따랐다.

'내가 이렇게 말한다고 저 녀석이 기다릴 리가 없지. 그런데 대체 어떻게 할 작정이지?

주적자, 용두장에 가다

제52장 주적자, 용두장에 가다

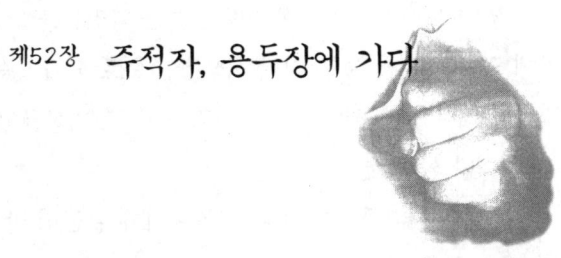

그들을 안내하는 사람은 처음 용두장에서 주적자를 안내했던 유지
원이었다.

"젠장, 어째 나까지 이곳의 손님 같군."

상통걸은 투덜거리며 용두장에 처음 온 것같이 주위를 두리번거렸
다.

"여기저기에 많이도 숨겨놓았군."

상통걸의 말대로 용두장은 그야말로 용담호혈(龍潭虎穴)이었다. 주
적자가 삼십 장을 오는 동안 느낀 숨결만도 이백이 넘었다. 그중에는
고수도 상당수 섞여 있어 정무문이 왕족발 남매를 구하려 해도 어지간
한 전력으로는 어림없을 것 같았다. 하긴 잠시 후면 정무문이 용두장
에 올 일조차 없어질 테지만······.

그들은 창문 너머로 작은 정원이 보이는 접객실로 안내되었다. 오십

평이 넘어 보이는 접객실은 천박함없는 화려함을 느끼게 했다. 접객실 안에 있는 집기들 모두 자단목(紫檀木)으로 되어 있는 듯 은은한 자줏빛이 흘러나왔다. 시비들이 가지고 온 차도 최상급의 용정차였다.

"엄청난 환대로군."

상통걸은 시비들이 나간 후 주적자에게 은근히 말했다.

"자네가 필요한 모양이야."

"무슨 말씀입니까?"

"만약 정무문과 싸우게 되면 자네가 정천맹을 도와주길 바라는 거지."

상통걸의 말이 끝남과 동시에 발자국 소리가 들렸다. 잠시 후 문이 열리며 백색 능라의를 걸친 기선진이 들어왔다. 하얀 면사와 잘 어울려 한 아름 안개가 다가오는 것 같았다.

"기다리게 해서 죄송합니다."

"뭐 자네야 언제나 바쁜 사람이니까. 특히 지금처럼 어수선한 때는 더욱 그럴 테지."

상통걸은 차를 홀짝이고 감탄성을 터뜨렸다.

"캬ㅡ! 차 맛이 기가 막히군. 늙은 거지 입이 너무 호강하는데?"

그의 익살스런 표정에 기선진이 웃음을 터뜨렸다.

"호호호, 가실 때 조금 가져가세요."

상통걸이 눈을 가늘게 뜨고 말했다.

"조금만 가져가란 말인가?"

"수레에 실어서 소까지 드릴 테니 가서서 개방의 제자 분들과 잔치라도 벌이세요."

그녀의 웃음 섞인 말에 상통걸은 손사래를 쳤다.

"관두게. 괜히 거지들 입맛 높아지면 쪽박 깨지기 딱 알맞으니까."

기선진은 눈에 남아 있던 웃음기를 거두었다.

"안 그래도 주 보표님을 찾고 있었는데 마침 잘 들러주셨어요."

"내게 용건이 있소?"

그녀는 상통걸을 보며 말했다.

"이제껏 상 방주님과 같이 계셨다면 요즘 무림이 어떻게 돌아가고 있는지 잘 아실 거예요."

"정무문파의 일 말이오?"

"네. 그래서……."

그녀는 한 호흡 쉰 후 말을 이었다.

"주 보표님께 부탁드리고 싶은 것이 있어요."

"내게 정천맹의 편을 들어주라는 말을 하려는 것이오?"

"이미 예상하고 계셨군요. 물론 우리와 감정이 좋지 않다는 것은 알고 있지만 사사로운 감정보다는 무림의 대의를 생각해 주셨으면 좋겠어요. 이번 사파와의 싸움에서 만약 정파가 패하기라도 한다면 무림은 사상 유례없는 혼란에 빠지게 될 거예요. 과거 마교가 무림을 휩쓸 때처럼……."

주적자는 그녀의 말을 잘랐다.

"난 아무 편도 들고 싶지 않소."

그녀의 눈가에 가는 주름이 잡혔다. 예상은 했겠지만 이처럼 딱 잘라 거절할 줄은 미처 몰랐다는 눈치였다. 기선진의 시선이 상통걸에게 향했다. 지금 현재 정천맹 내에서 주적자와 가장 친분이 두터우니 어떻게 말을 해보라는 눈치였지만 상통걸은 애꿎은 찻잔만 빙빙 돌려 어지럽게 할 뿐 입은 열지 않았다.

그녀의 입 근처 면사가 흔들릴 때 주적자가 먼저 말을 건넸다.

"내가 여기 온 건 그런 사소한 문제 때문이 아니오."

"사소한 문제라구요? 정사대전이 사소하단 말인가요?"

주적자 대신 상통걸이 말했다.

"흡혈야황에 비하면 사소하다 할 수 있지."

그녀의 주름이 한층 깊어졌다.

"전 그 흡혈야황에 대한 것도 아직 믿을 수 없어요. 주 보표님 일행 외에는 누구도 눈으로 확인하지 못했고 얘기만 난무할 뿐이잖아요."

"지금의 자리를 지키기 위해 눈을 가린 때문이겠죠."

기선진의 눈꼬리가 올라갔다.

"우리 정천맹이 밥그릇 싸움을 하고 있다는 말인가요?"

상통걸이 기선진을 다독거렸다.

"기 군사, 진정하고 내 얘기 좀 들어보게."

그녀는 면사가 펄럭일 정도로 숨을 크게 내쉬고 상통걸을 보았다.

"말씀하시지요."

"흠! 지금부터 하는 얘기는 나도 눈으로 확인하지 못했네. 하지만 앞뒤 정황과 황금도에서의 일을 생각하면 사실이란 걸 확신하기 때문에 자네한테 얘기하는 것이네."

상통걸은 장황한 서론 끝으로 본론을 꺼냈다. 그 얘기는 주적자가 처음 흡혈귀를 만났을 때부터 시작되었다. 물론 그중 기선진이 아는 부분도 있을 것이고 많은 부분이 빠지기도 했다. 특히 주적자가 흡혈귀가 되었다는 대목과 호괴에 대한 얘기는 교묘하게 덮어졌다.

기선진은 상통걸의 말을 끊지 않고 경청했다. 얘기가 황금도에서 흡혈야황과의 싸움에 이르렀을 때 그녀의 눈에 떠오른 놀람을 읽을 수 있었다. 상통걸의 말솜씨가 좋아서 이각이 넘는 설명에도 불구하고 전혀 지루하지 않았다.

"흡혈야황에 얽힌 일이 이러니 주 보표가 정사대전을 사소한 문제라고 할 만하지."

상통걸은 이 말로 끝을 맺고 식어버린 차를 홀짝였다. 방 안에 드리워진 깊은 침묵은 기선진에 의해 부서졌다.

"그 말이 사실이라면 정말 놀라운 일이군요. 특히 여 장로가 흡혈야황과 한패였다니."

주적자는 피식 웃음을 터뜨렸다. 기선진이 정작 걱정하는 것이 무엇인지 알 수 있었기 때문이다. 아나나 다를까.

"그토록 강해진 여 장로가 정말 정무문 쪽으로 가버렸다면."

상통걸이 한 음 높은 목소리로 말했다.

"지금 중요한 것은 여신우가 정무문에 붙은 것이 아니네! 자네는 대체 흡혈야황을 뭐라고 생각하는 것인가?"

"물론 흡혈야황 같은 정괴가 세상에 있다는 것이 큰 해악이라는 것은 압니다. 하지만 지금 화급한 일은 정무문과의 싸움입니다. 아! 그렇군요. 흡혈야황이 저쪽으로 붙어버리면 정말 큰일이군요."

상통걸이 어쩔 수 없다는 듯이 고개를 저었다.

"지금껏 얘기한 보람이 없군."

기선진은 곰곰이 생각하다가 주적자에게 말했다.

"이렇게 하면 어떻겠습니까? 저희가 흡혈야황을 없애는 데 힘을 보태 드릴 테니 주 보표께서도 저희를 도와주십시오. 지금까지 얘기를 들어보면 어차피 우리는 힘을 합해야 할 사이 같은데요."

일견 그녀의 말이 맞는 것 같았지만 서로 중심이 되는 적을 다르게 보고 있으니 전혀 다른 얘기나 마찬가지였다.

"이보게, 기 군사……."

주적자는 상통걸의 팔을 두드려 말을 막은 후 입을 열었다.

"당신들의 도움은 필요없소. 어차피 당과… 아니, 흡혈야황과의 일은 내가 해결해야 할 문제요."

당과를 흡혈야황이라 칭할 때 주적자의 가슴 한쪽이 싸 하게 아파왔다.

"그럼 무엇 때문에 여기를 찾아오신 거죠?"

기선진의 물음에 그는 큰 숨을 들이키고 말했다.

"왕청일의 인질을 데려가기 위해서요."

그녀의 눈꼬리가 위로 올라갔다.

"왕족발 남매와 왕청원을 넘겨달란 부탁을 하러 온 건가요?"

"부탁이 아니오. 난 그들을 데려갈 것이고, 날 막든 내주든 그것은 당신들 자유요."

그녀는 어이없는 눈으로 주적자를 보다가 물었다.

"왜 당신에게 그들이 필요한 거죠?"

"정무문이 숨겨놓은 흡혈야황과 여신우를 밖으로 드러내게 하기 위해서요."

기선진은 뭔가 생각하는 표정을 짓더니 결국 고개를 저었다.

"역시 당신에게 그들을 내줄 수 없어요. 우리도 그들이 꼭 필요하기 때문이에요. 나 혼자 결정할 수 있는 문제도 아니고요."

"내 말뜻을 잘 이해하지 못한 모양이구려. 다시 한 번 말하겠소. 당신들은 그들을 데려가는 날 막을지 그렇지 않을지를 결정하면 그만이오. 알겠소?"

그녀의 눈썹이 역팔자로 곤두섰다.

"당신이 천하제일 고수라는 소리를 들을 만큼 강한 것은 알지만 정말 염치가 없군요. 무력으로 사람을 이토록 핍박하다니… 그것이 협객이요 대장부가 할 행동인가요?!"

주적자는 상체를 탁자 위로 깊숙이 숙여 기선진과의 거리를 좁혔다.

"난 협객도 대장부도 아니오. 그딴 것은 되고 싶은 생각도 없소. 그러니 내 인간적인 면에 기댈 생각은 하지 마시오."

그녀는 주적자가 다가온 만큼 몸을 젖혔다. 그녀의 눈에 비로소 두려움이 떠올랐다. 어쩌면 이제껏 안간힘을 다해 감추고 있었는지 모른다. 그녀는 구원을 청하듯 상통걸을 보았다.

"상 방주님, 주 보표의 이런 횡포를 보고만 계실 건가요?"

상통걸은 어깨를 으쓱했다.

"사실 이 늙은 거지의 머리로는 어떤 것이 옳은지 가늠하기가 힘들군. 다만 지금 내게 두려운 존재는 왕청일이 아닌 흡혈야황이란 말밖에 할 말이 없네그려."

"빨리 결정하시오."

주적자의 채근에 기선진은 벌떡 일어섰다.

"절대 그들을 내줄 수 없어요! 그들은 정무문과의 싸움에서 결정적인 역할을 할 인질들이에요! 당신이 아무리 천하제일 고수라고는 하지만 용두장의 천이백 무사를 뚫고 그들을 빼갈 수는 없을 거예요!"

"두고 보면 알게 될 거요."

주적자는 말을 하고 일어서 접객실의 문으로 향했다. 그의 앞을 기선진이 황급히 막았다.

"당신 정말 정파 전체를 적으로 둘 생각인가요?"

"비키시오. 가장 먼저 죽고 싶지 않다면."

살기 어린 그의 말에 기선진은 주춤 옆으로 물러섰다. 주적자가 막 걸음을 옮기려 할 때 상통걸이 다시 앞을 막았다.

"이보게, 되도록 대화로 해결하기로 나와 약속했잖나."

"그 약속 때문에 지금껏 이 자리에 있었던 것입니다."

상통걸의 얼굴이 보기 드물게 딱딱해졌다.

"이렇게 막무가내로 나가서 용두장 천이백 무사를 모두 도륙(屠戮) 할 셈인가?"

"그들의 목숨으로 흡혈야황과 여신우를 잡을 수 있다면 당연히 그렇게 해야지요."

"세상에 어떤 대단한 일이라도 천이백 명의 목숨을 희생시키면서까지 이뤄야 할 일은 없네! 정녕 자네가 용두장 무사 모두를 죽이고 인질들을 빼갈 생각이라면 날 먼저 죽이고 나가야 할 걸세! 그런 살인마를 끌어들였으니 그 죄는 죽음으로 갚아야지!"

상통걸은 타구봉을 꺼내며 두 발자국 물러섰다. 그냥 취해보는 허세가 아니었다. 늙은 거지에 불과하던 상통걸의 기세는 일시에 이만 제자를 거느린 개방의 방주답게 거세졌다.

난감한 일이었다. 아무리 당과와 여신우의 행방이 중요하다고 해도 그들의 목숨을 구해준 상통걸을 죽일 수는 없었다. 물론 죽이지 않고도 제압할 수는 있었다.

하지만 상통걸의 입장에서는 그것이 죽음과 별반 다르지 않을 것이다. 어쩌면 과거 탈명침을 찾아 헤맬 때의 그처럼 상통걸이 그를 찾아 헤맬지도 모른다. 그리고 사실 그도 천이백 명이라는 사람을 모두 죽이고 싶지는 않았다. 그는 결코 피에 굶주린 살인마가 아니었다.

주적자는 등에 걸린 검을 손에 쥐었다. 검은 집에 꽂힌 채였다.

"죽이지 않으면 되겠습니까?"

그의 누그러진 기세를 느꼈는지 상통걸은 타구봉을 거두고 물었다.

"정말 죽이지 않고 해결할 수 있나?"

주적자는 대답 대신 한쪽에 서 있는 기선진에게 물었다.

"지금이라도 생각을 바꿀 수 없소?"

망설이던 기선진은 단호하게 고개를 저었다.

"절대 그럴 수는 없어요."

"어쩔 수 없군. 당장 악양 시내로 가서 의원이란 의원은 모두 데려오는 것이 좋을 거요. 부하들을 불구로 만들고 싶지 않으면."

주적자는 몸을 돌리다가 물었다.

"시간을 절약하기 위해 왕족발이 있는 곳을 가르쳐 줄 수는 없소?"

기선진은 표독한 눈으로 쏘아볼 뿐이었다. 그녀 대신 상통걸이 알려줬다.

"용두장의 뒤편에 청룡담(青龍潭)이란 넓은 호수가 있는데 그 옆 건물 지하에 감옥이 있네."

"상 방주님!"

상통걸은 실없는 웃음을 흘렸다.

"헤헤… 원래 시간은 아껴 써야 하는 법이네."

주적자가 움직이자 상통걸도 재빨리 뒤따라 나왔다. 그들이 접객당 건물을 돌아 후원으로 들어서자 창문으로 상체를 내민 기선진의 날카로운 소리가 들렸다.

"저들을 막아라!"

목소리 여운이 끝나기도 전에 열두 명의 무사들이 앞을 막았다. 사난 기세로 무기를 빼 든 그들은 상통걸을 확인하고 어리둥절한 얼굴로 기선진을 보았다. 그들 중 우두머리로 보이는 삼십 대 후반의 사내가 기선진에게 물었다.

"기 군사님, 상 방주님을 막으란 말씀입니까?"

"그래! 절대 감옥으로 가게 해서는 안 된다!"

"하지만……."

그들로서는 난감할 수밖에 없었다. 기선진이 아무리 정천맹의 군사라고는 하지만 상대는 대개방의 방주였다. 지위로 보나 정천맹 내에서의 위치로 보나 결코 기선진의 아래가 아니었다. 상통걸이 어린아이를 달래듯 무사들에게 말했다.

"비켜라. 나서봤자 너희들만 다칠 테니까."

주적자와 상통걸은 엉거주춤 서 있는 무사들 사이를 빠져나갔다. 뒤쪽에서 기선진의 날카로운 목소리가 들렸다.

"저들은 감옥의 왕족발과 왕청원을 빼가려 하는 것이다! 내가 이곳의 책임자임을 잊었느냐?"

그럼에도 대부분 무사들이 움직이지 않았다. 하지만 세상에는 꼭 튀어 보이고 싶어하는 자들이 있기 마련이었다. 이십 대 초반의 영준하게 생긴 젊은이가 그런 사람이었다.

"멈추시오!"

젊은 무사는 소리를 지르며 그들을 막으려 했다. 그런데 하필 지나친 곳이 주적자가 팔을 뻗으면 닿을 정도의 거리였다. 집이 씌워진 주적자의 검이 허공을 갈랐다.

빡!

"아악!"

타격음과 비명에 움찔 놀란 무사들이 그제야 그들에게 덤벼들었다.

"젠장, 조용히 해결할 수 있는 일을 꼭 크게 벌이는군."

상통걸은 투덜거리면서도 손을 쓰지는 않았다. 그래도 명색이 정천맹의 장로인데 부하들을 해칠 수는 없었던 모양이다. 용두장의 무사들도 굳이 상통걸에게 싸움을 걸지는 않았다.

공격은 자연히 주적자에게 모아졌고, 그들은 팔과 다리 중 한군데가 부러져 땅에 뒹굴었다. 순식간에 열두 명을 바닥에 눕힌 주적자는 상통걸에게 말했다.

"귀찮으니 빨리 갑시다."

"내가 바라는 것이 바로 그거네."

상통걸이 앞장서서 몸을 날리자 주적자가 뒤를 따랐다. 그들은 월동문이 있는 담을 넘었다.

삐이익―!

뒤쪽에서 다급한 호각 소리가 들렸다. 작은 정원이 있는 건물을 지나자 순식간에 백여 명의 무사들이 몰려들었다.

"이봐! 그냥 지나치자구!"

상통걸의 말이 끝나기도 전에 주적자의 검이 허공을 갈랐다. 듣기에도 고통스러운 소리와 함께 세 명이 거의 동시에 주저앉았다. 누구도 주적자를 향해 무기를 휘두르지 못했다. 주적자는 마치 바람처럼 그들 사이를 헤집고 지나갔다.

무사들의 뼈가 부러지는 소리는 마치 잘 만들어진 한 편의 타악곡(打樂曲) 같았다. 오직 주적자를 막겠다는 일념으로 덤비던 무사들의 움직임이 어느 순간부터 주춤거렸다. 여섯 자 가까이 다가가기만 하면 어김없이 사지 중 하나를 붙잡고 뒹구는 동료들의 모습은 충분히 두려운 모습이었다.

긴 비명이 난무하는 모습은 짧은 고통 뒤에 오는 죽음과는 다른 형태의 두려움이었다.

따악!

주적자는 뒤쪽에서 덮쳐든 무사의 정강이를 부러뜨린 후 둘러싼 채 움직이지 않는 무사들을 일별하고 상통걸에게 소리쳤다.

"갑시다!"

그가 몸을 날리자 그 방향에 있던 무사들이 주춤 뒤로 물러섰다.

"이런 정도에 겁을 먹고 길을 터주다니. 훈련 헛시켰군. 나중에 와서 보자."

상통걸은 안 그래도 불쌍한 무사들에게 협박을 한 후 주적자의 뒤를 따랐다. 그들을 막는 무사들은 끊이지 않았지만 누구도 뜻을 이루지 못했다.

주적자와 상통걸은 일각이 지나지 않아 청룡담에 도착했다. 그들이 올 줄 알았다는 듯 이미 삼백 명의 무사들이 청룡담 주변의 이백 평 공지에 빽빽하게 들어차 있었다.

어느새 도착한 기선진이 무사들 사이에서 빠져나와 그들 앞에 섰다.

"당신이 강하다는 것은 인정하죠. 이 안에 있는 누구도 당신을 못 막는다는 것 또한 인정할 수밖에 없네요. 하지만!"

그녀는 무사들이 운집한 뒤쪽의 황토색 건물을 가리키며 말을 이었다.

"만약 당신이 저곳에 들어가 억지로 왕족발과 왕청원을 구하려 한다면 난 그들을 죽여 버릴 거예요."

그녀의 눈에서 파르스름한 독기가 피어 올랐다. 기선진은 단순한 협박이 아니라는 것을 보여주려는 듯 바로 곁에 선 무사에게 명령했다.

"이곳에서 단 하나의 비명이라도 들리면 왕족발과 왕청원을 죽여 버려라!"

"네!"

무사는 대답을 하고 감옥이 있는 건물로 들어갔다. 그녀는 '이래도 들어갈 테냐?' 라는 눈으로 주적자를 보았다.

"기 군사, 자네같이 똑똑한 사람이 왜 이런 말도 안 되는 일을 벌이는지 모르겠군."

기선진이 말을 한 상통걸을 쏘아보았다.

"상 방주님! 정천맹과 개방의 동맹을 정녕 끊을 생각이십니까?"

"뭐 아직은 별로 그럴 생각이 없네. 차 맛도 좋고 음식 솜씨도 괜찮은 이곳과 왜 인연을 끊고 싶겠나? 거기다 거지라고 괄시도 않……."

"상 방주님!"

상통걸은 찔끔하는 표정으로 귀를 막더니 손을 위아래로 움직여 기선진을 다독거렸다.

"아직 귀가 먹을 정도로 늙지는 않았으니 소리 지르지 말게. 휴우—!"

상통걸은 긴 한숨을 쉬고 말을 이었다.

"만약 여기서 자네가 감옥에 있는 사람들을 죽여 버리면 그 뒤의 결과가 어떻게 되겠는가? 정무문의 적이나 마찬가지인 정천맹이나 주적자 모두가 손해일 뿐이네. 적의 적은 결국 동지가 아닌가 말일세."

기선진은 손가락으로 주적자를 가리켰다.

"지금 이것이 동지로서 할 행동입니까?"

상통걸이 무슨 말인가 하려 할 때 주적자가 앞으로 나섰다.

"나도 동지가 되고 싶은 생각은 별로 없소."

"당신과 내 생각이 일치하는군요."

주적자가 한 발을 더 딛자 기선진이 소리쳤다.

"더 이상 다가오지 말아요!"

"그렇게 고함 지르지 마시오. 당신 부하가 비명으로 오인하면 곤란하니까."

"흥! 당신도 그들을 죽이고 싶지는 않은 모양이군요."

"물론."

주적자가 다시 앞으로 다가서자 기선진이 주춤 뒤로 물러섰다.

"내 경고를 무시하면 후회하게 될 거예요."

그녀의 얼굴로 봐서는 결코 협박으로 끝날 것 같지 않았다.

"기 군사, 왜 서로에게 손해만 될 일을 하려……."

상통걸의 말은 기선진에 의해 끊겼다.

"왕족발이 우리에게 얼마나 귀중한 인질인지 몰라서 그런 소리를 하시는 겁니까? 만약 여기서 주 보표가 왕족발을 데려간다면 정사대전에서 정천맹은 너무도 큰 타격을 받게 될 겁니다!"

"당신들의 밥그릇 싸움보다 내 쪽의 이유가 훨씬 절박한 것 같군."

주적자가 다가서자 기선진은 그 거리만큼 물러서며 말했다.

"한 발자국만 더 다가오면 내 비명 소리가 얼마나 큰지 알 수 있을 거예요."

하지만 주적자는 멈추지 않고 걸음을 내디뎠다.

강신중(姜信重)은 왕족발과 왕청원을 가둔 감옥에 들어가자마자 검을 빼 들었다. 그의 살벌한 기운에 왕족발이 어리둥절한 표정으로 물었다.

"너, 뭐 하는 거야?"

강신중은 검을 왕족발의 목에 가져다 댔다.

"이, 이봐, 대체 무슨 일인데 그 흉측한 물건을 내 목에 들이밀고 지랄이야?"

"시끄러!"

그는 소리를 지르고 귀를 쫑긋 세웠다. 비명이 들리면 당장 녀석의 목을 베고 엉거주춤 일어서는 왕청원 또한 일검에 죽일 마음에 준비를 했다. 평소라면 저들의 상대가 되지 않겠지만 무공이 봉쇄된 지금은 시장통의 무뢰배를 상대하는 것보다 쉬웠다.

"이보게, 밖에 무슨 일이 있는 건가?"

왕청원이 달래듯이 물었다.

"주적자와 개방의 방주께서 당신들을 구하러 왔소."

"뭐? 그들이 왜 우릴 구한단 말인가?"

"내가 그걸 어찌 알겠소. 그래서 기 군사께서 비명 소리가 들리면 당신들을 베라고 하셨소."

검날이 목에 걸렸는데도 왕족발은 두려운 표정 하나 없이 소리를 질렀다.

"이놈아! 주적자가 우릴 구하러 온 것이 우리와 무슨 상관이 있다고 내 목에 검을 들이미는 거야!"

"주적자가 당신들을 구하러 왔으니 당신들 하고 상관있지 그럼 누구하고 상관있단 말인가?"

그의 물음에 왕족발은 눈동자를 위로 올리더니 고개를 끄덕였다.

"그렇군. 확실히 상관이 있네. 하지만 그건 우리 뜻이 아니라구!"

"누구의 뜻이든 상관없다. 난 명령대로 할 뿐이니까."

왕청원이 느린 걸음으로 다가오며 말했다.

"젊은이, 차라리 내 목에 검을 겨누게. 어차피 죽을 거라면 늙은 내가 촌각이라도 빨리 죽어야지. 안 그런가?"

"숙부님! 죽긴 누가 죽는다고 그래요? 난 절대 안 죽어요! 절대!"

강신중은 한심하다는 눈으로 왕족발을 보았다.

"네 목에는 검이 박히지 않는다더냐?"

"물론 그건 아니지만… 하여튼 난 안 죽어!"

왕족발의 이런 터무니없는 믿음을 강신중은 이해할 수 있었다. 왕족발과 비슷한 나이의 그 또한 무림이라는 도산검림(刀山劍林) 속에 살고 있지만 죽으리라는 생각은 한 번도 해보지 않았다.

하긴 어느 젊은 무사가 자신은 무림에 명성을 떨칠 것이라 생각하지 죽음을 떠올리겠는가? 하지만 지금 검자루를 쥐고 있는 강신중에게 왕족발은 여차하면 목이 떨어질 젊은이었다. 쥐가 '찍!' 하는 정도의 비명만 울려도 그는 가차없이 검을 휘두를 것이다.

그의 기색을 읽었는지 왕족발과 왕청원 모두 입을 다물고 그의 눈치만 보고 있었다. 감옥 안은 순식간에 적막으로 휩싸였다. 밖에서 경비를 서고 있던 간수 네 명이 어느새 들어와서 왕청원과 왕족발을 둘러싸고 있었다.

침묵은 지루하도록 길게 이어졌다. 귀를 잔뜩 기울이고 있는 강신중의 관자놀이로 식은땀이 흘러내렸다. 그는 악양 시내에 있는 호림도장(虎林道場)의 장남으로 열심히 무공을 익힌 덕분에 용두장의 무사로 발탁되어 십인두(十人頭)까지 오르는 영광을 얻기는 했지만 한 번도 사람을 죽여본 적은 없었다.

그렇다고 해도 겁쟁이처럼 사람 죽이는 것에 떨지 않을 자신은 있었다. 그는 평소 자신이 준비된 살인자라는 것을 잊지 않으려고 노력했다. 악인의 피를 얼마만큼 검에 많이 묻히느냐가 정파에서의 신분 상승을 의미하기 때문이다.

"이, 이봐."

왕족발이 오랜 침묵을 깨고 입을 열었다.

"비명도 안 들렸는데 목을 벨 셈이냐?"

왕족발은 눈을 잔뜩 내리깐 채 그의 검을 보고 있었다. 잠깐 딴생각을 하는 사이 검이 목에 닿은 모양이다. 그는 검을 한 치쯤 떼고 지하 감옥으로 내려오는 입구를 보았다. 감옥 창살이 박힌 벽에 가려 문이 보이지는 않았지만, 그는 마치 비명이 그쪽으로만 새어 들어오는 듯이 눈길을 고정시켜 놓았다.

아까의 주적자 기세로는 금세 쳐들어올 것 같았는데 아직 소식이 없는 것을 보면 기선진의 위협이 효과를 봤는지도 모른다. 그는 내심 그냥 이대로 아무 일 없이 사태가 진정되기를 바랐다. 비록 언제든지 사람을 죽일 준비가 되어 있었지만 최소한 지금은 그러고 싶지 않았다.

"꿀꺽!"

강신중은 굵은 침을 삼킨 왕청원을 힐끔 보았다. 마치 자신의 목에 검이 드리워진 것처럼 긴장한 표정이 역력했다.

"조카를 자신의 자식처럼 아끼는구려. 하긴 왕족발이 죽으면 정무문의 대가 끊길 테니 그럴 만하지."

그는 쓸데없는 말을 뱉었다. 자신처럼 하급 무사가 할 얘기는 아니었지만 이럴 때가 아니면 언제 이런 무게있는 말을 해보겠는가? 거기에 이처럼 흑도 최고 문파인 정무문의 소문주 목에 검을 드리우고 있으니 자신이 대단해진 것 같은 생각이 들기도 했다.

'토끼 뜀이라도 뛰어보라고 할까?'

그의 머리에 점점 필요없는 생각이 들어찰 때였다.

우우웅—!

어떤 소리가 뇌리를 가득 메웠다. 분명 소리였는데도 귀를 통해서가 아니라 머리 껍질을 뚫고 파고든 것 같았다. 길게 울려오는 그 소리 때문에 속이 울렁거리고 욕지기가 치밀었다.

그는 가슴을 타고 넘어오려는 내부의 이물질을 애써 눌러 삼켰다. 감옥에 있는 모든 사람들이 그와 같은 기분을 느꼈는지 잔뜩 인상을 쓰고 있었다.

'무슨 소리지?'

아무리 생각해도 비명 같지는 않았지만 상황이 상황인지라 그는 갈등 어린 눈으로 왕족발을 보았다.

'베어야 할까? 어쩌면 비명이었을지도 모르는데.'

그의 생각 속으로 왕족발이 뛰어들었다.

"그 눈빛은 뭐야? 설마 이게 비명이라고 우기지는 않겠지?"

"그럼 뭐라고 생각하느냐?"

"뭔지 내가 어떻게 알아? 한 가지 확실한 것은 절대 비명은 아니라는 거지!"

"맞네. 수백 명의 비명을 들어본 전문가의 소견으로 볼 때 이건 절대 비명이 아니네!"

왕청원이 주먹을 불끈 쥐며 강변했다.

"그게 모두 정파인들의 비명이었겠죠?"

그는 물음을 던지며 왕족발의 목에 슬쩍 검을 밀었다. 왕청원의 얼굴색이 하얗게 변했다.

"무슨 소린가? 절대 아니네. 그중에 정파인들의 비명은 열 개도 채 되지 않을 걸세. 물론 내가 만든 건 열 중 하나도 없네."

강신중은 쩔쩔매는 왕청원을 보며 묘한 쾌감을 느꼈다. 평소에는 감히 쳐다볼 수도 없을 정도로 높은 위치의 왕청원이 그 앞에서 쩔쩔매고 있으니 이런 기분을 느끼는 것은 당연했다.

그는 왕족발의 목에 검날을 대고 다시 물었다.

"아닐 텐데요. 정무문주의 동생 분 손에 정파인의……."

빠악!

그는 갑자기 들린 소리에 말을 멈췄다. 귀를 멍하게 울릴 정도의 커다란 소리인데 어디서 난 것인지 알 수 없었다. 소리의 진원지를 찾기 위해 고개를 돌리던 그의 눈길이 우연처럼 팔에 멎었다.

검을 쥐고 있던 그의 팔뚝은 관절 부위가 아닌데도 위쪽으로 꺾여 있었다. 비로소 고통이 찾아왔다.

"으아아악―!"

주적자는 순식간에 다섯 명의 팔과 다리를 부러뜨려 버렸다. 그는 비명 소리가 난무하는 감옥을 가로질러 왕족발에게 다가왔다.

"젠장, 더럽게 시끄럽군."

왕족발은 투덜거리며 주적자를 보았다.

"아버지 부탁을 받은 것이오?"

"아니."

부정하는 주적자에게 왕청원이 말했다.

"어쨌든 고맙소. 주 보표가 우릴 구해주러 올 줄은 상상조차 하지 못했는데."

"당신들을 구해주러 온 것이 아니오."

주적자는 주위를 둘러본 후 물었다.

"왕족쌍은?"

왕족발은 고개를 저었다.

"우리와 같이 갇히지 않았소."

주적자는 바닥에 뒹굴고 있는 사내들 중 한 명에게 다가갔다. 왕족발의 목에 검을 들이밀었던 버릇없는 놈이었다.

"왕족쌍은 어디 있나?"

"이놈! 내가 그걸 말할 것 같으냐?"

"응."

대신 대답을 한 왕족발은 성큼성큼 다가가 녀석의 부러진 팔을 힘주어 밟았다.

"으아아악─! 그만! 그만! 마, 말할게!"

"할게? 이게 아직도 정신을 못 차렸군."

그는 다리에 더욱 힘을 주었다.

"아악─! 말씀… 드리겠습니다! 와, 왕족쌍 낭자께서는……!"

기선진은 멍한 눈으로 양 옆구리에 왕족발과 왕청원을 끼고 멀어지는 주적자를 보았다. 삼백 명의 무사들은 아직도 속에 것을 게워내느라 정신이 없었다.

주적자가 입을 벌리자 마치 사자후(獅子吼) 같은 소리가 튀어나와 비명조차 지르지 못하고 쓰러졌다. 내가기공에 당한 듯 뱃속이 진탕되는 느낌이었다.

'결국 또 주적자에게 당했군.'

그녀의 앞길에 드리워진 주적자의 벽은 너무도 높았다. 어떤 지모로도 주적자를 뛰어넘을 수 없을 것 같았다.

"주적자라는 인간은 내가 넘볼 수 없는 하늘이란 말인가?"

*　　　　*　　　　*

방윤재는 붙인 수염이 떨어질까 봐 자꾸 코와 턱을 만져 댔다. 완벽한 변장을 위해 무기인 도끼도 놓고 온 터였다.

'젠장! 황금도에서 주운 금이 돌로 변할 때부터 재수없음을 알아봤다니까. 하필 그 여자 얼굴을 아는 사람이 달랑 나 혼자일 것은 뭐냔 말이야.'

방윤재는 속으로 투덜거리며 시장의 복잡함을 헤쳐 나갔다. 과일을 파는 노점상 곁을 스쳐 가던 그는 재빨리 몸을 돌려 사과를 집어 들었다. 저 끝에서 정천맹 무사들이 질서도 정연하게 한 줄로 걸어오고 있었다.

그가 그리 유명한 인물도 아니고 변장까지 했으니 알아볼 리가 없었지만 불안하기 그지없었다. 정천맹이 그의 뒤를 지나 사람들 속으로 파묻힐 때까지 노점상 앞에서 꼼짝도 하지 않았다.

"이보쇼, 사과를 홍시로 만들 작정이오? 그렇게 자꾸 만지작거리지 말고 살 거면 사고 말 거면 빨리 가시오."

노점상인이 못마땅한 눈으로 쏘아보며 말했다. 그는 사과를 툭 던져 놓고 돌아섰다.

"말 거요."

방윤재는 또 오는 정천맹의 무사들이 없나 살피며 시장을 헤쳐 나갔다. 수많은 사람들의 머리통 뒤로 화방의 간판이 보였다. 저곳에서 나인현의 얼굴을 스무 장 그려서 가져가면 그의 임무는 끝나는 것이다.

'그냥 납치해서 그리라고 하면 편하잖아.'

물론 그로서는 그게 편했다. 다른 사람은 불편하더라도 말이다. 계속 투덜거리며 가던 그의 걸음이 또 우뚝 멈췄다. 사람들 사이로 언뜻 보이는 얼굴이 상당히 낯이 익었다. 남자라면 고개만 갸웃하고 말았겠지만 그 얼굴이 여자라면 문제가 달라진다.

그가 아는 여자라고는 어머니와 열세 살에 죽은 누이, 그리고 월항루(月航樓)에 화항(花香)이가 전부였다. 그는 옆으로 돌아서서 노점상 좌판에 있는 물건을 만지작거리며 여자의 얼굴이 다시 나타나기를 기다렸다. 잠시 후, 아까보다 훨씬 가까운 위치에 그녀가 나타났다.

분명 황금도로 떠나기 전 선착장에서 보았던 나인현이었다. 그 곁에는 키가 오 척이 될까 말까 한 사내가 나란히 걷고 있었다. 물론 저 얼굴도 알고 있었다.

"이보쇼, 그렇게 멸치를 만지작거리면 조기라도 된답디까? 살 거요 말 거요?"

방윤재는 그제야 자신이 멸치를 한 움큼 쥐고 있는 것을 깨달았다. 그는 인상을 쓰며 멸치를 툭 던졌다.

"말 거요. 어휴— 비린내."

냄새 나는 손을 옷에 문지른 방윤재는 조심스럽게 소소자와 나인현의 뒤를 따랐다. 저들을 발견했으니 굳이 화방에 갈 필요가 사라진 것이다. 왁자지껄한 시장의 소음 속에서 둘의 목소리만 골라 듣기는 상당히 어려웠다.

"승천… 선착장까지는… 시진 정도… 요기라도… 갑시다."

소소자의 목소리가 띄엄띄엄 들린 후 나인현이 뭐라고 말을 하는데 들리지가 않았다. 귀 바로 옆의 얼굴까지밖에 보이지 않아 입술을 읽을 수도 없었다. 그는 조금 더 가까이 다가갈까 하다가 이내 그 생각을 접었다.

황금도에서 간신히 살아왔는데 괜한 위험을 자초할 필요는 없었다. 소소자가 앞쪽을 가리키며 말했다.

"저기… 간단히……."

그 손가락 끝에서 두어 개의 건물이 동시에 걸려 있었는데 모두 음식을 파는 곳이었다.

'요기를 할 모양이군. 그리고 처음에 승천과 선착장이란 말이 나왔으니 승천으로 가는 배를 타려는 것이 분명해.'

그는 나름대로 결론을 내렸다. 악양에서 승천까지 가는 배를 탈 수 있는 곳은 단 한 곳뿐이었다. 그리고 그곳은 마차로 족히 한 시진은 걸리는 거리였다. 그가 알아들은 단어와 아귀가 딱딱 들어맞았다.

'빨리 알리는 것이 좋겠군.'

방윤재는 시장통을 빠져나와 한산한 곳에 이르자 경신술을 최고로 발휘했다. 비록 그리 빠르지는 않았지만 체력 하나는 자랑할 만했기에 줄기차게 달릴 수 있었다. 산 하나를 넘는 데 불과 이각밖에 걸리지 않았으니 그가 생각해도 대견할 정도의 속도였다.

"문주님! 찾았습니다!"

그는 소리를 지르며 산장 문을 박찼다. 갑자기 땅속에서 무언가가 불쑥 뛰어나오더니 앞을 막았다. 황급히 멈춰 선 그의 목젖에는 보기만 해도 소름 끼치는 푸르스름한 칼날이 놓여 있었다.

"이렇게 소란을 피우다니, 정녕 죽고 싶은 것이냐?"

목각 인형처럼 표정이라고는 전혀 없는 앞의 사내는 이 산장을 지키는 야귀조(夜鬼組) 중 한 명이었다. 총 오십 명이나 되는 야귀조는 산장의 곳곳에 보이지 않게 숨어 있었다.

되도록 목젖이 움직이지 않게 숨을 몰아쉰 방윤재는 겨우 말을 뱉었다.

"문주님께… 나인현을 찾았다고… 전해주십시오."

촤악—!

왕청일은 탁자 위에 지도를 펴고 양쪽에 쇠막대를 올려 다시 말리는 것을 막았다. 지도에는 악양 부근의 지세가 자세히 그려져 있었다.

탁자 주위에는 야귀조의 조장 백제상(白霽常)과 여신우, 그리고 방윤재가 자리해 있었다.

왕청일은 확인하듯 방윤재에게 물었다.

"소소자와 나인현이 확실히 승천으로 가는 배를 탄다고 했느냐?"

잔뜩 긴장한 표정의 방윤재가 고개를 끄덕였다.

"틀림없습니다. 제 두 귀로 똑똑히 들었습니다. 제가 비록 눈은 그리 밝지 못하지만 듣는 거라면……."

"알았다."

왕청일은 길어지려는 방윤재의 말을 자르고 지도의 윗부분을 가리켰다.

"이곳이 승천으로 가는 배가 정박하는 선착장이다."

그는 손가락으로 강줄기를 쭉 따라 올라가며 말을 이었다.

"이곳이 배가 오는 길이다. 이 선착장에서 멈춘 후 이 강을 따라 승천으로 가는 거지."

듣고 있던 여신우가 선착장을 가리키며 말했다.

"선착장에서 나인현을 잡으려면 너무 늦을 것 같소이다. 선착장까지는 최소한 한 시진 반은 걸릴 터인데, 그 안에 배가 도착할 수도 있잖소."

"배는 정확히 한 시진 후에 도착하오이다."

"그럼 천상 우리도 배를 준비해야 할 것 같구려."

말을 한 여신우는 인상을 찌푸렸다.

"배에서 잡으려 해도 난감하겠군요. 나인현은 뛰어난 술법사여서 정면으로 잡으려 한다면 낭패를 당할 수도 있소이다. 장신술같이 몸을 숨기는 술법을 쓴다면 놓칠 수도 있고, 천상 기습을 해야 하는데 배를 타고 가면서 기습을 한다는 것은 거의 불가능하니… 어렵군요."

시체처럼 하얗고 조약돌처럼 주름 하나 없는 얼굴을 가진 백제상이 말했다.

"다음 선착장에서 승객을 가장해 타면 어떻겠습니까?"

여신우는 고개를 저었다.

"다음 선착장이면……."

그는 공안(公安)이라고 쓰여진 곳을 가리켰다.

"이곳이면 말을 타고 간다 해도 하루 거리 아닌가? 거기에 배보다 빨리 도착할지 알 수도 없는 노릇이고, 배를 타고 쫓는다 해도 공안에 더 빨리 도착해야 하는데 당장 준비하고 떠나기에는 늦은 감이 있군."

"이곳 선착장에서 잡아야지요."

왕청일의 말에 여신우가 물었다.

"어떻게 말이오?"

그는 지도의 한곳을 가리켰다. 가는 줄이 여러 개가 있는 그곳은 배가 지나는 강의 가장자리였다.

"이곳은 삼곡애(三谷崖)의 초입이오. 삼십 장 높이의 절벽이 병풍처럼 드리워져 있지요. 여기를 거쳐 배가 지나가게 되어 있소. 삼곡애는 여기서 이각이면 도착할 수 있소이다."

여신우의 입에서 '아!' 하는 탄성이 터졌다.

"삼곡애에서 배를 탈취하자 그 말이구려."

왕청일은 고개를 크게 끄덕였다.

"지금 출발하면 배가 지나가기 전에 도착할 수 있소이다."

그는 말을 하고 백제상을 보았다.

"준비는 모두 끝났습니다, 문주님."

제53장

불행은 밤 그림자처럼

제53장 불행은 밤 그림자처럼

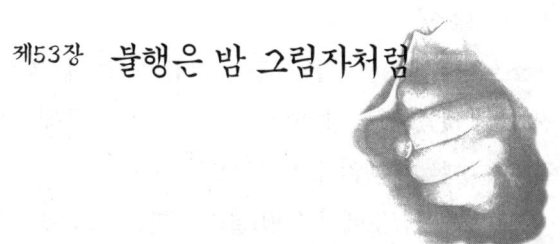

　이십 척의 배를 동시에 댈 수 있을 정도로 큰 선착장은 어깨를 부딪
히지 않고는 걸을 수 없을 만큼 사람들이 많았다. 승객과 짐이 타고 내
리는 소란스러움이 곳곳에서 터져 나왔다.

　선표(船票)를 끊은 소소자는 나인현을 이끌고 승천행 배가 머무는
곳으로 갔다. 나무로 만든 긴 다리 가장자리에 서자 비로소 사람의 물
결에서 벗어날 수 있었다.

　"휴—! 사람도 오지게 많군."

　한숨을 길게 내쉬는 그에게 나인현이 말했다.

　"주 보표님을 도와드려야 하는데 저 때문에 이곳까지 오시게 되었군
요."

　"아니오. 내가 있으나 없으나 별 상관이 없소이다. 어차피 당과…
아니, 흡혈야황과의 일에는 내가 도와줄 일이 없으니. 있으면 오히려

방해만 되죠."

소소자로서는 솔직한 대답이었다. 요즘처럼 자신이 무력하게 느껴진 적이 없었다. 탈명침이란 이름으로 악인들을 죽일 때는 세상에 해결하지 못할 일은 없다고 자신했었는데…….

"그래도 황금도에서 우릴 살리신 분은 소 의원님이잖아요."

소소자는 씁쓸한 웃음을 지었다. 변변히 싸우지도 못하고 널브러진 덕분에 생긴 기회였을 뿐이다. 그렇게 좋은 운이 두 번이나 찾아올 것이란 생각은 들지 않았다.

"그러고 보니 아직 호 소저에게 안 다녀오셨죠?"

"경황이 없어서……."

그도 호미령이 보고 싶기는 했지만 황금도에서 돌아온 후 찾아갈 시간을 만들지 못했다.

"지금 가시면 먼저 호 소저께 들르세요. 걱정 때문에 잠도 제대로 못 주무실 거예요."

소소자는 쑥스러운 웃음을 지었다.

"알았소."

그는 대답처럼 그렇게 할 생각이었다. 오래 곁에 있어주지는 못하겠지만 살아서 돌아왔다는 것만은 알려야 하니까.

얘기를 하는 사이 승천행 배가 천천히 들어왔다. 길이가 이십 장에 넓이가 십 장이나 되는 강선(江船)은 이백 명은 너끈히 태울 수 있을 정도로 컸다.

"공안(公安), 소주(蘇州), 소문(蘇門), 선성(宣城)을 거쳐 승천으로 가는 분은 빨리 타시오!"

배 위에서 유난히 하얀 얼굴의 선원이 소리쳤다. 처음 선원만큼이나 흰 얼굴의 선원이 또 고함을 질렀다.

"빨리빨리 타시오! 반 각 안에 출발해야 하니까!"

내리는 사람이나 짐이 없었기 때문에 삼십여 명의 승객들은 금세 배에 올랐다.

"제가 다시 올 때까지 꼭 살아 계세요. 아참!"

그녀는 붉은 무늬가 그려진 부적을 건넸다.

"이건 향원부(向源符)라는 거예요. 이걸 왼쪽 가슴에 넣고 계시면 제가 쉽게 소 의원님을 찾을 수 있어요."

"알았소. 목욕할 때도 가슴에 붙이고 있겠소이다."

"안 돼요. 물에 젖으면 부적문이 흐려질 수가 있으니 목욕하실 때는 몸에서 멀리하세요."

농담이 통하지 않는 나인현이었다. 소소자는 거듭 알았다는 말을 하고 배를 향해 손짓했다.

"어서 타시오."

"꼭 살아 계셔야 해요."

그녀는 또 당부를 하고 배에 올랐다. '흡혈야황을 죽여주세요' 라는 말을 하지 않는 건 주적자나 그의 능력이 모자람을 생각했기 때문이 아닐 것이다. 자신의 손으로 사도철광의 복수를 하고 싶어하는 그녀의 마음을 이해할 수 있었다.

배로 올라가는 판교(板橋)가 거둬지고, 잠시 후 배가 선착장을 천천히 떠났다. 나인현은 잠시 손을 흔들다 배 안으로 사라졌다.

"당과를 상대할 수 있을 정도로 강해져서 돌아오면 좋겠군."

중얼거린 그는 천천히 선착장을 빠져나왔다. 다리와 육지가 만나는 지점에 이르렀을 때 양쪽에서 짐과 사람이 우르르 쏟아져 나왔다. 가장 번화한 도시 중 하나인 악양에는 언제나 이처럼 짐과 사람이 넘치도록 들어왔다.

사람들의 어깨 부근에 머리를 둔 그는 연신 투덜거렸다.

"젠장, 다들 뭘 먹고 이렇게 큰 거야? 좀 작으면 서로 좋잖아. 아니면 사람이라도 적든가. 악양이 뭐가 좋다고 이렇게들 몰려……."

그는 하던 말을 멈추고 조금 전 승천행 배가 도착했을 때의 상황을 머리 속에 그렸다.

"이런 제기랄!"

황급히 돌아서는 그의 앞에서 덩치가 곰만한 사내가 소리쳤다.

"쥐방울만한 녀석아, 어서 비켜! 사람이 이렇게 많은 데서 우두커니 서 있으면 어쩌겠다는 거야!"

소소자는 사내의 정강이를 후려치는 것으로 불경에 대한 징계를 끝내고 황급히 땅을 박찼다. 두 명의 어깨를 밟은 후 나무 다리에 내려선 소소자는 나인현이 탄 배를 보았다.

강선은 이미 십 장 저쪽까지 멀어진 상태였다.

"저 배에서 한 사람도 내리지 않았다는 것은 말이 되지 않아."

분명 그랬다. 이곳이 출발지가 아닌 다음에야 악양에서 어찌 사람이 내리지 않을 수 있겠는가? 거기에 배에 탄 선원들의 얼굴이 너무 창백했다. 일 년 내내 햇빛 아래서 사는 사람의 피부색이 어떠하리라는 것은 겪어보지 않아도 알 수 있었다.

소소자는 주위를 둘러보다 잇대어진 판자 두 개를 떼어냈다.

"이봐! 당신 무슨 짓이야!"

선착장을 관리하는 듯한 사내가 그를 발견하고 소리쳤다. 소소자는 신경도 쓰지 않고 나인현이 탄 배와 그 사이에 두 개의 판자를 던졌다.

탓!

나무 다리를 박찬 소소자는 배 사이에 떨어진 두 개의 판자를 차례로 밟고 강선을 향해 몸을 솟구쳤다. 배의 후미가 눈앞을 스쳐 가고 갑판이 시야에 들어왔다. 그는 내려서기도 전에 나인현을 찾았다. 그녀는 막 갑판 위에 사각으로 지어진 선실로 들어가려 하고 있었다.

"나 소저!"

소소자는 갑판에 발을 디디며 나인현을 불렀다. 그녀는 깜짝 놀라며 몸을 돌렸다.

"어서……!"

그는 '이리 오시오' 라는 말을 뱉지 못했다. 봇짐을 기대고 앉아 있던 사내 두 명이 갑자기 도를 빼 들고 그를 덮쳤기 때문이다. 도는 목과 허벅지를 향해 쇄도했다. 소소자는 몸을 땅과 수평이 되게 눕히며 허리에서 침을 꺼냈다.

쐐애액—!

귓가로 도가 일으키는 바람 소리를 들으며 양쪽으로 손을 떨쳤다.

"큭!"

두 개의 비명은 마치 하나처럼 들렸다. 목에 침을 꽂고 쓰러지는 사내들을 일별한 소소자는 나인현에게 시선을 돌렸다. 위기를 느낀 그녀가 허리의 주머니로 손을 집어넣었다. 네 장의 부적이 막 드러나려 할 때 갑자기 그녀 뒤쪽에서 두 명이 나타났다.

"위험……!"

그는 이번에도 말을 끝내지 못했다. 그녀가 돌아서기도 전에 왼쪽 사내의 손이 움직여 견정혈(肩井穴)과 불용혈(不容穴)을 짚은 것이다. 나인현의 몸은 순식간에 나무토막처럼 딱딱해져 버렸다.

"이놈들!"

소소자는 소리를 지르며 갑판을 박찼다. 두 사내가 동시에 비수를 꺼내 나인현의 목으로 가져갔다.

"가까이 오면 이 여자는 죽는다!"

하지만 소소자는 멈추지 않았다. 돌아가는 상황으로 보아 저들이 노리는 사람은 나인현이었다. 여기서 밀리면 그녀를 구하는 것은 거의 불가능했다. 구하려면 지금 그렇게 해야 했고, 자신도 있었다.

소소자의 손이 움직이자 두 개의 침은 소리가 따라가지 못할 정도로 빠르게 허공을 갈랐다.

투둑!

침이 두 사내의 미간에 박히는 소리는 솔방울 떨어지는 것만큼이나 작게 들렸다. 그가 단숨에 거리를 좁혀 막 나인현을 잡으려 할 때였다.

쉬이익—!

쭉 뻗은 그의 팔을 향해 날카로운 예기가 밀려들었다. 소소자는 황급히 팔을 거두며 위로 뛰어올랐다. 누가 나타나 나인현을 채 갈지 모르기 때문에 멈출 수가 없었다. 예상대로 검날이 그의 얼굴 한 치 앞을 스치고 아래로 떨어졌다. 시선을 힐끔 돌려 검 주인을 확인한 소소자는 심장이 목구멍을 뚫고 솟아오르는 것 같은 기분을 느꼈다.

"여신우!"

분명 사람 좋아 보이는 미소를 짓고 있는 사람은 여신우였다. 그는 경황 중에도 나인현을 잊지 않았다. 하지만 잊지 않았다고 구한 것도 아니었다. 나인현은 어느새 새로운 인물의 품에 안겨 저 멀리 떨어진 상태였다.

그 새로 나타난 인물 또한 그의 놀람을 이끌어내기에 충분했다.

"왕 문주, 당신까지!"

선실 벽에 등을 기댄 소소자의 양쪽에 여신우와 왕청일이 서 있었다. 이길 수 있다고 장담할 수 없는 상대가 둘이나 그를 에워싸고 있었다. 아니, 이길 수 없는 것이 아니라 여신우에게는 필패(必敗)할 것이 분명했다. 두 번의 경험은 아무리 운이 좋아도 넘을 수 없는 벽이 있다는 것을 깨닫게 해주었다.

"이런 곳에서 만나다니 반갑군, 소 의원."

여신우가 싱긋 웃었다. 그 웃음만큼이나 깊은 절망이 소소자의 가슴에 파고들었다.

'정말 지지리 복도 없군!'

*　　　*　　　*

왕족쌍은 이해할 수 없다는 얼굴로 주적자를 보았다.

"그냥 가란 말인가요?"

"그래."

그녀는 양쪽에 숲이 우거진 일 장 넓이의 관도 위에서 망설이는 몸짓으로 물었다.

"저 혼자요?"

"그래."

주적자가 같은 대답을 하자 왕족쌍이 또 물었다.

"그냥 무작정 아무 데나 가란 말인가요?"

"이왕이면 사람 많은 곳으로 가는 게 좋겠지."

"그래서요?"

"그럼 정무문 사람들 중 누군가가 널 발견하고 네 아버지에게 데려 갈 것이다."

"그 다음엔요?"

주적자의 시선이 왕족발에게 돌아갔다.

"네 오라버니와 숙부가 내 손에 있다고 전해라. 그들을 구하고 싶다 면 흡혈아황과 여신우를 내게 넘기라고 해라."

"만약 아버지가 그것을 거부하면……?"

그녀는 불안한 얼굴로 말끝을 흐렸다.

"두 사람은 내 손에 죽게 되겠지."

지체없는 대답에 왕족발과 왕족쌍의 입이 동시에 열렸다.

"형씨!"

"주 숙부!"

"넌 가만히 있어봐!"

왕족발의 말에 왕족쌍이 마주 소리쳤다.

"너나 입 다물고 있어!"

"이건 내 생명이 걸린 일이야! 그러니 당연히 내가 따져야지!"

"흥! 그래, 죽은 후에는 말도 못할 테니 실컷 해둬라."

"이게 그냥!"

왕족발은 왕족쌍을 향해 눈을 부라린 후 주적자를 보았다.

"주 형……."

빼악―!

"아이고!"

왕청원의 일격에 왕족발은 뒤통수를 붙들고 앞으로 휘청 몸을 꺾었 다.

"이놈아! 숙부님이라 부르라고 그렇게 일렀거늘!"

"날 죽이겠다는데 숙부란 소리가 나와요?"

"아니, 그래도 이놈이!"

왕청원의 팔이 올라가자 왕족발은 찔끔하는 표정을 짓더니 마지못해 대답했다.

"알았어요! 부르면 되잖아요!"

왕족발은 주적자를 힐끔 보고 목청을 가다듬었다. 숙부란 소리가 어지간히 나오지 않는 모양이다.

"험험! 그러니까… 주 숙……."

말끝을 흐린 왕족발은 재빨리 다음 말을 이었다.

"대체 아버님과 흡혈야황이 무슨 관계가 있다고 이런 황당한 짓을 하는 것이오… 니까?"

"네 아버지가 흡혈야황을 데리고 있으니까."

주적자의 대답에 왕청원이 물었다.

"형님이 흡혈야황과 같이 있다는 것이 사실이오?"

주적자는 솔직히 대답했다.

"확실한 것은 아니오. 다만 가장 큰 가능성일 뿐."

"확실하지도 않은데 우리를 죽이겠다는 협박을 하는 것이오, 당신……!"

소리를 지르던 왕족발은 왕청원을 힐끔 보고 말을 이었다.

"그냥 우리에게 원한이 있는 것 아니오?"

주적자는 대꾸하지 않고 왕족쌍에게 말했다.

"어서 가거라. 아버지를 만나거든 황금도로 떠났던 선착장으로 흡혈야황과 여신우를 데려오라고 해라. 기간은 이틀이다. 그 안에 나타나지 않으면 네 오라버니와 숙부는 죽는다."

"이봐, 주 형!"

빠악!

왕청원은 왕족발의 입에서 기어코 비명을 만든 후 말했다.

"시간이 너무 촉박한 것 아니오? 왕족쌍이 그 안에 형님을 만날지도 확실치 않은데 말이오."

이제껏 잠자코 있던 상통걸이 나섰다.

"그건 왕 장로 말이 맞네. 하루 정도 더 말미를 주는 것이 어떤가?"

주적자는 왕족발과 왕청원 사이에 서며 말했다.

"족쌍아, 이틀이다. 네 아버지한테 확실히 말해라."

그는 둘을 양쪽 옆구리에 끼고 땅을 박찼다.

"주 숙부!"

왕족쌍이 다급하게 불렀지만 그가 떠나는 것을 막지는 못했다. 주적자는 산을 넘어 곧장 선착장으로 향했다. 그곳은 원래 있었던 선착장은 아니었다. 황금도로 떠나기 위해 임시로 만든 곳이었다.

그래서 사용이 끝난 선착장에는 한 척의 배만이 외롭게 떠 있었다. 주적자가 타고 왔던 배인데 혹시 몰라서 그대로 놔둔 것이었다.

주적자는 배의 선실 지붕 위로 올라갔다. 선실은 갑판에 사각형으로 지어져 있었는데 선실 지붕을 뚫고 돛이 칠 장 높이로 솟아 있었다. 오는 내내 고함을 질러대던 왕족발은 지쳤는지 조용히 옆구리에 매달려 있었다.

주적자는 그곳에 둘을 내려놓고 갑판으로 가 밧줄을 가지고 왔다. 아무리 무공을 사용할 수 없는 상태라 하더라도 묶어두는 것이 지키기에 편했다. 혈도를 짚는 것도 생각해 봤지만 이틀 동안 그렇게 놔두면 자칫 혈이 역류해서 위험할 수도 있었다.

그가 밧줄을 가지고 오자 왕족발이 기겁을 했다.

"이봐! 설마 묶어두려는 것은 아니겠지?"

주적자는 돛대를 가리켰다.

"이곳에 등을 기대라."

"싫어! 날 묶어두려거든 차라리 죽여!"

"강제로 묶을 수도 있다."

"그렇게 해봐! 콱 혀를 깨물고 죽어버릴 테니까!"

"마음대로."

그는 왕족발의 멱살을 잡고 돛에 등을 붙였다.

"이거 놔! 이 육시랄 놈아! 지 어미하고 붙어먹을 시러배 잡놈아! 이거 놓지 못해!"

주적자는 목청껏 외치는 욕설에 신경 쓰지 않고 왕청원에게 말했다.

"돛대에 기대시지요."

왕청원은 한숨을 쉬고 순순히 몸을 움직였다. 주적자는 두 사람을 돛대 양쪽에 앉히고 밧줄로 단단히 묶었다. 혀를 깨물겠다고 협박을 한 왕족발은 혀를 깨무는 대신 일각이 넘게 짖어대는 욕설로 귀를 피곤하게 만들었다.

주적자는 선실의 벽에 다리를 내려뜨리고 앉았다. 붉은색으로 물들어가는 태양 빛이 전면에 비춰 피를 뒤집어쓴 것 같았다. 그는 등에 걸린 검을 풀어 무릎 위에 얹었다.

'왕청일이 당과와 여신우를 데리고 올까?'

만약 당과와 여신우가 온다면 왕청일이 데려오는 것은 아닐 것이다. 그가 이런 일을 꾸민 이유는 왕청일이 그들을 잡아오기를 바란 게 아니었다.

당과와 여신우가 모습을 드러내게 만들기 위해서였다. 어쩌면 당과는 분노에 찬 얼굴로 그를 찾아올지 모른다.

'내가 당과를 당해낼 수 있을까?'

아직 그녀를 극복할 방법을 찾아내지 못했으니 힘들 것이다. 그럼에도 그는 하루라도 빨리 그녀와 만나고 싶었다. 꼭 싸움 때문만은 아니었다. 사실 그조차 굳이 당과와 목숨을 걸고 싸우는 것이 옳은 길인지 확신하지 못했다.

당과에 대한 자신의 감정조차 갈팡질팡하니 당연한 일이었다. 그녀를 사랑하는지 증오하는지조차 알 수 없었다. 차라리 애증(愛憎)이라면 애정 때문에 생긴 증오이니 훨씬 나을 것이다. 하지만 당과는 그의 인생을 송두리째 흔들어 운명 자체를 바꿔 버렸다.

다른 어떤 형태라면 그것 또한 용서할 수도 있었다. 당과에 대한 그의 사랑이 그처럼 얕지 않기에. 하지만 당과는 그를 흡혈귀로 만들어 버렸다. 인간의 피를 취하지 않으면 견딜 수 없을 정도의 고통을 겪는 흡혈귀로!

이미 한번 맛을 본 인간의 피는 짐승의 피로 대체할 수 없었다. 간신히 참고는 있었지만 언제 본성이 튀어나올지 모를 정도로 불안했다. 닥치는 대로 인간의 피를 빼는 괴물이 되기 전에 당과와 결말을 짓고 싶었다.

당과가 그를 사람으로 되돌려주지 않는다면 그녀가 죽든 그가 죽든 둘 중 하나가 될 것이다.

후자라 해도 별로 나쁘지 않았다. 영원히 살아야 하느니 차라리 그 편이 좋았다. 모든 것을 망각할 수 있는 죽음, 그것이 묘한 매력으로 그의 가슴을 파고들었다.

─쭈─ 쭈─

화백이 주머니 속에서 고개를 내밀었다. 화백이 변해서 당과와 싸웠다는데 그의 기억에는 남아 있지 않았다. 붕 때문에 싸웠던 그때의 화백이라면 능히 당과와도 일전을 겨룰 만했다.

'그래, 화백이 있으니 어쩌면 이길 수도 있겠군.'

화백이 그때의 그 모습으로 돌아온다면 말이다. 그는 뒤쪽에서 다가오는 발자국 소리에 고개를 돌렸다. 어깨에 커다란 보자기를 짊어진 상통걸이었다. 소소자가 움막에 도착했을 테니 데려오겠다고 했는데 소소자는 보이지 않았다.

상통걸은 선실 지붕으로 훌쩍 뛰어올라 보자기를 내려놓았다. 무엇이 들었는지 보자기는 꿈틀꿈틀 움직였다.

꼬곡! 꼭! 꼭!

보자기 안에서 닭소리가 들렸다. 상통걸이 주적자를 향해 씨익 웃었다.

"살아 있는 것이 필요할 것 같아서."

그는 말을 하며 보자기 입구를 풀었다. 안에는 닭뿐만 아니라 만두와 건량도 들어 있었다. 이틀 동안 먹을 음식들이었다.

"소소자는 안 왔습니까?"

상통걸이 이상하다는 표정을 지었다.

"안 왔던걸. 악양에서 승천행 배가 떠난 지 벌써 두 시진 가까이 됐으니 족히 오고도 남을 시간인데 이상하지?"

그는 고개를 갸웃하고 말을 이었다.

"제자 놈을 남겨놓았으니 도착하면 이곳으로 오겠지."

가만히 있던 왕족발이 상통걸에게 물었다.

"방주 영감, 그 살아 있는 닭은 왜 가지고 온 것이오?"

왕족발의 목소리는 하도 소리를 질러서 반쯤 쉬어 있었다. 상통걸은 고개를 내민 닭을 가리켰다.

"이거?"

그는 주적자를 힐끔 보았다.

"알려고 하지 말아라."

상통걸은 말을 하고 주적자 곁에 털썩 주저앉았다.

"이틀이 지나면 정말 저들을 죽일 생각인가?"

속삭인다고는 하지만 바로 뒤에 있었기 때문에 다 들릴 것이다. 하긴, 듣는다 해도 상관없었다.

"네."

주적자의 짧은 대답에 상통걸은 불쌍하다는 표정으로 왕족발과 왕청원을 보았다.

"쯧쯧… 아버지와 형을 잘못 둬서 이게 무슨 고생인가 그래."

"흥! 아버님이 그냥 계실 것 같소이까? 당장 오셔서 우리를 굴비 취급한 저 녀석의 머리통을 박살내 버리실 거요."

왕청원도 묶인 후에는 왕족발의 막말에 신경 쓰지 않았다. 상통걸은 고개를 끄덕이다가 물었다.

"그런데 이틀 안에 오지 못하면 어떡하나?"

"그, 그거야……"

"정무문 악양지부가 지하로 숨어버려서 자네 동생이 아버님을 찾을 방법이 전무한데 걱정이야. 물론 정무문의 눈과 귀가 악양에 깔려 있기는 하겠지만, 글쎄……"

상통걸은 불안하다는 듯 말끝을 흐렸다.

"방주 영감! 거 자꾸 사람 불안하게 만들지 말아요! 아버님은 꼭 오실 거요! 이틀 내에 꼭 오실 거란 말이오!"

"물론 그러면 좋겠지."

마지못해 대답을 한 상통걸은 주적자에게 시선을 돌렸다.

"그런데 왕청일이 정무문 무사들을 우르르 끌고 오면 어떻게 할 작정인가? 물론 자네가 당하지는 않겠지만 그 와중에 저들을 지킬 수는 없을 텐데."

이미 생각했던 문제였기 때문에 대답은 바로 나왔다.

"그러면 내 경고를 무시한 대가로 저들을 죽이고 왕청일을 잡아야지요. 그러면 자연히 당과와 여신우의 소재가 밝혀질 겁니다."

그의 명쾌한 대답에 상통걸은 그저 고개만 끄덕일 뿐이었다. '정말 그렇게 할 수 있을까?'라는 얼굴이었지만 확실히 말 그대로 할 것이다.

붉게 물든 태양은 반쯤 물에 잠겨 있었다. 동정호가 부글부글 끓어올라도 이상할 것 같지 않았다.

'어서 와라, 당과. 너와 나의 악연을 여기서 끊자.'

화백이 어깨로 기어올라 그와 같은 곳을 바라보았다. 주적자는 화백의 작은 다리를 간질렀다. 가장 든든한 아군의 체온이 느껴졌다.

"우린 이길 수 있을 거야. 그렇지?"

*   *   *

쿵!

여신우는 검은색 궤짝을 나인현 앞에 있는 탁자에 올려놓았다. 그녀의 팔은 수결을 맺지 못하게 묶여 있었다.

"이게 뭐죠?"

여신우는 나인현의 맞은편 의자에 앉았다. 불을 켜지 않은 방은 어스름한 어둠이 내려져 있었다.

"나 소저가 황금도에서 싸웠던 묵룡이란 술법사가 그동안 연구한 술법서요."

"그런데요?"

"이 궤짝 안에 있는 술법서를 보고 일원이분기를 만들어주면 되는 것이오. 내가 이해할 수 없는 글자만 잔뜩 쓰여 있더구려. 술법사끼리만 통하는 글자 같던데 당신은 알아볼 수 있을 것이오."

그는 황금도에 설치되어 있던 일원이분기에 대해 아는 대로 설명했다.

"음기가 그토록 강한 곳이 필요하다면 찾는 방법만 알려주시오. 어디에 있든 내가 찾아낼 테니 말이오."

나인현은 궤짝을 힐끔 보고 말했다.

"그러니까 흡혈야황의 힘을 둘로 나누고, 흡혈야황은 그냥 평범한 사람으로 돌아오는 장치가 일원이분기라는 말인가요?"

"그렇소."

"이해할 수 없군요. 왜 흡혈야황이 그런 짓을 하는 거죠?"

여신우도 흡혈야황을 이해할 수 없었다. 어제 처음 그 얘기를 듣고 적잖이 당황했었다. 불사의 몸에 영원한 젊음, 주체할 수 없는 힘을 가지고 있는 흡혈야황이 왜 연약하기 그지없는 평범한 인간으로 돌아가려 하는 것일까?

"영원히 산다는 것은 더할 수 없는 고통이다. 유한한 너희들은 그 고통을 모를 테지……."

흡혈야황이 독백처럼 중얼거린 그 말을 도저히 이해할 수 없었다. 아마도 영원히 이해할 수 없을 것이다.

여신우는 긴 한숨을 뱉고 말했다.

"그건 나도 모르오. 흡혈야황은 단지 인간이 되고 싶어하는 것이오. 이건 당신에게도 좋은 일 아니겠소?"

나인현은 비웃음을 띠었다.

"만약 당신 뜻대로 된다면 원래의 흡혈야황 대신 두 명의 다른 흡혈 야황이 생겨나게 되겠군요."

"그 결과에 대해서는 당신이 신경 쓰지 않아도 되오."

그녀는 일고의 가치도 없다는 듯 고개를 저었다.

"당신의 어떤 요구도 들어줄 수 없어요. 흡혈야황도 원수지만 당신 또한 그 못지 않으니."

여신우는 입꼬리만 올려 웃음을 지었다.

"당신 처지를 잊은 모양이구려. 나 소저에게는 선택의 여지가 없소 이다."

"고문이라도 할 생각인가요?"

그녀는 할 테면 해보라는 식으로 말했다.

"우리에게 너무도 귀한 당신을 어찌 그런 식으로 다룰 수 있겠소?"

여신우는 말을 하고 손가락을 퉁겼다. 그러자 문이 열리며 두 사람 이 들어왔다. 한 명은 백제상이었고, 다른 한 사람은…….

"소 의원님!"

나인현의 입에서 비명 같은 소리가 튀어나왔다. 뒤로 손이 묶인 소소자의 입술은 피로 범벅이 되어 원래 두께의 세 배는 부풀어 있었다. 입술 외에 다른 곳은 이상할 정도로 멀쩡했다.

　"입이 험하면 그만한 대가를 치르기 마련이지요."

　"이 어우꼬라지 가트 노아! 또무 소게 그더기마도 모타……!"

　여신우는 보지도 않고 뒤쪽으로 주먹을 휘둘렀다. 퍽 소리와 함께 소소자의 욕설이 단숨에 멈췄다. 여신우는 손등에 묻은 피를 탁자보로 닦은 후 나인현에게 말했다.

　"어떻소? 이제 협조할 마음이 생겼소?"

　그녀의 눈동자가 불안하게 떨렸다.

　"내가 도와주지 않으면 소 의원님을 죽일 건가요?"

　"그게 아니라면 무엇 때문에 저 귀찮은 인간을 살려뒀겠소?"

　나인현은 한참 동안 그를 보다가 궤짝을 향해 시선을 떨궜다. 그 모습을 보는 여신우의 입가에 미소가 걸렸다. 역시 여자라는 동물은 모성 본능이 강했다. 자신의 고통은 잘 참으면서 남이 당하는 고통에는 약한 것이 여자였다.

　저렇게 갈등하는 모습을 보이고는 있지만 곧 승낙할 것이다.

　'자, 이제 황금도 같은 음지만 찾으면 되는 것인가?'

＊　　　　　＊　　　　　＊

　체르샤는 놀란 눈으로 흔들리는 물결을 보았다. 어둠을 먹어 잉크처럼 보이는 이곳은 끝이 보이지 않았다.

　"뭘 그렇게 쳐다보고 있어? 빨리 완전한 흡혈귀나 찾지."

그는 동정호라는 이름을 가진 호수를 가리키며 말했다.

"드라칸님은 이게 호수라는 것을 믿을 수 있어요?"

드라칸은 제정신이냐는 표정으로 체르샤를 보았다.

"너, 바보냐? 이렇게 끝이 안 보일 정도로 넓은 호수가 어디 있냐? 이걸 보고 바다라고 하는 거야. 하여간 시골 태생은 어쩔 수 없다니까."

체르샤는 손가락으로 물을 찍어 맛을 보았다. 민물 특유의 비린내가 날 뿐 짠맛은 느껴지지 않았다.

"바다는 분명 소금물이잖아요. 그런데 이건 그냥 밍밍한데요."

드라칸은 '그럴 리가' 하며 물맛을 보았다. 고개를 갸웃한 드라칸은 체르샤를 향해 인상을 우그러뜨렸다.

"세상에는 가끔 짜지 않은 바다도 있어!"

"물이 짜지 않으면 그게 바다인가요?"

드라칸은 체르샤의 뒤통수를 후려치며 소리쳤다.

"있다면 있는 줄 알아! 쓸데없는 소리 하지 말고 빨리 완벽한 흡혈귀나 찾아!"

체르샤는 투덜거리며 품에서 붉은 수정구를 꺼냈다. 그런 그의 얼굴이 놀람으로 덮였다.

"왜 그러냐?"

체르샤는 수정구 한쪽을 가리켰다.

"푸른 점이 두 개로 늘었어요."

"뭐야?"

드라칸은 수정구에 코를 박을 것처럼 얼굴을 가까이 가져갔다. 체르샤의 말대로 푸른 점이 두 개였다.

"어떻게 된 거야? 우리가 떠나올 때는 분명 하나였잖아!"

"그거야 나도 모르죠. 원래 하나였다가 둘이 됐는지, 아니면 워낙 거리가 멀어 둘이 하나로 표시되다가 가까워짐에 따라 분간할 수 있을 정도로 갈린 것인지. 어쨌든 나쁠 것은 없잖아요. 그만큼 선택의 폭이 넓어졌으니까요."

하긴 그랬다. 이런 경우에는 하나보다 둘이 훨씬 나았다.

"어느 쪽부터 찾아갈까요?"

"가까운 곳부터 찾아야지."

그는 말을 하며 옷을 벗었다. 깬 지 얼마 안 되어 식사부터 하고 싶었지만 얼마 남지 않았기 때문에 그냥 가기로 했다. 우두둑거리는 소리가 반복적으로 들리더니 완전한 박쥐의 모습으로 변했다.

"수정구 잘 보고 방향 알려줘! 떨어뜨리면 죽을 줄 알아!"

그는 등에 탄 체르샤에게 윽박지르고 땅을 박찼다. 끝없는 바다가 금세 그의 발 아래 놓여졌다. 체르샤는 호수라고 하지만 이렇게 큰 호수가 있을 리 없었다. 비록 물이 짜지 않다 하더라도 이건 바다였다.

그에게 바다와 호수를 결정짓는 가장 큰 척도는 크기였다. 그러므로 끝이 보이지 않는 이곳은 바다인 것이다.

바다 위를 나는 것은 사막을 가로지르는 것과 비교가 되지 않을 정도로 기분이 좋았다. 바람도 적당히 불어 시원했고, 아래 펼쳐진 풍경도 전혀 지루하지 않았다. 비록 모래가 물로 변한 것뿐이지만 풍기는 느낌이 달랐다.

위에서 체르샤가 감탄사를 터뜨렸다.

"와아—! 정말 이 땅은 신기한 곳이에요. 이렇게 커다란 호수도 있고……."

"호수가 아니라 바다라니까!"

"네, 네. 바다요, 바다."

드라칸은 달을 향해 힘찬 날갯짓을 했다. 이제 얼마 후면 완벽한 흡혈귀를 만나 그 또한 성수나 햇빛, 마늘, 십자가 따위에 영향을 받지 않는 최강의 흡혈귀가 될 수 있었다. 물론 바라는 대로 될 수 없을지도 모르지만 그는 그 가능을 배제했다.

그는 꼭 완벽한 흡혈귀가 되어 집으로 돌아가 엘릭서를 손에 넣을 것이다. 그리하여 명실상부한 마족(魔族)의 최고 우두머리가 되어 세상을 마음대로 주무를 것이다. 그 생각만으로 기분이 좋아졌다. 그는 웃음을 참지 않았다.

"푸하하하—!"

그의 웃음소리가 바다 멀리까지 울려 퍼졌다.

*　　　　　*　　　　　*

주적자는 피골이 상접한 닭을 팽개치고 물로 입가에 묻은 피를 씻었다. 손가락 사이로 흘러내린 핏물은 호수에 떨어져 금세 희석되었다. 그는 먹물 같은 까만 호수를 한참 동안 보다가 일어섰다.

첨벙첨벙!

저쪽에서 물장구를 치고 있던 화백이 서둘러 뭍으로 올라와 몸을 부르르 털었다. 주적자는 물기 하나 없는 화백에게 옷을 입힌 후 주머니에 넣고 배로 갔다.

선실 지붕 위로 올라서자 식은 만두를 먹고 있는 상통걸이 보였다. 상통걸은 묶인 두 사람에게도 친절하게 만두를 먹여주고 있었다. 한 입 가득 만두를 집어넣은 왕족발이 불분명한 발음으로 물었다.

"닭을 가지고 가더니 벌써 해먹고 오는 길이오?"

상통걸이 만두를 왕족발의 입에 어거지로 밀어넣었다.

"쓸데없는 소리 하지 말고 만두나 먹어라!"

"우욱! 방주 영감! 날… 죽일 셈이오?"

주적자는 그들의 실랑이를 귓등으로 흘리며 지붕 위에 걸터앉았다. 그는 검을 무릎 위에 올려놓고 동정호 저쪽의 어둠을 응시했다.

아직 당과가 나타날 기미는 보이지 않았다. 예고없이 그의 뒤쪽에서 불쑥 솟아날지도 모를 일이었다. 그래서 그는 검자루를 꼬옥 움켜쥐고 있었다.

"자, 요기도 했으니 한숨 자라. 왕 장로도 불편하겠지만 눈 좀 붙이시오. 누가 오면 깨고 싶지 않아도 깨게 될 테니."

"쳇! 이런 상황에서 잠이 오겠소이까?"

왕족발은 말끝으로 긴 하품을 했다.

"그래, 보아하니 별로 졸려 보이지는 않는군. 하지만 억지로라도 자 둬."

상통걸은 말을 하고 주적자 옆에 와서 앉았다.

"이렇게 이틀을 보낼 생각인가?"

"그래야죠."

"그러다 정작 싸움이 일어나면 피곤해서 힘도 못 쓰는 것 아니야?"

"이틀 정도는 괜찮습니다."

상통걸은 고개를 끄덕였다.

"자네는 상식이 통하지 않는 인간이니까."

주적자는 '인간'이라는 말이 무척 생소하게 들렸다. 어쩌면 그는 언제부터인가 자신을 흡혈귀라고 단정해 버렸는지 모른다. 입으로뿐만 아니라 생각으로까지…….

'하긴 사람이라고 할 수가 없겠지.'

가는 한숨을 내쉬던 그는 내뿜던 숨을 급하게 들이쉬었다. 살갗으로 파고드는 어떤 기운을 느꼈기 때문이다. 그것은 흡혈야황이 가슴에서 부적을 떼었을 때 느꼈던 기운과 흡사했다. 하지만 그것보다는 훨씬 옅었다.

거리가 멀리 떨어져 있다는 의미가 아니었다. 흡혈야황과 동류의 기운이 다가오고 있는 것이다. 자신과 동류이기도 하고…….

주적자는 지붕을 두 발로 디뎠다. 그의 모습이 이상했는지 상통걸이 물었다.

"무슨 일인가? 설마 흡혈야황이 나타난 건가?"

"아뇨. 하지만 무언가가 다가오고 있는 것만은 분명하군요."

주적자는 고개를 돌리다 한곳에 시선을 고정시켰다. 그가 보고 있던 그곳, 동정호 저편에서 기운이 빠르게 다가오고 있었다.

'대체 뭐지? 배를 타고 오는 건가? 아니, 배를 타고 온다면 이렇게 빠를 리가 없는데.'

그는 생각을 하며 왼손으로 검집을, 오른손으로 손잡이를 잡았다. 수면 위를 뚫어지게 보고 있던 그의 눈길이 위로 향했다. 짙은 어둠 속에서 무언가가 빠르게 날아오고 있었다. 오십 장이나 떨어져 있었지만 거리나 어둠이 그의 눈을 가리지는 못했다.

그것은 분명 편복(蝙蝠:박쥐)이었다. 사람의 두 배쯤 되어 보이는 거대한 편복!

"대체 뭘 보고 그리 놀라는 것인가?"

상통걸에게는 아직 보이지 않는 모양이다. 하지만 잠시 시간이 지난 후, 상통걸의 입에서 경악성이 튀어나왔다.

"저, 저게 뭔가? 내가 잘못 본 것이 아니라면 분명 편복 같은데?"

"맞는 것 같군요. 그리고 그 위에 한 사람이 타고 있네요."

"그렇군. 저것도 요괴의 일종인가?"

편복 요괴는 들어본 적이 없지만 그 외에는 설명이 되지 않았다.

"아마도 그렇겠죠."

"이쪽으로 오는군."

편복은 순식간에 다다라 갑판 위에 내려섰다. 짐을 잔뜩 짊어진 사람이 등에서 내리자 편복은 날개를 접었다. 그리고 몸 전체를 묘하게 비비 꼬기 시작했다.

우두둑우두둑!

뼈가 어긋나는 소리가 들리면서 편복의 모습이 변하기 시작했다. 다리가 점점 길어지고 날개가 둥글게 말렸다. 차츰 작아지는 몸통은 눈에 띄게 사람의 형태로 변해갔다. 전체적으로 크기가 줄어들더니 이윽고 모습이 완전히 바뀌었다.

편복에서 사람으로 탈바꿈한 사내는 실오라기 하나 걸치지 않은 상태였다. 그는 주적자와 상통걸을 올려다보며 등에서 내린 작은 사내에게 손을 내밀었다.

편복 사내가 뭐라고 짧게 말을 하자 작은 사내가 손에 들고 있던 옷을 건네주었다. 온통 검은색의 옷은 약간 특이했다. 목에 달려 있는 부드러운 털은 단추를 채우는 앞섶까지 길게 나 있었다. 거기에 무릎 아래 정강이까지 내려오는 길이 하며 어린아이 정도는 능히 집어넣을 수 있는 소매는 마치 도사의 도복을 보는 것 같았다.

바지는 대체로 펑퍼짐하고 발목 부근이 꽉 조여져 움직이기 편한 형태로 되어 있었다. 하지만 별로 입고 싶지는 않았다.

편복 사내는 정강이 바로 아래까지 올라오는 검은색의 신발을 신은 후 망토를 둘렀다. 안쪽은 새빨간색이었고, 겉은 입고 있는 옷만큼 검었다. 복장을 완전히 갖춘 매부리코 사내가 알 수 없는 말로 작은 사내에게 뭐라고 하자, 작은 사내는 붉은색이 도는 구슬을 쳐다보고 주적자를 가리켰다.

둘은 그 상태로 또 말을 주고받았다. 어쩌면 괴 사이에서만 통하는 말인지도 모른다. 그렇다면 편복 사내뿐 아니라 작은 사내도 괴라는 뜻이었다.

주적자는 그저 그들의 모습을 보고 있을 뿐이었다. 겉으로 봐서는 적의를 가지고 찾아온 것 같지는 않았다.

"저들은 마치 서역(西域)인처럼 생겼군."

"서역인이라니요?"

"중원의 서쪽에 사는 이상하게 생긴 사람들에 대해 들은 적이 있는데, 그때 들은 외형이 저들과 흡사하군. 파란 눈에 커다란 코, 창백한 얼굴. 우리와는 확실히 다르잖아."

"하지만 저들은 사람이 아니잖습니까?"

"뭐, 하긴 그렇군. 혹시 서역에서 온 요괴들이 아닐까?"

"저… 실례합니다."

주적자는 작은 사내에게로 시선을 돌렸다. 어눌하고 불분명하지만 그가 알아들을 수 있는 말을 하고 있었다.

"당신, 완벽한 흡혈귀가 맞죠?"

그는 눈살을 찌푸리고 되물었다.

"그대들은 누구요?"

"네, 우리는 멀리 서쪽에서 왔습니다."

"역시 내 말이 맞지?"

주적자는 상통걸을 힐끔 본 후 말했다.

"날 찾아온 것이오?"

"네. 우리는 그러니까… 부… 보? 아니, 뭐더라? 어쨌든 저희는 완전하지 않은 흡혈귀입니다."

그러면서 작은 사내는 맹수의 그것처럼 뾰족하게 튀어나온 이빨을 보여줬다.

"이거 보세요. 확실히 우리는 흡혈귀가 맞아요."

주적자는 저들이 왜 흡혈귀라는 것을 강조하는지 알 수 없었다. 그에게 흡혈귀는 죽여 없애야 할 적이라는 것을 모르는 모양이다.

"그런데?"

주적자의 목소리가 한 음 높아졌다.

"먼저 대답부터 해주세요. 당신은 완벽한 흡혈귀인가요?"

그는 자꾸 이런 질문을 하는 이유가 궁금해서 좀 더 얘기를 해보기로 했다.

"완벽한 흡혈귀가 뭔데?"

"완벽한 흡혈귀란 햇빛과 마늘, 십자가, 성스러운 물, 은제 무기에 영향을 받지 않는 흡혈귀를 말하는 것인데… 에… 당신은 이런 것들을 두려워합니까?"

작은 사내는 마치 글을 읽듯이 물었다. 햇빛이나 마늘 같은 말뜻은 알아듣겠는데 그 외에는 생경한 단어들이었다. 하지만 질문의 요지는 이해할 수 있었다.

"난 그중 어떤 것도 두려워하지 않아. 그런데 왜 그런 것을 묻는 거지?"

작은 사내는 기쁜 표정을 지으며 편복 사내에게 뭐라고 빠르게 지껄였다. 그의 말을 들은 편복 사내가 웃자 뾰족한 송곳니가 보였다. 즐거워하는 편복 사내가 뭐라고 말을 하자 작은 사내의 시선이 주적자에게 돌아왔다.

"우리는 부… 아! 불완전! 네, 불완전한 흡혈귀입니다. 위에 열거했던 햇빛, 마늘, 십자가……"

주적자는 작은 사내의 말을 끊었다.

"날 찾아온 용건이나 말해."

"네. 그래서 말인데 같은 흡혈귀로서 우리를 좀 도와주십시오."

"어떻게 말인가?"

"우리를 위에 열거했던 것들에 영향을 받지 않게 해주십시오. 물론 그 방법은 제가 연구하겠으니 그냥 조금 협조만 해주시면 됩니다. 같은 흡혈귀끼리 돕고 살아야 하잖아요."

주적자는 피식 웃음을 지었다. 대충 저들이 어떤 존재인지 알 수 있었다. 처음 예상대로 저들은 서쪽의 괴 일종인 흡혈귀였다. 그런데 약점이 너무 많아 완벽한 흡혈귀를 찾아 도움을 청하러 온 것이리라.

어떻게 그가 여기 있는지 알고 왔는지 모르지만—어쩌면 흡혈야황을 찾아온 것일 수도 있었다. 사실 그 가능성이 훨씬 높았다—저들에게 도움을 줄 생각은 전혀 없었다.

주적자는 검을 빼 들었다. 그의 심상치 않은 기색을 느꼈는지 둘의 안색이 딱딱하게 굳었다.

"이, 이보세요. 당신은 그냥 가만있어도 돼요. 내가 다 알아서 한다니까요. 설마 우리와 싸우려는 것은 아니지요? 흡혈귀들끼리 서로 도와야 하잖아요."

주적자는 검을 작은 사내의 미간에 겨누었다.

"너희들을 도와줄 생각은 없다. 흡혈귀는 내가 죽여야 할 적일 뿐이야."

편복 사내가 작은 사내에게 뭔가를 묻는 것 같았다. 작은 사내는 당황한 표정으로 알아들을 수 없는 말을 빠르게 내뱉었다. 그러자 편복 사내가 품에서 뭔가를 꺼냈다. 그것은 한 자 남짓 되는 막대였는데 꼭대기에 주먹 두 개를 합한 정도 크기의 청색 구슬이 달려 있었다. 편복 사내의 무기인 모양이다.

"제가 만들어 드린 그 싸이킥쉐도우면 저 흡혈귀를 제압할 수 있을 거예요."

편복 사내가 소리를 치자 작은 사내는 '아참! 이건 이 나라 말이지' 하며 뭐라고 지껄였다. 편복 사내는 못마땅한 눈으로 작은 사내를 노려본 후 입을 크게 벌렸다.

"추크라! 추크라! 아할바마! 추크라! 추크라! 이힐리히! 바라힘! 바라힘! 오호그람! 바라힘……!"

편복 사내가 주문을 외움에 따라 청색 구슬이 점점 검은색으로 물들어갔다. 그리고 어느 순간, 그 구슬에서 무언가가 빠르게 튀어나왔다. 그것은 손가락 크기의 흑편복이었는데 일시에 수백 마리가 주적자를 향해 쏟아져 왔다.

파라라라―!

그는 그물처럼 에워싸 오는 흑편복 떼를 향해 검을 휘둘렀다.

우우웅―!

두 자나 뻗은 검강(劍罡)은 파도처럼 흑편복 떼를 휩쓸었다. 검파(劍波)가 닿은 흑편복 떼는 순식간에 가루로 변해 흔적도 없이 사라져 버렸다. 그것은 마치 빗자루로 먼지를 쓸어버리는 것 같았다.

편복 사내가 열심히 주문을 외워 흑편복을 날려 보냈지만 주적자의 근처에도 다다르지 못했다. 주적자는 검을 한 번 휘둘러 흑편복을 모두 없애 버린 후 지붕에서 뛰어내렸다. 그러자 두 사내가 주춤주춤 뒤로 물러섰다.

편복 사내의 막대에서는 더 이상 흑편복이 튀어나오지 않았다. 두려운 눈으로 주적자를 보며 물러서던 편복 사내가 갑자기 위로 뛰어올랐다. 편복 사내는 공중에서 처음 왔던 모습의 편복으로 탈바꿈했다.

찌이익—!

옷이 찢어지며 사방으로 흩날렸다. 작은 사내가 뭐라고 소리를 치며 편복의 다리를 붙잡았다.

"서라!"

주적자는 소리를 지르며 갑판을 박찼다.

쐐애애액—!

검이 허공을 가르는 소리는 겨울 들판에 부는 바람만큼이나 거셌다.

파아—!

작은 사내가 서둘러 올라탄 편복의 아랫배 쪽에서 긴 핏줄기가 뿜어져 나왔다.

까아악—!

비명을 터뜨린 편복은 잠깐 몸을 뒤틀었을 뿐 그대로 하늘을 향해 치솟았다. 주적자는 선수(船首)에 내려 피를 쏟으며 멀어져 가는 편복을 바라보았다. 그의 뒤로 상통걸이 다가왔다.

"그 작은 녀석을 사로잡았으면 좋았을 텐데."

자신보다 훨씬 큰 그 사내를 상통걸은 작은 녀석이라고 불렀다.

"왜요?"

"보아하니 그 작은 녀석이 들고 있던 구슬로 자네를 찾은 것 같더군. 그렇다면 그것으로 흡혈야황도 찾을 수 있지 않을까?"

"아!"

주적자는 아쉬운 탄성을 터뜨렸다. 말은 알아들을 수 없었지만 확실히 그런 것 같았다. 하지만 이미 놓쳐 버린 물고기이니 어쩔 수 없었다. 그는 달 속으로 날아가는 편복이 사라질 때까지 눈길을 떼지 못했다.

'저 녀석들이 당과에게 갈까?'

*　　　　*　　　　*

"아이고!"

체르샤는 뒷머리를 감싸쥐고 앞으로 풀썩 쓰러졌다.

"이 자식아! 그런 무식하고 막돼먹은 흡혈귀를 찾아서 하마터면 죽을 뻔했잖아!"

드라칸은 쓰러진 체르샤를 짓밟으며 소리를 질렀다. 움직일 때마다 아랫배가 아팠지만 화를 푸는 것이 급했다.

"그만 하세요! 이러다 죽겠어요! 아이고! 어쨌든 완벽한 흡혈귀는 찾았잖아요!"

"찾으면 뭐 해! 우릴 못 죽여서 안달한 놈인데!"

"아직 하나가 남았잖아요!"

"이미 만난 놈이 그 모양인데 다른 놈이라고 다를 리가 있겠어?"

드라칸은 그 말을 끝으로 발길질을 멈췄다. 화가 제법 풀리니 배의 고통이 더 크게 찾아왔다.

"아이고, 아파라! 대체 그놈의 칼은 뭘로 만들어졌기에 내 배를 천 쪼가리처럼 가르냐 그래."

체르샤가 비칠비칠 일어서며 말했다.

"제가 보기에는 검 같던데요."

"칼이나 검이나 거기서 거기지! 소리를 질렀더니 더 아프네."

그는 피범벅이 된 아랫배를 내려다보았다. 겉의 상처는 거의 아물었지만 아직 내장이 원상태로 회복을 못한 상태였다.

"젠장, 이 먼 곳까지 와서 이런 꼴을 당해야 하다니."

드라칸은 투덜거리며 물가로 가서 핏물을 씻어냈다. 하얀 배에 난 흉터는 씻는 순간에도 점차 희미해지더니 이내 깨끗하게 아물었다.

"와아! 저보다 열 배는 더 빨리 회복되네요."

"이 자식아! 너하고 나하고 같냐? 쓸데없는 소리 하지 말고 옷이나 벗어!"

"옷은 왜요?"

드라칸은 양팔을 벌렸다.

"그럼 내가 이렇게 벌거벗은 꼴로 다녀야겠냐?"

"하지만 옷을 벗어드리면 제가……."

"빨리 벗어!"

체르샤는 울상을 지으며 허리띠로 손을 가져갔다.

"제 옷은 맞지 않을 텐데요."

"죽인 후에 내 손으로 벗겨야겠냐?"

"버, 벗으면 되잖아요."

체르샤는 안주머니에서 수정구를 꺼낸 후 주섬주섬 옷을 벗었다. 무릎 바로 위까지 오는 속옷과 조끼를 입고 있었기 때문에 보기 싫은 꼴은 안 봐도 되었다.

드라칸은 바지를 입고 투덜거렸다.

"젠장, 남 클 때 화장실이라도 갔다 온 거냐? 바지 끝이 정강이에 겨우 걸치다니, 이거 원."

"그러니 제가 안 맞는다고 했잖아요."

드라칸은 구시렁거리는 체르샤를 힐끔 보고 상의를 입었다. 어깨가 너무 좁아 겨우 집어넣었는데…….

찌이익—!

뒷부분에서 기분 나쁜 소리가 들렸다. 드라칸은 찢어진 옷을 벗어 체르샤에게 던졌다.

"그냥 너 입어라."

뭐라고 말을 하려던 체르샤는 입술만 달싹이다 찢어진 옷을 걸쳤다. 그는 바닥에 놓아둔 수정구를 들고 잠시 살피더니 물과 반대 방향을 가리켰다.

"저쪽으로 가면 되는데요."

드라칸의 눈꼬리가 위로 치솟았다.

"또 그 빌어먹을 완벽한 흡혈귀를 찾아가자는 말이냐?"

"그럼 여기까지 와서 아무 소득도 없이 돌아갈 수는 없잖아요."

하긴 그랬다. 그 먼길을 고생고생해서 왔는데, 거기다 이상한 흡혈귀를 만나 칼까지 맞았는데 그냥 간다는 것은 너무 억울했다. 하지만 만약 이번에도 성질이 더러운 흡혈귀고, 한 시간 전에 만났던 그 녀석처럼 강하다면 무사히 빠져나올 자신이 없었다.

그가 망설이고 있을 때 체르샤가 재촉했다.

"어서 바지 벗으세요. 그냥 변하면 또 찢어지잖아요."

"어휴—! 내가 어쩌다 너 같은 마법사하고 계약을 맺어가지고 이런 고생을 하는지 모르겠다."

그는 될 대로 되라는 심정으로 바지를 벗었다. 이대로 돌아가면 울화통이 터져 죽을 테니 이래 죽으나 저래 죽으나 마찬가지였다.

체르샤가 가리킨 방향으로 몸을 돌린 드라칸은 박쥐로 변했다. 이상한 흡혈귀와 싸울 때 가지고 온 짐을 모두 잃어버려서 무게는 훨씬 가벼웠다.

'이번에는 제발 제대로 된 흡혈귀여야 할 텐데.'

생각을 하며 그는 땅을 박찼다.

*   *   *

"그것뿐이냐?"

왕청일의 물음에 왕족쌍은 차가운 표정으로 말했다.

"뭘 더 바라세요?"

"이틀이란 말이지?"

그녀는 대답하지 않았고 왕청일도 대답을 강요하지 않았다.

'후—! 일이 이상하게 돌아가는군.'

그는 침침한 눈을 비볐다. 잠을 자다 깬 탓에 눈곱이 손가락에 잡혔다. 밤거리를 배회하고 있는 왕족쌍을 부하가 데려왔다고 할 때부터 이상하다 생각했지만, 거기에 주적자가 관련되어 있을 줄은 상상조차 하지 못했다.

"알았다. 가서 쉬어라."

말을 하고 일어서는데 왕족쌍이 입을 열었다.

"제게 하실 말씀이 그것뿐이세요?"

왕청일의 대답이 없자 그녀는 서늘한 눈을 위로 올렸다.

"단지 가서 쉬어라, 그것뿐이냐구요."

"네가 서운해하는 것은 이해한다. 하지만 이 아버지로서도 어쩔 수 없는 결정이었다. 넌 총명하니 이해하리라……."

왕족쌍이 벌떡 일어서며 소리쳤다.

"아무리 총명해도 그딴 것을 이해하고 싶지는 않아요!"

"족쌍아."

"당신은 아버지 자격이 없어요! 설사 금수(禽獸)라 하더라도 제 새끼를 버리지는 않아요! 아버지는 금수보다 못한……!"

짜악!

고개가 거칠게 돌아간 그녀의 입술 끝에서 피 한 줄기가 흘러내렸다. 왕청일은 때린 것을 후회했지만 돌이킬 수 없었다. 뺨을 때린 여운이 감도는 그 자리에 불청객의 목소리가 파고들었다.

"영애께서 돌아오셨다고요?"

여신우였다.

'저 늙은이는 잠도 없군.'

왕청일은 애써 웃는 낯으로 여신우를 맞았다.

"이 밤중에 어인 일이십니까?"

여신우는 싸늘한 표정을 짓고 있는 왕족쌍을 힐끔 보고 왕청일에게 물었다.

"영애 혼자 돌아온 것이오?"

왕청일은 긴 한숨 뒤로 왕족쌍이 전해준 이야기를 했다. 어차피 주적자에게 흡혈야황과 여신우를 넘겨줄 마음이 없었고, 그럴 능력 또한 갖추지 못했다. 그의 얘기를 들은 여신우의 이마에도 깊은 골이 드리워졌다.

"이틀이라… 이미 하루가 지났으니 이제 하루밖에 남지 않았군요. 주적자가 어지간히 나와 흡혈야황에게 원한이 맺혔나 봅니다."

"어서 방법을 강구해야 하지 않겠소?"

한참 동안 무언가를 생각하던 여신우의 입가에 작은 웃음이 드리워졌다.

"어쩌면 이 일이 전화위복이 될 수도 있겠군요."

"무슨 말이오?"

"소문주와 동생 분은 주적자가 구했으니 우리가 주적자만 없애면 한 번에 두 가지 문제가 해결되는 것 아니겠소?"

"하지만 주적자를 어떻게 죽인다는 말이오? 흡혈야황이 직접 나서지 않는 한 불가능한 일이잖소?"

여신우는 여전히 웃음을 머금고 말했다.

"흡혈야황이 직접 나설 수도 있죠. 아니면 우리에게 주적자를 이길 수 있는 힘을 줄 수도 있고요."

"정말 그런 힘을 줄 수 있는 것이오?"

이미 여러 차례 듣고 또 들었지만 그는 확인하듯 물었다.

"물론 그러면 좋겠죠. 제가 바라는 것도 그거지요. 흡혈야황이 직접 나서는 것보다 내게 주적자를 죽일 힘을 준다면… 흐흐흐……."

여신우는 음흉한 웃음을 지으며 몸을 돌렸다.

"지금 갑시다. 화급을 다투는 일이니 말이오."

왕청일은 급히 여신우를 따라붙으며 물었다.

"잠자리에 들지 않았을까요?"

"그녀가 흡혈귀라는 것을 잊었소?"

여신우가 빠른 걸음으로 접객실을 나갔다. 그는 우두커니 서 있는 왕족쌍을 일별하고 여신우 뒤를 따랐다. 어둠 짙은 회랑을 지나 후원으로 들어선 그들은 십 장 저쪽에 있는 건물로 잰걸음을 옮겼다.

키 작은 나무들이 벽을 따라 심어진 사십 평 정도의 그 건물에 흡혈야황이 있었다. 그들은 흡혈야황이 머물고 있는 방 앞에서 걸음을 멈췄다. 헛기침으로 등장을 알린 여신우가 입을 열었다.

"들어가도 되겠습니까?"

안에서 흡혈야황의 나른한 목소리가 들렸다.

"무슨 일이냐?"

"주적자에 관한……."

주적자라는 이름이 나오자마자 안에서 대답이 떨어졌다.

"들어와라."

여신우의 뒤를 따라 방에 들어선 왕청일은 흠칫 놀라며 멈춰 섰다. 방 안에는 의자에 앉아 있는 흡혈야황 외에 두 명의 사내가 더 있었다. 한 명은 정강이 바로 아래까지밖에 닿지 않은 짧은 바지를 입었고, 다른 한 명은 짧은 속옷에 너덜너덜한 상의를 걸치고 있었다.

생김새도 중원인과는 사뭇 달랐다. 전체적으로 우스꽝스러운 느낌을 갖게 만들었다. 여신우도 그들의 모습에 놀란 듯 왕청일을 보았다. 그 눈은 '저들이 어떻게 이곳까지 들어온 것이오?'라고 묻고 있었다.

왕청일이 알 리 없었다. 흡혈야황이 신경 쓰인다고 해서 이 근처에 경비를 세우지는 않았지만 산장 외곽은 달랐다. 쥐새끼 한 마리조차 야귀조를 뚫고 몰래 들어올 수 없었다. 그런데 저 사내 둘은 어떻게 들어온 것일까?

그의 의문 사이로 흡혈야황의 물음이 들렸다.

"주적자가 어쨌다는 것이냐?"

여신우가 왕청일에게 들은 얘기를 그대로 해주었다. 늙은 머리에 총기는 좋아서 단 한 부분도 빠뜨리지 않았다. 무표정하게 얘기를 듣고 있던 흡혈야황이 고개를 끄덕였다.

"오호, 주적자가 선착장에서 날 기다린다는 말이지?"

"그렇습니다. 어떻게 할까요?"

흡혈야황은 묻는 여신우를 힐끔 쳐다보았다.

"어떻게 할까?"

자문을 구한다기보다는 장난기 섞인 물음이었다.

"뜻대로 하시지요."

늙은 여우답게 꼬투리 잡힐 대답은 하지 않았다. 흡혈야황은 검지로 탁자를 톡톡 두드리며 생각에 잠겼다. 한참 동안 기다리게 만든 흡혈야황이 맥 빠지는 말을 내놓았다.

"알았으니 나가서 기다려."

"네?"

여신우의 반문에 그녀는 짜증 섞인 음성으로 말했다.

"나가서 기다리라구. 되도록 멀리 가 있어. 나중에 부를 테니까."

참지 못한 왕청일이 나섰다.

"고작 하룻밤에 시간이 없소이다. 빨리……."

"알았다고 했잖아! 곧 부를 테니 나가!"

왕청일은 속에서 불덩이가 솟구치는 것을 느꼈다. 그런 그의 소매를 여신우가 잡아끌었다. 그는 하는 수 없이 발길을 돌렸다. 지금으로써는 유일한 희망이 흡혈야황이니 그녀의 말을 따를 수밖에 없었다.

　'대체 저년은 무슨 생각을 하고 있는 거야?'

제54장

만약에···

제54장 만약에…

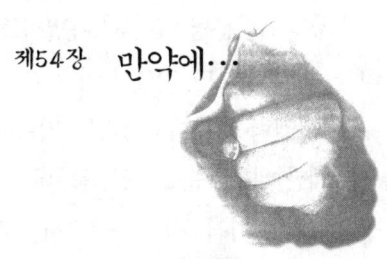

"그 엘릭서라는 것에 대해 자세히 설명해 봐."

그녀의 말에 자신을 체르샤라고 밝힌 키 작은 사내가 입을 열었다.

"엘릭서가 정확히 어떤 물건인지는 아직 밝혀지지 않았고, 탄생의
비밀 또한 모릅니다. 위대한 연금술사가 만들었다는 설도 있고 땅의
정기가 모였다는 전설, 또는 사탄 루시퍼의 혼을 가둬둔 것이라는 등의
여러 가지 설이 있지만 확실한 것은 알 수 없죠. 알려진 것들 모두가
거짓일 수도 있구요."

체르샤가 말한 연금술사나 사탄 루시퍼가 무엇인지 알 수 없지만 그
것은 차차 물어보면 되는 것이었다. 지금 가장 중요한 것은 엘릭서라
는 물건이었다.

"어떤 물건인지도 모르고, 탄생의 연원도 제대로 알지 못하는 그런
것을 믿는다는 말인가?"

"엘릭서는 분명 있어요! 마법사들 사이에서만 내려오는 어둠의 일기라는 책에 의하면 역사상 가장 위대한 마법사 집단이었던 드루이드의 루푸가 엘릭서를 이용했다는 기록이 분명 있습니다. 그리고 연금술사 사이에만 내려오는 흙, 불, 물, 바람의 노래라는 책에도 같은 내용이 있구요. 물론 이건 제가 슬쩍해서 본 겁니다만 어쨌든 엘릭서는 존재합니다!"

당괴는 검지로 관자놀이를 툭툭 두드렸다. 체르샤가 뱉는 단어들의 반은 알아들을 수 없었지만 엘릭서가 존재한다는 주장만은 확실했다.

"정말 엘릭서라는 것이 있고, 그것이 생명의 창조와 소멸을 마음대로 조종할 수 있다 그거지?"

"물론이죠. 루프는 엘릭서가 가진 능력의 백 분의 일도 사용하지 않았는데 역사상 가장 위대한 마법사 중 한 사람이 되었습니다. 엘릭서를 손에 넣고 사용 방법만 정확히 안다면 신에 버금가는 능력자가 될 수 있죠."

"그런 능력은 필요없어. 아까 말했지만 내게 필요한 것은……."

체르샤가 그녀의 말을 끊었다.

"네, 네, 알아요. 인간이 되고 싶다고 했죠? 왜 인간이 되려고 하는지 이해할 수 없지만 어쨌든 당신이 인간으로 돌아가고 싶다면 충분히 그렇게 할 수 있어요."

"어떻게 그걸 자신하지? 엘릭서에 대해 밝혀진 것도 거의 없잖아."

"무조건 됩니다! 엘릭서를 이용해서 이루어지지 않는 것은 단 한 가지도 없습니다."

터무니없이 강한 믿음이었다. 그래서 당괴는 마음이 끌리고 있었다. 체르샤는 자신이 마법사라 했고, 그것은 묵룡이나 나인현 같은 술법사와 같은 종류일 것이다.

만약 묵룡이 전혀 사실 같지 않은 사실을 믿고 있다면 그녀 또한 믿을 것이다. 술법이나 괴의 세계에는 종종 상식으로 통하지 않는 진실들이 존재하기 때문이다.

'묵룡은 분명 이 땅에 더 이상의 황금도 같은 음지가 없다고 했다. 그렇다면 나인현이 묵룡의 지식을 이어받는다 해도 날 사람으로 돌려놓을 가능성은 희박하다.'

결국 다른 방법을 찾아야 하는데 체르샤가 말하는 엘릭서는 상당히 매력적인 것이었다. 그리고 현 상황에서 유일한 희망이기도 했다.

"너희들이 온 곳이 어디라고 했지?"

"드라파트라는 곳입니다. 이곳에서 서쪽으로 가면 있습니다. 아주 멀죠. 아주."

체르샤는 멀다는 것을 특히 강조했다.

"드라파트라는 어떤 곳이냐?"

체르샤는 양쪽 입술을 아래로 늘어뜨리고 어깨를 으쓱했다.

"그냥 심심한 곳이죠. 가끔 재미있는 일들을 스스로 만들 수는 있지만 좋은 곳은 아니에요."

"그럼 이곳은 어떠냐?"

"정말 대단한 곳이죠. 이처럼 신기하고 놀라운 땅이 있으리라고는 상상조차 하지 못했어요. 생각 같아서는 여기 살면서 이 땅을 좀 더 둘러보고 싶어요."

당괴는 피식 웃음을 터뜨렸다. 언제나 자신이 사는 곳은 대단치 않게 보이는 법이었다.

'그래, 이 땅을 떠나보는 것도 좋겠지. 그러면 내 권태가 조금은 희

석될지도……'

이런 생각을 했지만 장소가 바뀐다고 긴 세월 동안 쌓인 고통이 없어질 것 같지는 않았다. 더욱이 그녀가 떠나야 할 곳에는 주적자가 없었다. 그를 생각하는 것만으로도 시간을 잊을 수 있는데 그가 없는 땅으로 떠나야 한다는 것은 너무 고통스러운 일이었다.

'같이 떠날 수는 없을까?'

그녀는 생각을 하고 고개를 저었다. 불가능한 일이었다. 피투성이가 되게 싸우면서 그 먼 길을 갈 수는 없었다. 한참을 망설이던 당과는 자리에서 벌떡 일어섰다. 갑작스럽게 화가 치밀었다.

고작 인간 하나에게 얽매어 갈등하는 자신이 너무 초라하게 보였다. 차라리 주적자가 없다면 이런 감정조차 느끼지 않을 것을.

'아예 죽여 버릴까?'

그녀는 그런 생각을 하며 손을 보았다. 유난히 길고 하얀 손, 이 손으로 주적자를 죽여 버린다면… 이 땅에 남겨진 인연의 끈을 자신의 손으로 끊어버린다면… 아니, 그럴 수는 없었다. 황금도에서와 같은 그런 살의는 일어나지 않을 것이다.

그때는 주적자의 부재에 대해 생각할 겨를도 없이 싸웠지만 지금은 달랐다. '그가 세상에 없다면'이란 상상만으로도 가슴이 터질 듯한 고통이 밀려드는데 그것이 현실이 된다면 견딜 수 없을 것 같았다. 그녀에게 그것은 권태보다 더 큰 두려움이었다.

'바보 같은 짓이야. 내 스스로 이런 고통의 사슬을 만들다니! 영원히 살지도 모르는데 쓸데없는 감정의 고통을 자초할 수는 없어!'

그녀는 다시 앉아 탁자에 팔꿈치를 대고 양손으로 얼굴을 감쌌다.

'차라리 주적자를 인간으로 되돌려 주고 그가 죽을 때까지만이라도 곁에 있어주라고 할까?

어쩌면 그 요구는 들어줄지도 모른다. 하지만 그 후에는… 주적자가 산다 해도 앞으로 고작 오십 년 정도일 텐데 그녀에게 그 시간은 찰나에 불과했다. 오십 년 동안 쌓인 정 때문에 그녀는 주적자가 죽은 후 그 열 배, 백 배의 시간 동안 그리움에 몸부림칠지도 모른다.

힘들기는 하겠지만 주적자의 정신을 조종해서 꼭두각시로 만들 수도 있었다. 그러나 그것은 주적자가 아니었다. 그녀는 지금의 주적자를 사랑하는 것이지, 주적자의 겉모습만을 사랑하는 것이 아니기에…….

그녀는 다시 '주적자가 차라리 이 세상에 없다면' 이란 생각으로 돌아왔다. 어쩌면 백 년 후쯤에는 그를 잊을 수 있지 않을까? 그럴지도 모른다. 그녀가 유한한 인간보다 오래 감정의 찌꺼기를 갖는다고는 하지만 망각이란 녀석은 누구에게나 찾아오기 마련이니까.

'그렇지만 지금 내 손으로 주적자를 죽일 수는 없어.'

그녀는 긴 한숨으로 갈등을 토해냈다.

"그래, 그의 손에 운명을 맡기기로 하자."

당과의 중얼거림에 이제껏 우두커니 서 있던 체르샤가 물었다.

"네? 뭘 운명에 맡긴다는 거죠?"

"아니야, 넌 신경 쓸 것 없어."

그녀는 손바닥을 펴 양손의 중지로 배꼽을 누른 후 깊숙하게 숨을 들이켰다. 온몸에 퍼져 있는 정기의 일부가 조금씩 떨어져 나와 단전에 모이기 시작했다. 혈정을 모으는 것은 상당히 힘이 들었고, 그만큼 정기에 손상이 가는 일이기도 했다.

이처럼 끌어모은 혈정을 회복하려면 몇백 명의 피를 흡혈하며 정양

해야 하는 수고로움이 따랐다. 하지만 주적자와 관련된 일이니 그만한 고생쯤은 감내할 수 있었다.

그녀는 뱃속에 모인 세 개의 혈정을 입으로 토해냈다. 내장이 딸려 나오는 것처럼 고통스러웠고, 갑자기 정기가 밖으로 쏟아져 나와 어지럽기까지 했다.

당과는 끈끈한 점액이 묻은 혈정 중 하나를 반으로 쪼개 체르샤와 드라칸에게 건넸다.

"먹어."

체르샤의 미간이 찡그려졌다.

"이, 이걸 먹으라구요?"

"왜? 내 입에서 나와서 더럽다는 건가?"

"아니… 그건 아닙니다만… 그거죠."

"햇빛이나 십자가, 성수, 마늘 따위에 영향을 받지 않고 싶다고 했잖아."

"이걸 먹으면 그런 것을 극복할 수 있다는 건가요?"

"십자가나 성수가 뭔지 몰라 알 순 없지만 최소한 햇빛이나 마늘에 의해 죽는 일은 없을 것이다. 마늘 따위에 영향을 받다니 정말 이해할 수 없는 흡혈귀군."

체르샤는 천천히 손을 내밀어 반 토막 난 두 개의 혈정을 받았다. 곁에 있던 드라칸이 뭐라고 묻는 것 같았고, 체르샤가 그것에 대답을 했다. 드라칸의 얼굴에도 처음 체르샤가 지었던 표정이 떠올랐다.

그들은 잠시 몇 마디를 나눈 후 혈정을 하나씩 손에 집어 들었다.

"이걸 먹으면 정말 낮에도 돌아다닐 수 있는 거죠?"

"먹기 싫으면 관둬도 좋아."

"아, 아니에요."

체르샤는 눈을 질끈 감고 혈정을 삼켰다. 드라칸도 체르샤가 먹는 것을 보고 혈정을 입에 털어넣었다. 잠시 후 그들의 입에서 신음 소리가 터져 나왔다.

"으으으······!"

바닥에 힘없이 쓰러진 그들은 이내 전신을 부들부들 떨었다. 드라칸이 뭐라고 힘겨운 소리를 내뱉었고, 체르샤 또한 고통에 찬 고함을 질렀다. 하지만 그들의 목소리는 그리 크지 않았다. 원래 감당할 수 없는 고통이 오면 목소리조차 나오지 않는 법이다.

"조금만 참으면 괜찮아질 것이다."

그녀는 말을 하고 밖을 향해 소리쳤다.

"들어와라!"

말이 떨어지고 잠시 후, 기다렸다는 듯 여신우와 왕청일이 들어왔다. 그들은 바닥에 쓰러져 떨고 있는 체르샤와 드라칸을 이상하다는 듯 쳐다보았다. 당괴는 그들에게 온전한 혈정 하나씩을 내밀었다.

"받아라."

그들의 손으로 혈정이 넘어가며 끈적한 점액질이 그녀 손에 길게 늘어졌다. 그녀는 손에 묻은 점액질을 혀로 핥은 후 말했다.

"먹어라."

"이건······?"

"혈정이다."

여신우의 얼굴에 놀람이 떠올랐다.

"주적자가 먹었던 그 혈정 말입니까?"

주적자에게 준 혈정과는 달랐다. 이번에 그녀가 뱉어낸 혈정에는 힘

[力]만 있을 뿐 생(生)이 없었다. 하지만 그녀는 굳이 그것을 설명하지 않았다.

"그래, 그 혈정이다."

여신우는 감격한 표정을 짓더니 누가 뺏어갈까 봐 황급히 혈정을 삼켰다.

"왕 문주도 어서 드시오."

왕청일은 영문을 모르겠다는 얼굴을 하고 망설였다.

"그걸 먹으면 주적자만큼 강해질 것이오. 아니, 원래 주적자보다 강했으니 더욱 강해질지도. 드시기 싫다면 날 줘도 좋소."

여신우는 왕청일 손바닥 위에 올려진 혈정을 탐욕스럽게 보았다. 왕청일은 혈정을 황급히 입 안에 털어넣었다. 잠시 후, 여신우의 입에서 고통에 찬 신음이 터져 나왔다.

"우욱……!"

바닥을 뒹구는 여신우는 당과를 보며 눈물을 글썽였다.

"야황님… 너무 추워요……! 절 좀… 어떻게……!"

당황스런 눈으로 그걸 보던 왕청일 또한 비틀거리더니 풀썩 쓰러졌다. 둘은 바람맞은 사시나무처럼 정신없이 떨어댔다. 고함을 지르고 비명을 터뜨리며 고통을 참으려는 모습이 불쌍하게까지 보였다.

'주적자만큼 인내하는 자가 없군.'

그녀는 생각을 하며 드라칸과 체르샤를 보았다. 그들은 고통의 막바지에 이른 듯 부들거리며 식은땀을 흘리고 있었다. 그리고 잠시 후 거친 숨을 토해내며 드라칸이 일어섰다. 자신의 몸 여기저기를 살핀 드라칸은 비칠거리며 일어서는 체르샤에게 뭔가 말을 했다.

체르샤도 다리를 들어 올리거나 손가락을 오므렸다 폈다 하며 몸을 살피더니 당과에게 물었다.

"뭐가 달라졌는지 잘 모르겠는데요?"

"날이 밝으면 알게 되겠지."

여신우와 왕청일은 원래 상승의 무공을 익혀서 두 흡혈귀보다 고통의 시간이 짧았다. 땀에 절은 그들 또한 몸에 별다른 변화를 못 느낀 듯 의아한 눈으로 당과를 보았다.

"당장 가서 주적자와 싸워보면 알 것이다."

"지금 주적자를 없애라는 말씀입니까?"

여신우의 물음에 당과는 고개를 끄덕였다.

"그래. 둘이 가서 주적자를… 죽여라."

'주적자를 죽여라'라는 자신의 말이 비수가 되어 가슴을 도려냈다. 그녀는 어쩌면 주적자도 자신처럼 무적이며 불사라고 생각했는지 모른다. 자신과 그를 동일하게 생각했기 때문에 저들에게 혈정을 나눠 줬는지 모른다. 주적자는 절대 죽지 않을 것이라는 믿음을 갖고 있었던 것이다.

하지만 냉정히 생각해 보면 주적자는 무적이 아니었다. 지금 저들에게 준 혈정은 주적자에게 준 것에 비해 형편없었지만 힘에서만큼은 똑같은 효능을 낼 수 있었다. 저들 둘이 합공을 한다면 주적자 혼자 당해낼 수 없는 것은 자명했다.

여신우가 잠시 머뭇거리다가 입을 열었다.

"주적자 혼자라면 모를까 화백이 같이 있으니 우리 둘로는 좀 어렵지 않을까요?"

당과는 그제야 화백을 생각해 냈다. 주적자에게 너무 몰두한 나머지 그토록 치열하게 싸웠던 화백을 잊은 것이다.

'화백이 있으니 저들 둘이 주적자를 어떻게 할 수는 없겠군.'

그 생각이 안도라는 것을 깨달은 당과는 다시 불쾌해졌다. 자신이 세상의 반을 차지하고 있는 여느 여인과 다를 바 없는 변덕쟁이로 변한 것 같았다.

"젠장!"

그녀는 신경질적으로 욕설을 내뱉고 체르샤를 보았다.

"저들을 따라가라."

"네?"

"저 두 사람을 따라가서 한 사람을 죽이면 된다. 너희들은 저들이 시키는 대로만 하면 되니 어렵지 않을 것이다."

체르샤는 어리둥절한 표정을 지었다.

"누, 누굴 죽인다는 겁니까? 그리고 전 싸움이라고는 이제껏 한 번도 해보지 않았는데요. 그리 힘도 세지 않고 말이죠."

"이제는 강해졌어. 가서 싸워보면 알 테니 잔말 말고 빨리 따라가."

체르샤는 여신우와 왕청일을 힐끔거리더니 드라칸에게 무언가 얘기를 했다. 어리둥절한 표정을 짓던 드라칸이 뭐라고 하자 체르샤는 고개를 끄덕이고 당과를 보았다.

"그럼 우린 언제 떠나게 되는 겁니까?"

"돌아오면, 돌아온다면……."

'그럼 주적자는 죽은 거겠지.'

그녀가 가슴의 뻐근함을 큰 숨으로 토해낼 때 여신우가 물었다.

"야황님, 저들은 누구입니까?"

"알 것 없다. 알려고 하지도 말고 저들에게 묻지도 말아라. 너희들은 주적자를 죽이기만 하면 된다."

"알겠습니다."

여신우가 몸을 돌리자 드라칸과 체르샤가 주춤주춤 뒤를 따랐다.

"잠깐!"

그녀는 문을 나서려는 여신우와 왕청일을 불렀다.

"다른 분부라도 있으십니까?"

"소소자와 나인현을 데려오너라."

"그들은 왜……?"

"잔말 말고 데려와!"

당과의 신경질적인 대답에 찔끔한 여신우는 '백제상을 시켜 데려오도록 하겠습니다' 라는 말을 남기고 밖으로 나갔다. 그들은 지금 당장 주적자를 죽이러 가겠다는 소리였다. 한시라도 빨리 자신들의 힘을 시험해 보고 싶어서일 것이다.

'그래, 지금의 저들이라면 주적자를 충분히 죽일 수 있겠지.'

마지막으로 체르샤가 나가자 그녀는 머리를 감쌌다. 갑자기 찾아온 방 안의 정적은 묘한 울림이 되어 그녀를 압박했다. 벽에 걸려 있는 그림 속의 용과 호랑이들이 그녀를 향해 금방이라도 달려들 것 같았다.

"소소자와 나인현을 데려왔습니다."

밖에서 들려온 소리에 그녀는 의식의 현실로 뛰쳐나왔다.

'그래, 이미 쏘아진 화살이야. 운명이란 그런 거지.'

그녀는 생각을 하고 입을 열었다.

"들어와라."

백제상을 따라 입술이 퉁퉁 부은 소소자와 초췌한 모습의 나인현이 들어왔다. 나인현은 죄수들이 사용하는 나무 수갑으로 손이 채워진 상태였다.

"풀어줘."

당과의 말에 백제상은 순순히 열쇠를 꺼내 잠금 장치를 풀었다.

딸깍!

소리와 함께 수갑이 풀어지자마자 나인현의 손이 빠르게 수결을 맺었다.

"음령음령 동여사생, 음양이계 결위형제……."

주문을 외우는 그녀를 백제상이 황급히 막으려 했다.

"놔둬."

당과의 음성과 동시에 반룡귀의 괴성이 들렸다.

까아악!

연기 같은 반룡귀가 나인현의 등 쪽에서 모습을 드러냈다. 나인현의 눈빛이 당과를 향해 반짝하는 순간 반룡귀가 움직였다. 겨울 삭풍보다 매서운 한기를 뿜으며 쏜살같이 당과를 향해 쏘아져 왔다.

하지만 반룡귀 따위가 당과에게 위협이 되지는 못했다. 혈정을 세 개나 만들어 피곤한 상태였지만 반룡귀 정도를 감당 못할 정도로 약한 그녀가 아니었다. 그녀는 덮쳐드는 반룡귀를 향해 슬쩍 손을 저었다.

그 차가운 주둥이가 그녀의 손에 닿는 순간 반룡귀는 처음 나타날 때보다 더 처절한 비명을 울리며 퉁겨져 나갔다. 나인현도 충격을 받았는지 뒤로 주춤주춤 물러서서 벽에 등을 부딪쳤다.

당과는 미끄러지듯 나인현에게 다가가 그녀의 목을 움켜쥐었다. 참을 수 없는 갈증이 찾아왔다. 손에 잡힌 하얀 목덜미가 당과를 유혹했다. 송곳니 부근에 간지러운 느낌이 전해졌다. 몸에 피가 필요하다는 것을 본능이 먼저 느끼고 있었다.

"그만둬!"

소소자가 소리를 지르며 달려들었다. 그녀는 팔을 쭉 뻗어 소소자의 목까지 거머쥐었다. 양쪽에 두 개의 떡을 쥐고 있는 어린애 같은 기분이 들었다. 달콤한 혈 향이 벌써 코끝에 느껴졌다.

"그만둬, 당과!"

소소자가 부른 당과라는 이름이 그녀의 머리에 찬물처럼 떨어졌다. 앞에 있는 이들은 그녀를 당과라고 불러줄 몇 안 되는 사람들 중 하나였다. 주적자와 함께…….

그녀는 침을 삼켜 욕망을 내려 누른 후 손에 힘을 뺐다. 힘없이 벽에 등을 기댄 나인현에게서 반룡귀는 더 이상 나타나지 않았다.

당과는 자리에 앉으며 맞은편 의자를 가리켰다.

"앉아."

나인현을 부축한 소소자가 자리에 앉았다. 당과는 갑작스럽게 찾아온 현기증 때문에 한참 동안 눈을 감고 있어야 했다.

'아무래도 빨리 피를 마셔야겠군.'

그녀의 생각 속으로 소소자의 목소리가 파고들었다.

"우릴 어떻게 할 생각이지?"

오랜만에 들어본 하대였다. 별로 기분이 나쁘지는 않았다.

"글쎄… 시간이 지나야 마땅한 대답을 해줄 수 있을 것 같은데."

"무슨 시간?"

"주적자의 생사가 확인될 때까지의 시간이지."

소소자의 얼굴이 딱딱하게 굳었다.

"주적자에게 무슨 짓을 하려는 거지?"

"주적자를 죽이라고 여신우와 왕청일을 보냈으니 곧 소식이 올 거야."

소소자의 얼굴에 안도가 떠올랐다.

"그들이 주적자를 죽일 수 없을 거라고 확신하는 모양이군."

"당연하지. 너 외에 누가 주적자를 죽일 수 있겠어? 너도 그걸 모르지는 않을 텐데?"

"알지. 알기에 그들에게 특별한 힘을 넣어줬어."

"아무리 특별한 힘이라도 주적자를 죽일 수는… 설마 혈정을?"

당괴는 씨익 웃음을 지었다.

"눈치가 빠르군. 대단한 싸움이 될 거야. 보지 못하는 것이 아쉬울 정도로."

놀람이 깃들었던 소소자의 안색이 빠르게 회복되었다.

"그래도 별걱정은 안 되는군. 아무리 그들이 혈정을 먹어 강해졌다고 해도 주적자 곁에는 화백이 있어. 당괴, 너조차 쩔쩔맸던 화백이."

"화백을 상대할 조력자도 보냈어. 주적자는 저들의 손에 절대 살아날 수 없어."

말을 하는 그녀는 마치 자학을 하는 것 같은 기분을 느꼈다. 얼굴이 붉게 상기된 소소자가 벌떡 일어섰다.

"정말, 정말 주적자를 죽이고 싶나? 그렇다면 네 손으로 하지 왜 여신우를 시킨 거야?"

"내 마음이야, 내 마음……."

흐려지는 말끝으로 나인현의 목소리가 따라붙었다.

"주 보표님은 그들에게 절대 죽지 않아. 너, 흡혈야황을 죽이기 전까지는 절대!"

그녀의 입에서 나온 흡혈야황이란 이름은 왠지 생소하게 들렸다. 다른 사람은 몰라도 주적자와 함께 있던 그들은 그녀를 흡혈야황이라 부르면 안 되었다. 그들에게 그녀는 당과였고 물론 자신에게도 그랬다.

피곤한 육신에게 침범당한 정신이 날카롭게 곤두섰다.

"뭐라고?"

당과의 목소리에 서리가 내렸다. 하지만 나인현에게는 그녀의 목소리가 전혀 위협이 되지 못한 모양이다.

"날 죽이고 싶은가 보지? 그렇게 해봐. 원귀가 돼서 돌아와 네 추악한 영혼을 철저히 부숴줄 테니까! 어차피 흡혈야황이란 괴는 이 세상에 나와서는 안 되는 존재였어! 넌 시간만 좀먹는 쓰레기야!"

쾅!

당과는 앞에 놓인 탁자를 산산조각으로 부숴 버리고 나인현에게 성큼 다가갔다. 탁자 파편이 그녀 발에 밟히며 우지직 하는 비명을 질렀다.

"죽고 싶다면 그렇게 해주지."

살기 짙은 그녀의 목소리에 소소자가 황급히 다가왔다.

"당과……!"

소소자는 말을 채 잇기도 전에 턱이 거칠게 돌아갔다. 당과의 손길은 일류 고수의 주먹보다 훨씬 강해 소소자를 방구석까지 날아가게 만들었다.

우둑!

벽에 부딪친 다리가 비정상적인 각도로 꺾였다.

"으윽!"

소소자는 다리를 잡고 새우처럼 몸을 구부렸다. 당과는 고통스러워하는 소소자를 힐끔 보고 엉거주춤 일어서는 나인현의 목을 움켜쥐었다.

"크윽!"

작은 신음을 토하는 나인현의 목젖 움직임이 손에 느껴졌다. 온몸의 솜털이 곤두서며 그녀에게 피를 마시라고 강요했다. 거부할 수도, 거부할 이유도 없었다. 엄지 아래로 보이는 하얀 살결이 당과의 눈을 즐겁게 했다. 손에 전해지는 온기가 그녀의 살의를 더욱 부추겼다.

나는 이처럼 차가운데…….

당과는 팔을 당기며 상체를 앞으로 움직였다. 나인현의 목이 눈앞에 크게 확대되었다. 피부 아래 있는 파란 동맥이 격렬하게 뛰는 것이 보였다. 당과는 그곳으로 입을 가져댔다. 송곳니가 길어지는 느낌은 시디신 사과를 먹을 때 같은 짜릿함을 가져왔다.

나인현이 발버둥을 치면 칠수록 쾌감은 더 짙어졌다. 헛바늘이 송충이의 털처럼 돋아 나인현의 목을 더듬었다. 뾰족한 송곳니는 몸의 어떤 기관보다 더 예민해졌다. 나인현의 두려움까지 고스란히 느낄 수 있었다.

"당과… 그만둬!"

소소자가 힘겹게 외쳤지만 그녀는 멈추지 않았다.

"나 소저를 죽이면… 주적자와는 영원히 적으로 남을 수밖에 없어."

주적자라는 이름이 그녀의 가슴을 빽빽하게 만들었다. 하지만 그와 그녀는 이미 적이었다. 이제 와 새삼스럽게 그것을 두려워한다는 것이 우스운 일이었다.

"설사 네가 주적자를 인간으로 돌려놓는다 해도… 원수로 남을 수밖에 없어! 단 하나의 가능성도 남지 않는다구!"

목 살갗을 더듬던 당과의 송곳니가 멈췄다. 단 하나의 가능성도 남지 않는다는 말이 그녀의 가슴을 비수처럼 파고들었다. 어쩌면 그녀는 주적자와의 관계를 언제든 회복할 수 있다고 생각해 왔는지 모른다. 그를 인간으로만 돌려놓는다면 언제 싸웠느냐는 듯 사랑하는 사이로 돌아갈 수 있다고 믿었는지 모른다.

'상관없잖아. 어차피 주적자는 곧 죽을 텐데.'

이런 생각에도 불구하고 당과는 끝내 나인현의 목에 송곳니를 넣지 못했다. 주적자라는 이름은 언제나 그녀의 발목을 잡는 덫이었다. 그녀는 한참 동안 나인현의 목에 입을 대고 있다가 신경질적으로 손을 떨쳤다.

당과는 거칠게 바닥을 뒹구는 나인현을 보지도 않고 몸을 날렸다.

꽈직!

창문이 힘없이 박살나며 어둠이 그녀의 몸을 삼켰다.

*　　　　*　　　　*

―꾸우!

주적자의 어깨에 앉아 있던 화백이 신음 같은 소리를 내며 가슴 쪽으로 굴러 떨어졌다. 화백을 손바닥에 얹은 주적자는 불덩이를 쥐고 있는 듯한 느낌을 받았다. 외모 또한 불타는 것처럼 벌겋게 달아올라 있었다.

'혹시?'

처음 작은 여자 아이로 변태를 했던 때가 기억났다. 그때도 지금 같은 모습을 하며 밖으로 뛰쳐나갔었다. 아니나 다를까, 화백은 괴로운 듯 몸을 꿈틀거리다 황급히 그의 손을 빠져나갔다.

"화백!"

그가 불러봤지만 화백은 뒤도 돌아보지 않고 어둠 속으로 빨려들었다. 배를 나서 십 장 길이의 자갈밭을 지나 숲 속으로 들어가는 데는 눈 세 번 깜빡일 정도의 시간밖에 걸리지 않았다. 화백의 몸이 완전히 나무에 가려질 때 상통걸이 다가왔다.

"화백은 어딜 가는 것인가?"

"글쎄요."

아마도 변태하기 가장 좋은 장소를 찾아갈 것이다.

'이곳에서 일이 끝나기 전에 돌아와야 할 텐데.'

한 번의 경험상 화백은 하루나 이틀 정도 후에나 돌아올 가능성이 높았다. 그리고 만약 그 안에 당과와 여신우가 온다면 혼자 그들을 맞아야 했다.

"하긴, 언제나 혼자였지."

그의 독백에 상통걸이 '비 맞은 소경처럼 뭘 그렇게 중얼거리나?' 하며 핀잔을 줬다.

정면에 뜬 달은 하늘 꼭대기와의 거리보다는 수면과의 거리가 더 가까웠다. 한 시진 정도 후면 날이 밝을 것이다.

'날이 밝기 전에 오지 않으면 내일을 기다려야겠군.'

낮에라도 올 수 있지만 당과의 여신우의 출현은 밤이어야 할 것만 같았다. 주적자는 뒤를 힐끔 돌아봤다. 왕족발은 낮게 코까지 골며 자고 있었고, 왕청원은 무슨 생각을 하는지 자신의 사타구니 쪽만 뚫어지게 응시하는 자세였다.

주적자는 문득 생각이 나서 상통걸에게 물었다.

"아직 소소자에 대한 연락이 없었습니까?"

"감감무소식인데?"

'혹시 호 소저에게 간 것이 아닐까?'

아직까지 오지 않았다면 그 가능성이 가장 컸다.

'이쯤에서 그 녀석은 당과와의 인연을 끊고 호 저소와 같이 지내는 것이 좋겠지.'

그런 생각을 하며 화백이 사라졌던 어둠을 일별한 주적자의 고개가 다시 빠르게 돌아갔다.

그곳!

검은 그림자가 하나둘 생겨나고 있었다. 주적자는 가장 앞에 나타난 얼굴을 똑똑히 알아볼 수 있었다.

"여신우!"

그가 이름을 뱉어내며 벌떡 일어서자 상통걸도 덩달아 엉덩이를 뗐다.

"정말 나타났군."

중얼거리는 듯한 상통걸의 목소리를 뒤로하고 주적자는 선실 지붕을 박찼다. 단숨에 배를 지난 주적자가 자갈밭에 내려설 때 여신우의 걸음도 멈췄다.

여신우의 뒤에는 왕청일이 있었고, 더 뒤쪽에 있는 두 사람도 눈에 익었다.

"어? 또 만났네요. 아까는 너무 바빠서 미처 인사도 제대로 못 드렸죠?"

작은 사내는 옆에 있는 깡마른 사내를 가리켰다.

"이분은 드라칸이고 전 체르샤라고 합니다. 그런데……."

자신을 체르샤라고 소개한 사내의 시선에 여신우에게 향했다.

"우리가 싸워야 할 사람이 저분인가요?"

"쓸데없는 소리 하지 말고 잠자코 있어라."

여신우는 체르샤의 말을 일축하고 주적자에게 시선을 던졌다.

"많이 피곤해 보이는군."

그 짧은 목소리는 그의 안에 내재된 분노를 끄집어냈다. 여신우에 대한 증오는 생각보다 훨씬 강렬해서 검을 휘두르지 않기 위해 많은 노력을 기울여야 했다.

주적자는 심호흡을 한 후 물었다.

"당과… 아니, 흡혈야황은?"

"자네 정도를 상대하는데 그분이 직접 오실 필요야 없지."

주적자는 눈살을 찌푸렸다. 누구보다 그의 강함을 잘 알고 있는 여신우가 저런 여유를 보인다는 것이 왠지 기분 나빴다. 그는 왕청일을 보고 말했다.

"흡혈야황이 오지 않았다는 것이 어떤 결과를 낳으리라는 것은 알고 있겠죠?"

주적자의 협박성 말에도 왕청일은 태연한 표정이었다.

"어차피 우린 손에 같은 패를 쥐고 있는 것 같군."

"무슨 소리요?"

"자네는 내 아들과 동생을 잡았고 난… 소 의원과 나 소저를 잡았으니 말이네."

주적자는 머리가 띵해 오는 것을 느꼈다. 이제껏 소소자가 오지 않은 것이 이런 형태로 드러날 줄이야.

'좀 더 조심했어야 하는 건데…….'

주적자는 깊은 숨을 들이키고 물었다.

"그들은 무사하겠죠?"

"지금까지는 별일없네. 앞으로는 어떨지 알 수 없지만."

주적자는 비로소 검집에서 검을 빼 들었다.

"그렇다면 앞으로도 무사하겠군요."

그는 여신우의 미간에 검끝을 겨눴다.

"당신을 죽인 후 내가 그들을 구할 테니까."

여신우가 들릴 듯 말 듯한 웃음을 흘렸다.

"후후후, 자네 뜻대로 될 수 있을지 모르겠군."

그때 뒤쪽에서 왕족발의 외침이 들렸다.

"아버님! 아버님 오셨습니까?"

흠칫 놀란 왕청일이 땅을 박찼다.

"멈추시오!"

주적자는 뛰어올라 왕청일의 앞을 가로막았다. 소소자와 나인현의 소재를 알아야 하기 때문에 왕청일은 일단 살려둬야 했다. 그래서 그는 공격에 전력을 기울이지 않았다.

"비켜라!"

왕청일은 어느새 빼 든 도를 횡으로 그었다.

쏴아앙—!

도가 채 닿기도 전에 막대한 힘이 밀려들었다. 예상보다 훨씬 막강한 파괴력과 속도였다. 주적자는 황급히 힘을 끌어올려 도를 막았다.

쩌엉!

철판이 쪼개지는 듯한 소리와 함께 검과 도가 부딪쳤다. 주적자는 옆으로 이 장이나 쭉 밀린 후 가까스로 땅에 안착할 수 있었다. 팔에 찌릿한 느낌이 한참 동안 머물렀다.

'뭐지? 왕청일이 이처럼 강했던가?'

그의 경악 속으로 여신우의 목소리가 파고들었다.

"놀랐나 보군."

주적자는 여신우에게 시선을 돌렸다. 번들거리는 눈과 득의한 미소. 그 얼굴에 묻어나는 것은 더할 수 없는 자신감이었다. 그를 너무도 잘 알고 있는 여신우가 비친 자신감은 그래서 더욱 기분이 나빴다.

"어떻게 된……?"

주적자는 물음을 멈췄다. 이제껏 당과와 함께 있었으니 어떤 힘을 받았다고 해도 전혀 이상할 것은 없었다. 더욱이 그것이 자신을 죽이기 위한 것임에야……

"당신들 혹시?"

그의 완성되지 않은 물음에 여신우가 답했다.

"혈정은 자네만 취할 수 있는 것이 아니지."

주적자는 둔기로 뒤통수를 맞은 듯한 느낌을 받았다. 혈정의 효능은 누구보다 그가 잘 알고 있었다. 혈정을 먹은 이상 여신우와 왕청일을 결코 쉽게 생각할 수 없었다. 물론 주적자는 자신이 저들을 이길 수 없을 것이라고는 생각하지 않았다. 아직까지는……

"나쁜 놈! 넌 죽었어!"

머리 위에서 들린 소리는 이내 정면으로 떨어졌다. 그의 이 장 앞에 떨어진 왕청일은 왕족발과 왕청원을 내려놓았다.

"내가 뭐랬냐? 아버님이 오실 거라고 했지?"

왕족발의 입을 왕청원이 막았다.

"조용히 하거라!"

그의 말 길이 왕청일에게 이어졌다.

"형님, 어떻게 된 겁니까?"

어떻게 자신들을 구하게 됐느냐는 물음은 아니었다. 왕청원도 본능적으로 왕청일이 터무니없이 강해졌다는 것을 눈치 챈 것이다. 왕청일은 왕족발과 왕청원의 혈도를 풀어주며 말했다.

"얘기는 나중에 하기로 하고 너희들은 먼저 산장으로 가 있어라."

"형님……."

"내 말대로 하거라!"

왕청일의 말에 왕청원은 어쩔 수 없다는 듯 몸을 돌렸다.

"저, 아버님."

머뭇거리던 왕족발이 조심스럽게 왕청일을 불렀다.

"왜 그러느냐?"

"정말 주적자를 죽이실 생각입니까?"

"내가 여기 온 이유가 그건데 당연한 일 아니냐? 그건 왜 묻는 것이냐?"

"아, 아닙니다."

왕족발은 주적자를 힐끔 보고 도살장에 끌려가는 소처럼 왕청원을 따라 어둠 속으로 사라졌다. 주적자는 그들이 가는 것을 지켜보고만 있었다. 저들을 무리하게 막기보다는 당과의 위치를 알고 있는 왕청일을 잡는 것이 훨씬 경제적이었다.

"왕 문주가 이상할 정도로 강해졌군."

이제껏 보고만 있던 상통걸이 중얼거렸다. 십대고수 중 한 명이니 그 정도는 충분히 알아볼 수 있을 것이다.

"멀리 물러나 계십시오."

"자네 혼자 싸우려는 생각인가?"

"방주님이 계셔도 도움이 되지 않습니다."

상통걸의 얼굴이 붉어졌다.

"이보게, 난 대개방의 방주야! 그런 내가 방해만 된다는 건가?"

"네."

주적자의 망설임없는 대답에 상통걸은 뭐라고 대꾸를 하려다 샐쭉한 표정으로 뒷걸음질쳤다.

"그래, 혼자 잘 싸워보게. 나중에 도와주라는 소리는 아예 할 생각도 말게나."

주적자는 다리를 어깨 넓이로 벌리고 여신우를 보았다. 그의 생애에서 가장 죽이고 싶었던 사람. 탈명침을 쫓아다닐 때조차 어쩌면 여신우를 더 증오했는지 모른다.

그 사람이 지금 눈앞에 있었다. 예전과는 다르게, 이제 죽여야 할 이유가 충분한 상태로 그 앞에 있었다. 혈관에 흐르는 피가 온통 복수라는 이름으로 펄떡거렸다.

"날 죽일 수 있다고 생각하는 모양이군."

여신우는 여전히 웃음을 머금고 말했다.

"물론!"

주적자는 대답과 함께 땅을 박찼다. 시간을 끌 이유가 없었다. 삼 장 거리는 한 호흡을 뱉기도 전에 사라졌다.

쑤와앙—!

두 자 길이의 검강을 동반한 무명묵검이 여신우의 오른쪽 허리 어름을 베어갔다. 여신우는 검끝을 아래로 내려뜨려 비스듬히 올려치며 그의 검을 걷어냈다.

짜강 하는 쇳소리와 함께 무명묵검이 허공으로 튀어 올랐다. 주적자는 하마터면 검을 놓칠 뻔했다. 여신우의 힘은 생각했던 것보다 훨씬 강력했다.

여신우는 위로 솟구친 검을 아래로 그어 주적자의 정수리를 노렸다. 주적자는 물러서지 않고 검을 우측으로 걷어낸 후 다시 반원을 그려 여신우의 다리를 노렸다. 여신우 또한 그의 검을 피할 생각조차 하지 않았다.

둘은 한 사람이 공격하면 그것을 막고 다시 공격하는 식으로 싸우면서 한 발자국도 물러서지 않았다. 그들이 일으키는 바람이 회오리처럼 변해 사 장 안쪽을 초토화시켰다. 검과 검이 부딪칠 때 나는 소리 때문에 가까이 튀어 오른 돌들이 먼지로 흩어졌다.

주적자는 검을 아래로 내려치며 한 발자국 더 다가섰다. 다섯 자 정도 떨어졌던 둘의 거리가 네 자로 좁혀졌다. 거리가 가까워진 만큼 싸움은 치열해질 수밖에 없었다. 조금이라도 뒤로 밀리면 이 격전에서 지는 것을 의미했다.

언뜻언뜻 보이는 여신우의 얼굴이 점점 일그러졌다. 주적자는 손으로 전해지는 느낌에서 여신우가 힘겨워한다는 것을 알 수 있었다. 그러던 어느 순간!

짜앙!

날카로운 소리와 함께 여신우의 검이 산산조각으로 부서졌다. 검이 박살났다는 것은 무명묵검이 명검인 탓도 있었지만 여신우의 힘이 그만큼 주적자에게 못 미친다는 의미였다. 주춤주춤 물러서는 여신우의 머리로 주적자의 검이 떨어졌다.

상통걸은 주적자가 물러나 있으라고 한 이유를 이제야 알 수 있었다. 주적자와 여신우의 싸움은 이미 인간이 할 수 있는 그것을 넘어선 경지였다.

눈 깜빡할 사이에 수십 번의 검을 휘두르는 가공할 속도와 검을 한 번씩 부딪칠 때마다 고막을 찢을 듯 울리는 그 파괴력은 이제껏 상상 조차 하지 못한 강함이었다.

거기에 두 사람의 검끝에 푸르스름하게 뻗어 있는 그것은 분명 이야 기로만 들어오던 검강이었다. 이백 년 전, 무림 역사상 가장 위대한 검 객(劍客)이라 불렸던 무결검(無缺劍) 전백광(全伯廣)만이 홀로 이루었던 경지가 바로 검강이었다.

그동안 수많은 검사들이 검강의 경지를 꿈꿨고, 그만큼 큰 좌절을 겪었었다. 그렇게 세월이 지나며 검을 쓰는—또는 도를 쓰는 사람들 도—무사들은 모두 검강은 없다고 단정 지어 버렸다.

보지도 못했고, 절대 이룰 수 없는 경지를 믿을 사람은 그리 흔치 않 았기 때문이다. 그런데 상통걸은 오늘 여기서 그 전설의 검강을 보고 있었다. 그것도 무려 두 명이 검강을 시전한 것이다.

하지만 주적자와 여신우가 같이 검강을 펼치고 있다고는 해도 경지 가 똑같은 것은 아니었다. 주적자가 한 발자국 다가서는 순간 둘의 균 형이 급속하게 무너졌다. 자갈이 부서지며 만든 격렬한 먼지와 너무 빠른 저들의 몸놀림 속에서도 상통걸은 분명하게 알 수 있었다.

그리고 여신우의 검이 산산조각으로 부서지는 순간 상통걸은 주적 자의 승리를 의심하지 않았다.

그때… 부서진 검의 파편이 땅에 떨어질 때, 주적자의 검이 여신우 의 정수리를 향해 내리쳐질 때 방관자처럼 서 있던 왕청일이 움직였다.

"위험해!"

상통걸의 다급한 경고성이 끝나기도 전에 횡으로 그어진 왕청일의 도가 주적자의 겨드랑이에 닿았다. 주적자가 검을 멈추지 않으면 여신우의 머리를 반으로 쪼갤 수 있을지 모르지만 그 대가로 몸통의 절반이 갈라지고 말 것이다.

본능은 언제나 그렇듯 살의(殺意)보다는 자신의 안전함을 택했다. 주적자는 내려치던 검을 거두고 옆으로 빠르게 이동했다.

파아—!

주적자의 옷자락이 도기(刀氣)에 먼지처럼 부서졌다. 상통걸로서는 이해할 수 없을 정도로 빠른 몸놀림이었다. 주적자를 물러서게 한 왕청일이 여신우에게 물었다.

"다친 곳은 없소?"

물론 여신우는 상통걸이 보기에도 검을 깨먹은 것 말고는 말짱했다.

"괜찮소. 싸울 때는 되도록 무기를 부딪치지 않는 것이 좋겠소. 녀석이 가지고 있는 검이 보기 드문 명검이니 말이오."

실력없는 목수가 연장 탓하는 꼴이었다. 여신우는 검을 내려뜨리고 있는 주적자에게 시선을 떼지 않고 허리에 두른 띠를 풀었다. 여신우의 손안에 늘어진 띠가 뻣뻣하게 고개를 들었다.

'연검(軟劍)이로군. 별걸 다 가지고 다니네.'

"아무래도 합공을 하는 것이 좋겠소."

수치를 모르는 여신우가 제안을 하자 왕청일이 고개를 끄덕였다. 둘은 검과 도를 각각 중단과 하단에 놓고 주적자를 향해 섰다.

일차 격돌이 끝났는데 긴장감은 오히려 더 크게 다가왔다. 그들의 거리는 사 장 이상 떨어져 있었는데 마치 코를 대고 있는 것처럼 가깝게 느껴졌다.

상통걸은 땀이 배어 나온 손을 바지에 문질렀다. 숨 세 번 들이킬 시간밖에 지나지 않았음에도 긴장 때문에 심장이 터질 것 같았다. 그의 손가락이 바지의 이음새에서 떨어질 때 여신우와 왕청일이 동시에 움직였다.

"어엇……!"

당황성이 채 끝나기도 전에 그들은 주적자의 일 장 앞까지 다다라 있었다. 무기가 닿기에는 턱없이 먼 거리에서 그들은 검과 도를 횡으로 휘둘렀다.

파아아앙―!

빈 공간이 찢어지는 듯한 소리와 함께 주적자 근처의 사물이 일그러졌다.

"기파(氣波)!"

그것은 분명 검과 도에서 물리적으로 뿜어져 나오는 예기였다. 기파는 장풍이나 권풍과는 차원이 달랐다. 몸에서 끌어낸 기를 자신의 무기에 전달해서 그것을 무기 그대로의 날카로움으로 날려 보낸다는 것은 상상하기 힘든 경지였다. 기파는 검강이나 도강과는 또 다른 최고의 절예를 의미했다.

주적자는 검을 몸 앞에서 크게 돌려 오른쪽으로 내리그었다. 쩌엉하는 소리와 함께 땅속에서 폭약이 터지듯 땅거죽이 이 장이나 튀어 올랐다. 자욱한 먼지 속에서 주적자는 내렸던 검을 위로 그어 올렸다.

콰아아아―!

바람이 땅을 갈고 지나가는 것처럼 자갈이 치솟으며 여신우와 왕청일에게 쇄도했다. 두 사람은 좌우로 몸을 날려 공격을 피한 후 검과 도를 휘둘렀다. 그들의 무기에서 떠난 그것은 바람의 파도 같았다. 걸리는 것은 무엇이든 찢고 부숴 버리는 난폭한 파도!

주적자는 제자리에서 빠르게 회전했다. 세 명의 격돌은 마치 파도의 부딪침을 보는 듯했다. 고막을 찢는 듯한 굉음과 주위를 산산조각으로 부숴 버리는 파괴력은 상상을 초월했다.

상통걸은 격돌의 여파 때문에 얼굴을 가리고 삼 장이나 물러서야 했다. 팔을 내리고 본 장내는 백 근의 폭약이 터진 것처럼 뒤집어져 있었다.

세 사람 십 장 주변의 자갈은 모두 먼지가 되어 부서졌고, 뒤집어진 축축한 흙이 이십 장 저쪽까지 검게 물들여 놓았다. 물에 한가롭게 흔들리던 뱃머리에도 구멍이 뻥 뚫려 있었다.

"확실히 강해졌군."

뿌연 먼지를 뒤집어쓴 주적자가 중얼거리더니 땅을 박찼다. 잠깐의 휴식도 없이 싸움은 이어졌다. 주적자는 오 장 거리를 좁혀가며 횡과 종으로 번갈아가며 검을 휘둘렀다. 너무 빨라 상통걸조차 팔의 움직임을 보기 힘들 정도였다.

까가가강―!

땅속에 파묻혀 있던 돌들이 기파의 충격에 튀어 오르며 요란한 소리를 질러댔다.

"하앗!"

왕청일은 기합과 함께 도를 위에서 아래로 그었다. 여신우 또한 이를 악물고 검을 횡으로 휘둘렀다.

쩌엉!

네 개의 힘이 부딪치는 소리는 거의 동시에 들렸다. 상통걸은 다시 이 장을 더 물러서야 했다. 그는 머리 위로 후두둑 떨어지는 돌을 맞으며 장내를 보았다.

여신우와 왕청일은 반 자 깊이의 발자국을 만들며 네 걸음 물러서 있었다. 주적자는 땅에 발목을 파묻고 두 자 뒤로 끌린 상태였다.

'좋지 않군.'

확실히 그랬다. 두 사람과는 달리 주적자는 걸음을 뗄 여유가 없었다는 것을 의미했다. 여신우와 왕청일도 자신들의 우위를 느꼈는지 쉴 틈을 주지 않고 주적자에게 몸을 날렸다. 그들의 검과 도에서 떠난 기파의 울림이 밤 공기를 산산조각으로 찢어놓았다.

이제껏 펼쳤던 어떤 공격보다 빠르고 파괴적이었다. 주적자 또한 혼신의 힘을 다하는 듯 굵은 땀방울을 쏟아내고 있었다.

천지를 쪼갤 듯한 격돌 뒤로 여신우와 왕청일이 뒤로 주춤주춤 물러섰다. 하지만 주적자는 밀려나려는 몸을 억지로 앞으로 끌어당겼다. 불안하게 상체가 흔들리던 주적자는 이내 두 사람을 향해 쇄도했다.

"어엇!"

여신우와 왕청일의 입에서 동시에 경악성이 튀어나왔다. 전혀 예상치 못한 주적자의 움직임이었다. 단숨에 거리를 좁힌 주적자는 여신우를 향해 검을 휘둘렀다. 기파를 사용하지 않은 공격은 육안으로 확인할 수 없을 정도로 빨랐다.

카앙!

가까스로 공격을 막은 여신우의 허리를 향해 다시 검이 휘둘러졌다. 여신우가 황급히 뒤로 물러섰지만 주적자의 두 자나 뻗은 검강을 완전히 피할 수는 없었다.

서걱!

무언가 베어지는 소리가 낮게 울렸다. 상통걸은 제발 그것이 여신우의 뱃가죽이기를 바랐다. 그러나 옷자락만 심하게 펄럭일 뿐 피는 보이지 않았다.

주적자가 다시 여신우를 따라붙을 때 왕청일이 뒤쪽에서 도를 떨쳤다. 주적자는 몸을 빙글 돌려 칼날 같은 기파를 막아내고 그 힘을 이용해 여신우에게 쏘아져 갔다. 여신우는 아래에서 위로 검을 쓸어 올려 주적자의 걸음을 늦추려 했다. 하지만 검을 퉁겨낸 주적자의 속도는 조금도 줄어들지 않았다.

"꺼져!"

여신우는 발악 같은 외침을 토해내며 퉁겨 나간 검을 다시 옆으로 그었다.

카앙!

주적자의 검과 여신우의 검이 또다시 부딪쳤다. 그 힘에 밀려 주춤주춤 물러서는 여신우의 가슴으로 주적자의 검이 찔러 들어갔다. 그러나 왕청일이 그것을 보고만 있지는 않았다.

"멈춰라!"

외침과 도는 거의 동시에 주적자의 머리 위로 떨어졌다. 주적자는 옆으로 물러설 수밖에 없었다. 우측으로 이동한 주적자를 향해 간신히 위기를 모면한 여신우의 검이 날아들었다. 약속이나 한 듯 왕청일도 도를 쭉 뻗어 주적자를 찔렀다.

원래 도라는 무기가 베기를 주로 한다고는 하지만 도강이 한 자 이상 뻗어 나온 왕청일의 도는 어떤 식으로 공격을 당하든 치명적일 수밖에 없었다.

주적자는 뒤로 물러서며 왕청일의 도를 쳐냈다. 여신우의 검이 똥맛 본 파리마냥 끈질기게 주적자의 가슴을 파고들었다. 정신없이 뒤로 물러서던 주적자가 갑자기 걸음을 멈추더니 상체를 뒤로 힘껏 젖혔다.

그의 가슴 위로 여신우의 검이 아슬아슬하게 지나갔다.

주적자는 여신우의 팔을 향해 검을 휘둘렀다. 감탄사가 나올 만큼 절묘한 공격이었지만 여신우에게 큰 타격을 주지는 못했다. 그저 상박 하단에 약간의 상처만을 입혔을 뿐이다. 퉁기듯 일어서는 주적자의 허리를 향해 왕청일의 도가 쇄도했다. 주적자는 팔만을 이용해 도를 바깥으로 쳐냈다.

까앙!

무기의 부딪침이 만든 파란 불꽃이 채 땅에 떨어지기도 전에 여신우의 검이 주적자의 어깨로 떨어졌다. 그들은 언제 기파를 보여줬냐는 듯 서로에게 콧김을 내뿜으며 근접전(近接戰)을 벌였다.

주적자는 마치 쌍검(雙劍)을 휘두르듯 여신우와 왕청일의 공격을 잘도 받아냈다. 그들의 움직임을 보고 있으니 마치 팔이 수십 개 달린 사람들 같았다.

'녀석들 무기를 모두 부숴 버려!'

상통걸은 속으로 외치며 자신도 모르게 전장을 향해 다가갔다. 상통걸이 그들로부터 오 장 정도 떨어진 곳에 다다랐을 때 주적자가 뒤로 한 걸음 물러섰다. 저런 근접전에서 후퇴는 치명적인 결과를 가져올 수밖에 없었다.

상통걸이 느끼는 위험과 주적자가 당한 위기는 동시에 찾아왔다. 주적자는 더 이상 물러서지 않기 위해 안간힘을 썼지만 이미 밀려 버린 힘을 회복하기는 어려웠다. 앞으로 숙여져야 할 상체가 뒤로 넘어가며 힘겹게 공격을 막다가 결국 두 걸음 더 후퇴했다.

기회를 잡은 여신우와 왕청일은 숨 쉴 틈을 주지 않고 주적자를 몰아붙였다. 그들의 합격술은 평생을 연마한 듯 절묘했다. 상하 좌우를 번갈아가며 공격하는데 단 한 번도 서로 같은 곳으로 무기가 가지 않았다. 주춤주춤 뒤로 물러서던 주적자의 발이 물에 닿았다.

철퍽!

그토록 요란하게 울리는 격돌음 속에서도 주적자가 물을 밟는 소리는 똑똑히 들렸다. 어쩌면 주적자의 옆구리에서 자욱하게 튄 피 때문인지도 모른다. 어느 정도의 부상을 입었는지 알 수 없지만 피의 양은 상당히 많았다.

"젠장!"

상통걸은 타구봉을 꺼내며 주적자를 향해 몸을 날렸다. 비록 그의 무공이 저들에 비해 훨씬 떨어진다고는 하지만 보고 있을 수만은 없었다. 그가 허공의 정점에 떠 있을 때 우측에서 무언가가 날아왔다.

힐끔 고개를 돌려 본 그것은 손바닥보다 작은 편복의 그림자 떼였다. 드라칸이라고 했던 녀석이 주적자와 싸울 때 보여줬던 바로 그것이었다.

상통걸은 황급히 몸을 뒤집으며 날아오는 편복 떼를 향해 타구봉을 휘둘렀다. 개방의 절기(絕技)인 타구십팔초(打狗十八招)가 그물처럼 허공에 펼쳐졌다.

타라라라―!

그의 타구봉에 걸린 편복 떼가 먼지처럼 허공에 부서졌다. 하지만 수백 마리에 이르는 편복 떼를 한 번에 없앤다는 것은 주적자 같은 고수가 아니고서는 무리였다. 상통걸은 어쩔 수 없이 편복 떼를 피해 뒤로 물러섰다.

첨벙!

상통걸은 물이 튀는 소리가 나는 쪽으로 시선을 돌렸다. 주적자가 거대한 물보라를 일으키며 물속으로 들어가는 것이 보였다. 그 뒤를 따라 여신우와 왕청일이 몸을 날렸다. 주적자의 몸에서 나온 피는 물 위에 잠시 머물다 이내 희석되어 버렸다.

'일부러 물속으로 들어간 걸까?'

상통걸은 재차 공격해 들어오는 편복 떼 때문에 주적자에 대한 걱정을 접었다. 그림자 같은 저것들의 실체가 뭔지 모르지만 맞으면 죽을 수도 있다는 것쯤은 알 수 있었다.

실제 편복처럼 날갯짓 소리를 요란하게 내며 날아오는 그것들은 갈수록 위력을 더해갔다. 급기야 휘두르는 타구봉을 뚫고 편복 세 개가 그의 어깨와 옆구리를 훑고 지나갔다.

"욱!"

그는 짧은 신음을 토해내고 뒤로 훌쩍 물러섰다. 상처는 마치 날카로운 칼에 베인 것 같았다. 드라칸이 알아들을 수 없는 소리를 지르며 다시 손에 든 봉을 휘둘렀다. 그러자 지금까지와는 비교되지 않을 정도의 속도로 편복 떼가 쏟아져 나왔다.

"제기랄! 개 떼와 싸우는 것보다 훨씬 힘들군!"

그는 타구십팔초를 펼치며 취리건곤보(醉裡乾坤步)를 연신 밟았다. 엄청난 수에 명궁의 화살보다 열 배는 빠른 편복은 그를 쉴 새 없이 몰아쳤다. 아까 주적자와 싸울 때와는 비교할 수 없을 정도로 강했다. 희희낙락(喜喜樂樂)거리는 드라칸의 표정은 마치 유희를 즐기는 것 같았다.

상통걸의 옷은 거지의 그것답게 너덜너덜해졌고 상처도 십여 곳이 넘었다. 이대로 나가다가는 탈진해서 죽거나 편복에 걸레처럼 찢어질 것이 뻔했다.

그렇다고 마땅히 이 위기를 타개할 방법이 없었다. 드라칸을 죽이기 위해서는 가까이 다가가야 하는데 이 상태에서는 삼 장 안쪽으로 들어가기조차 불가능했다.

그가 정신없이 편복을 쳐내고 있을 때 콰앙 하는 소리가 들렸다. 그의 목이 떨어지며 내는 소리가 아닌가 하는 생각을 했다.

갑자기 머리 위로 물이 쏟아졌다. 그는 화들짝 놀라며 주적자가 들어갔던 수면을 보았다. 드라칸도 그 소리에 놀랐는지 공격을 멈추고 그와 같은 곳으로 시선을 돌렸다.

높이 치솟은 물기둥이 떨어지며 수면에 커다란 파문을 남겼다. 둥그렇게 밀려나는 물이 잔잔해지기도 전에 핏물이 서서히 번지기 시작했다.

그리고 하나의 물체가 수면으로 둥실 떠올랐다. 그것은 잘려진 팔이었다. 그 팔이 누구 것인가는 전체를 보지 않고도 알 수 있었다.

그것은······.

주적자의 것이었다!

제55장
세상에서 가장 달콤한 유희

제55장 세상에서 가장 달콤한 유희

　왕족발은 어두운 산길을 더듬어 겨우 산장에 도착할 수 있었다. 위치는 들어서 알고 있었지만 실제로 온 적은 처음인 까닭에 한참을 헤맸다. 왕청원은 그곳에 남아 싸움의 결말을 보겠다고 해서 그 혼자만 온 것이다.

　그는 세월의 손때가 묻은 갈색의 문 앞에 서서 편액을 보았다. 복호장(伏虎莊)이란 글자는 문외한인 그가 보아도 잘 쓴 글씨였다.

　왕족발은 일부러 헛기침을 터뜨리고 문을 열었다. 행여나 어떤 얼빠진 녀석이 몰래 들어오는 침입자인 줄 알고 칼을 휘두를지도 모르기 때문이다.

　문 열리는 소리가 낮게 울리고 산장 안의 모습이 눈에 들어왔다. 문 바로 너머에 돌로 만든 발판이 길게 놓여 있었고, 그것을 쭉 따라 한 자 남짓한 돌들이 본채 쪽으로 늘어선 모습은 여느 산장과 다르지 않았다.

담을 따라 심어진 작은 나무들과 잔디를 깐 마당도 흔하게 볼 수 있는 풍경이었다. 그는 하얀 돌을 밟고 마당을 가로질렀다. 주위는 적막, 그 자체였다. 움직이는 것은 희미한 그의 그림자뿐이었다.

동이 트기 전, 가장 깊은 어둠을 품은 시간이기에 당연할 수도 있지만 정무문의 문주가 머무는 곳이라면 이쯤에서 당연히 경비 무사가 튀어나와야 했다.

그런데 그가 마당의 중앙에 다다를 때까지 아무도 앞을 가로막지 않았다. 몸을 감싸고 있는 적막 또한 뭔지 모를 불안함을 품고 있었다.

왕족발은 걸음을 멈추고 새삼스럽게 주위를 둘러보았다. 처음 들어왔을 때 보았던 것과 달라진 것은 없었다. 그는 걸음을 옮기며 주위를 살피는 것에 게으름을 피우지 않았다. 예전 같으면 '이 자식들! 무슨 놈의 경비를 이따위로 서는 거야!' 하며 한바탕 난리를 쳤겠지만 짧은 강호 경험이 그를 좀 더 신중하게 만들었다.

물론 더 신중하려면 이처럼 마당 가운데로 가면 안 되지만 이 이상 신중을 기하기에는 귀찮았다. 어쨌든 이곳은 그의 안방이나 마찬가지이니 말이다.

왕족발은 이곳저곳을 살피며 걸음을 옮겼다. 그러던 그의 고개가 좌측 전면의 비스듬한 곳에서 멈췄다. 담을 따라 만들어진 화단과 마당을 갈라놓은 경계석 뒤쪽에 희미한 다른 물체가 보였기 때문이다.

그는 솜털을 돋게 만드는 본능 때문에 끊임없이 주위를 살피며 그곳으로 다가갔다. 여섯 자 가까이 다가갔을 때 비로소 그것이 시체라는 것을 알 수 있었다.

달빛조차 희미한 깜깜한 밤에 검은색 복장의 시체는 집중하지 않으면 알아보기 힘들었다. 도를 잡기 위해 반사적으로 손을 어깨 너머로 올렸지만 그에게 무기는 없었다. 용두장에서 가지고 오지 못한 것이다.

그는 어쩔 수 없이 빈손으로 걸음을 옮겼다. 시체에서 두 자 정도 가까이 다가간 걸음이 우뚝 멈췄다. 비로소 나무 뒤에 가려진 시체의 얼굴이 보인 것이다.

피골이 상접한 푸른색의 그것은 족히 석 달은 지난 것 같았다. 하지만 이곳에 그처럼 오래된 시체가 있을 리 없었다. 왕족발은 허리를 숙여 시체를 살폈다.

'혹시나' 하고 가장 먼저 본 목에서 네 개의 구멍을 발견할 수 있었다. 그도 익히 흡혈야황에 대한 소문은 들어 알고 있었다.

결국 이곳에 흡혈야황, 하다못해 흡혈귀라도 있다는 뜻이었다. 그는 옅은 달빛을 헤치며 화단을 따라 걸음을 디뎠다. 예상대로 두 구의 끔찍한 시체를 더 발견할 수 있었다. 정확한 신분은 알 수 없지만 정무문의 무사인 것만은 분명했다.

'대충 눈치로 때려잡아도 흡혈야황과 아버님이 한편인 것이 분명한데 왜 저들이 이곳에 죽어 있는 거지?'

왕족발은 문득 저들에게 닥친 죽음이 자신에게도 올 수 있다는 것을 깨달았다. 그는 죽은 자의 등에 꽂힌 도를 빼 들었다. 본채를 정면에 둔 그는 잠시 망설였다. 안으로 들어갈 것인가 밖을 더 살핀 것인가 결정을 해야 했다.

왕족발은 주위를 좀 더 살피기로 했다. 그는 하얀 칠이 된 본채 옆면을 돌아 후원 쪽으로 걸음을 옮겼다. 처음 와본 곳이지만 구조가 단순해서 살피는 데 어려움은 없었다.

본채를 지나 후원으로 가던 그는 우뚝 걸음을 멈췄다. 담과 커다란 나무 사이에 또 한 구의 시체가 있었다. 이번 시체는 앞서 봤던 세 구와는 달랐다. 피골이 상접한 청색 피부에 말라붙기 시작하는 피가 범벅이 되어 있었다.

왕족발은 시체에서 시선을 떼고 주위를 둘러보았다. 이제 시체 따위를 찾는 것은 무의미했다. 정무문 무사들을 죽인 적을 찾는 것이 급선무였다.

그래서?

'죽여야지.'

왕족발은 땀이 배인 손바닥을 바지에 문지르고 도를 고쳐 쥐었다. 밖보다는 안에 있을 확률이 높았다. 그는 별채를 힐끔 보고 온 길을 다시 돌아가 대청으로 들어갔다.

판자의 이음새가 꽉 물려 삐걱거리는 소리는 나지 않았다. 양쪽에 있는 객청을 살핀 왕족발은 대청 깊숙한 곳으로 걸음을 옮겨 좌우에 있는 회랑을 번갈아 보았다.

칠흑 같은 어둠을 품은 회랑은 침묵, 그 자체였다. 그는 왼쪽으로 방향을 잡아 조심스럽게 걸음을 내디뎠다. 한 발자국씩 나아갈 때마다 피부에 끈적한 무언가가 걸리는 것 같았다. 회랑 중앙을 걸어가던 그는 몸을 벽 쪽으로 붙였다.

심장을 옥죄는 본능이 시킨 몸짓이었다. 회랑의 모서리에 다다른 왕족발은 뒤쪽을 살피며 천천히 전진했다. 각진 곳이 등에 닿는 것을 느끼며 전면으로 시선을 돌린 왕족발은 우뚝 걸음을 멈췄다.

불과 한 자 앞에 여인이 서 있었다. 자신보다 큰 키에 붉은 머리칼을 허리까지 내려뜨린 여인은 무표정하게 그를 보고 있었다. 왕족발은 주

춤 물러섰다. 그의 몸짓이 우스웠는지 여인의 입가에 가는 선이 그어
졌다.

"아직 남아 있는 놈이 있었군."

그녀의 입이 열리자 뾰족한 송곳니가 모습을 드러냈다. 의심할 여지
없이 앞의 여인이 정무문 무사들을 죽인 범인이었다. 왕족발은 그가
낼 수 있는 최고의 속도로 도를 휘둘렀다. 여인의 목을 향해 그어진 도
는, 그러나 너무 쉽게 중간에서 멈춰 버렸다.

여인은 날아가는 파리를 잡듯 그의 도를 잡고 쉰 듯한 목소리를 흘
렸다.

"소용없는 발악을 하는구나."

그의 도를 수수깡처럼 부러뜨린 여인의 손이 목을 향해 뻗어왔다.
피해야 한다고 생각했지만 그것은 생각뿐, 몸이 마음대로 움직여지지
않았다.

턱!

얼음처럼 차가운 여인의 손이 그의 목을 움켜쥐었다. 왕족발은 왼손
으로 여인의 팔을 잡고 반 토막 난 도를 휘둘렀다.

투웅!

여인의 머리에 부딪친 도는 아름드리 나무를 두드린 몽둥이처럼 힘
없이 튕겨 나와 버렸다. 비로소 그의 뇌리에 흡혈야황이란 이름이 떠
올랐다.

왕족발은 아무 타격을 주지 못한다는 것을 알면서도 계속 도로 흡혈
야황의 머리를 후려쳤다. 목젖이 파열되는 고통과 숨을 쉬지 못하는
답답함이 점점 크게 다가왔다. 자신이 팔을 휘두르고 있는지조차 자각
할 수 없을 정도로 의식은 빠르게 몸을 떠나고 있었다.

'젠장! 아버님은 왜 날 이곳으로 보낸 거야!'

의식의 끝자락을 잡고 왕청일을 원망하고 있을 때 날카로운 목소리가 뇌리를 울렸다.

"그만두세요!"

희미한 의식 속에서도 그것이 왕족쌍의 목소리라는 것은 알 수 있었다. 점점 조여오던 손아귀의 힘이 더 이상 커지지 않았다. 하지만 고통스러운 것은 여전했다.

"당신이 흡혈야황인가요?"

왕족쌍의 물음이 흡혈야황의 물음으로 이어졌다.

"넌 뭐냐?"

"전 왕청일의 딸 왕족쌍이라고 해요."

"그런데?"

왕족쌍은 잠시의 사이를 두고 말했다.

"일단 오빠를 놔주세요."

"큭큭, 맹랑한 꼬마로군. 내가 왜 맛있는 먹이를 놔줘야 하지?"

"이… 빌어먹을… 괴물아! 나… 난… 네 먹이가… 아니야!"

죽을 때 죽더라도 찍소리는 해보고 죽자는 왕족발의 정신은 훌륭했다. 최소한 자신의 생각은 그랬다. 하지만 왕족쌍은 다른 모양이다.

"넌 입 다물고 가만있어!"

'저 계집애가!'

하긴 더 이상 입을 열 힘도 없었다. 정신을 잃지 않고 버티는 것만으로도 힘겨운 왕족발이었다.

"당신은 정말 남에게 무적에 가까운 힘을 줄 수 있나요?"

흡혈야황은 당돌한 왕족쌍에게 흥미가 생긴 듯 손아귀 힘이 약간 줄어들었다. 그것만으로도 숨통이 트이는 것을 느꼈다.

"그런데?"

"만약 그렇다면 당신에게 그 힘을 얻고 싶어요."

흡혈야황은 왕족발의 뒤쪽에 시선을 고정시키고 있었다.

"왜 힘이 필요하지, 너 같은 꼬마 계집애가?"

왕족쌍과 별로 나이 차이도 나지 않을 것 같은 흡혈야황은 마치 백살 먹은 할망구처럼 물었다.

"…아버지한테 복수하고 싶어요."

흡혈야황의 눈에 이채가 떠오르더니 급기야 입으로 그것이 터져 나왔다.

"호호호호! 정말 특이한 아이군. 아버지한테 복수를 하겠다고? 호호호……!"

흡혈야황의 웃음은 머리 속에 유리 파편을 넣고 마구 흔드는 것 같은 고통을 안겨주었다. 다행히 웃음은 얼마 가지 않아 거짓말처럼 멈췄다.

"부모를 미워하는 아이는 많이 있지. 특히 너만한 나이 때는 대부분……."

왕족쌍은 겁도 없이 흡혈야황의 말을 끊었다.

"난 정말 아버지를 증오해요! 힘만 있다면 그를 철저하게 부숴 버릴 거예요!"

그녀의 목소리에는 반드시 그렇게 하겠다는 의지가 넘쳐흐르고 있었다. 비로소 흡혈야황의 얼굴이 진지해졌다. 왕족발이 흡형야황에 대해 잘 알지는 못하지만 왕족쌍을 잡고 한가하게 이런 얘기나 하고 있다는 것이 이상하게 생각됐다. 물론 그에게는 다행스러운 일이지만.

"내가 네게 힘을 주면 넌 내게 무얼 해줄 수 있지?"

그 질문을 기다리고 있었다는 듯 대답은 바로 나왔다.

"제가 할 수 있는 일은 뭐든지."

"할 수 있는 일은 뭐든 하겠다?"

"그래요."

흡혈야황은 한참 동안 왕족쌍을 보았다. 그 번들거리는 눈동자만 보고는 무슨 생각을 하는지 알 수 없었다. 하긴 남의 표정을 보고 생각을 읽는 것은 왕족발에게 불가능한 일이었다. 긴 침묵과 그만큼 오랜 고통의 시간이 지난 후 흡혈야황의 입이 열렸다.

"주적자를 알고 있나?"

뜬금없는 질문이었다. 그래서 왕족쌍의 대답도 한 박자 늦게 나왔다.

"네."

"친하냐?"

"제가 숙부라고 부르죠. 그런데 그건 왜 묻는 거죠?"

왕족쌍의 대답은 그냥 허공으로 흩어졌다. 무슨 생각을 하는 듯 미간에 주름을 만든 흡혈야황이 중얼거렸다.

"재미있겠군. 확실히 재미있겠어."

그녀는 쓰레기를 버리듯 왕족발을 팽개치고 몸을 돌렸다.

"따라와라."

"쿨룩! 쿨룩!"

창자를 토해내는 듯한 기침으로 숨을 돌리는 왕족발 곁을 왕족쌍이 스쳐 갔다.

"야… 족쌍아."

그의 힘겨운 부름에 왕족쌍이 걸음을 멈췄다. 왕족발은 큰 숨을 여러 번 들이쉬고서야 다음 말을 이을 수 있었다.

"대체 뭐가 어떻게 돌아가고 있는 거냐?"

"나도 몰라. 별로 알고 싶지도 않고."

말을 뱉고 가려는 그녀를 왕족발이 잡았다.

"너, 무슨 생각을 하고 있는 거냐?"

석고로 본을 뜬 듯 차가운 얼굴의 그녀는 표정에 걸맞는 목소리로 말했다.

"흡혈야황에게 말했던 그대로야. 아버지한테 복수할 거야. 피를 토하며 후회하도록 처절한 복수를!"

왕족쌍은 그의 손을 뿌리치고 매몰차게 돌아섰다.

"그러기 위해서 난 힘을 가질 거야. 수단과 방법을 가리지 않고."

어둠 속으로 흩어지는 그녀의 목소리가 왕족발의 등골을 서늘하게 만들었다. 마치 거대한 미로 속에서 그 혼자 길을 잃고 헤매는 것 같았다.

'뭔가 잘못 되고 있어, 뭔가……'

*　　　　*　　　　*

그들은 결코 물고기가 아니었다. 그래서 무려 이각이라는 긴 시간을 보내고 물 밖으로 솟구쳐 올라왔다. 상통걸은 두 눈을 부릅뜨고 가장 먼저 나온 사람을 확인했다. 다행히 주적자가 처음 모습을 드러내서 가슴 졸이는 시간을 줄일 수 있었다.

하지만 살아 있다고 마냥 좋아할 수만은 없었다. 상통걸, 그도 부상을 입었지만 주적자는 그보다 백배는 더 처참했다. 왼쪽 팔은 잘렸고,

양쪽 옆구리는 입을 쩍 벌리고 있었으며, 허벅지 살은 한 뭉텅이나 떨어진 모습이었다. 저 상태로 저처럼 움직일 수 있다는 것이 신기할 따름이었다.

우연처럼 상통걸 옆에 내려선 주적자는 가까스로 중심을 잡았다. 어깨로 숨을 쉬는 그의 안색은 창백하다 못해 청색을 띠고 있었다. 상통걸은 괜찮냐고 물으려다가 관뒀다. 저 모습이 괜찮으면 시체도 무사하다고 말할 수 있을 것이다.

거대한 물기둥을 만들며 나온 여신우와 왕청일은 상통걸의 사 장 전면에 내려섰다. 그들 또한 어깨와 다리에 부상을 입고 있었지만 주적자에 비하면 마누라 손톱에 할퀸 정도였다.

"추크라! 추크라! 아할바마! 추크라! 추크라! 이힐리히! 바라힘! 바라힘! 오호그람! 바라힘……!"

드라칸이 잠깐 멈췄던 공격을 다시 시작했다. 완만한 곡선을 이루며 쏘아져 오는 편복 떼는 곧바로 주적자에게로 덮쳐들었다. 아까 당한 것을 복수하고 싶은 모양이다.

주적자는 검을 몸 앞에서 한 바퀴 돌리더니 편복 떼를 향해 내리그었다. 기파가 보이지 않는 벽이 되어 편복 떼를 덮쳤다. 검은 그림자는 먼지처럼 부서지며 허공에서 사라졌다. 기파의 벽은 빠른 속도로 드라칸을 향해 돌진했다.

드라칸은 주문을 외우는 목소리를 높이며 양손으로 구슬이 달린 막대를 잡고 온몸을 부들부들 떨어댔다. 그러자 갑자기 시커먼 구름이 구슬에서 피어 올랐다. 그것은 편복 떼와 같은 모습이었지만 훨씬 강력한 힘을 느끼게 했다.

쩌르릉!

기파의 벽과 한 무리의 둥근 편복 떼가 부딪치며 천둥 치는 소리를 만들어냈다. 주적자는 어깨를 크게 흔들며 한 걸음 물러섰고, 드라칸은 아예 엉덩방아를 찧었다. 하지만 다친 것 같지는 않았다.

첫 번째의 대결에 비하면 드라칸이 엄청 강해졌다는 것을 알 수 있었다.

'저 녀석도 흡혈야황에게 힘을 받았나 보군.'

상통걸은 걱정스러운 눈으로 주적자를 보았다. 강한 적이 둘인 줄 알았는데 셋으로 늘어났으니 암담함은 그만큼 깊어졌다.

주적자의 표정에는 여전히 변함이 없었다. 자신이 있어서는 아닐 것이다. 어쩌면 체념에 가까울지 모른다. 설사 주적자가 이 싸움을 포기한다 해도 상통걸은 이해할 수 있었다. 지금까지의 격전으로 봐서 주적자가 저들을 이길 가능성은 백 분의 일에 일 푼도 되지 않았다.

"넌 나서지 마라."

막대를 주적자 쪽으로 향하고 주문을 외우려는 드라칸에게 여신우가 한 말이었다. 체르샤가 통역을 하자 드라칸은 기분 나쁜 표정을 지었지만 뜻을 거스르지는 않았다.

"자, 이제 슬슬 끝을 내볼까?"

여신우는 들고 있는 연검을 몸 앞에 비스듬히 눕히며 말했다. 주적자는 갑자기 시선을 동쪽으로 돌렸다. 여명이 밝아오는 소리가 사그락사그락 들리는 듯했다. 잠시 동쪽을 보던 주적자는 다시 시선을 여신우에게 돌렸다.

"언제 흡혈야황에게 혈정을 받았나?"

"무슨 소리를 하는 거냐?"

"이곳으로 오기 전에 받았겠군요. 그렇지?"

"대체 하고 싶은 말이 뭐지?"

그들은 서로 물음으로 대답하고 있었다. 주적자는 고개를 갸웃했다.

"이상하군. 확실히 이상해."

"흥! 네가 어떤 수작을 부리든 이 자리에서 살아남진 못할 것이다."

주적자는 희미한 웃음을 내비쳤다.

"그럴까? 뭐, 그렇게 자신있다면 잠깐 기다려 줄 수도 있겠지?"

주적자는 대답도 기다리지 않고 상통걸에게 말했다.

"윗옷 좀 벗어주시오. 아무래도 상처를 싸매야 할 것 같으니."

상통걸은 엉겁결에 옷을 벗으며 어느 상처를 싸맬지 궁금해했다. 팔과 옆구리, 다리 모두에서 피가 조금씩 솟아나고 있었다. 그의 작은 옷으로는 그중 하나도 감당하지 못할 것 같았다.

주적자는 검을 땅에 꽂고 한 손으로 상통걸의 옷을 허리 어름에 묶었다. 되는대로 싸맸기 때문에 지혈 효과는 전혀 없어 보였다. 여신우와 왕청일은 용케 참으며 주적자의 하는 양을 지켜보고만 있었다. 강자의 여유 같은 것이었다.

어찌 보면 주적자의 지금 모습 또한 그렇게 보이기도 했다. 서로 자신의 승리를 확신하고 있는지도 모른다. 여신우와 왕청일이 그러는 것은 수긍이 가지만 주적자의 여유는 이해할 수 없었다.

주적자는 땅에 꽂힌 검을 뽑으며 물었다.

"다시 싸우기 전에 소소자와 나 소저가 어디 있는지 알려줄 수는 없겠나?"

"후후, 죽어 귀신이 되어서라도 그들을 구하고 싶은 것이냐?"

"당신들을 모두 죽여 버리는 실수를 저지를지도 모르기 때문이지."

여신우의 얼굴이 딱딱하게 굳었다. 상통걸은 그 얼굴에서 희미한 두려움을 보았다. 지금 상황에서 여신우가 두려워할 이유가 없는데도 저런 표정을 짓는 것은 뱀에 대한 쥐의 그것 같은 공포일지도 모른다.

"헛소리!"

여신우는 자신의 감정을 떨치듯 소리치며 주적자를 향해 몸을 날렸다. 기다렸다는 듯 왕청일도 여신우와 어깨를 나란히 했다. 그들이 휘두르는 검과 도 사이로 햇살 한 자락이 강렬하게 파고들었다.

"후욱!"

주적자는 큰 숨을 들이킨 후 검을 횡으로 그었다. 기파가 땅거죽을 헤집으며 여신우와 왕청일을 향해 쏘아져 갔다. 주적자는 기파가 검을 떠나자마자 둘을 향해 몸을 날렸다.

쩌렁 하는 격돌음에 주적자는 주춤하는가 싶더니 이내 더 빠른 속도로 나아갔다. 뒤로 물러선 쪽은 오히려 여신우와 왕청일이었다. 그들의 얼굴에 한줄기 당혹감이 떠올랐다.

"주적자가 더 강해진……?"

왕청일은 의문을 끝내지도 못한 채 황급히 주적자의 다음 공격을 막아야 했다.

까강!

왕청일을 일 장이나 물러서게 만든 주적자의 검은 거의 동시에 여신우조차 뒷걸음질치게 하였다. 상통걸은 눈앞의 상황을 도저히 이해할 수 없었다. 주적자는 한 팔이 잘리고 몸 여기저기에 적지 않은 부상까지 입은 상태였다.

이렇듯 제대로 힘을 발휘하지 못할 상황인데도 주적자는 오히려 이전보다 더 강해진 것처럼 여신우와 왕청일을 몰아치고 있었다.

'혹시?'

상통걸은 주적자의 쉴 새 없는 공격을 받으며 연신 물러나고 있는 두 사람을 보았다. 어쩌면 저들이 약해진 것일 수도 있었다. 그렇지 않고서는 지금의 이 상황이 설명이 되지 않았다.

"크윽!"

공격을 막기에 급급하던 왕청일의 입에서 드디어 비명이 터져 나왔다. 그의 옆구리는 길게 베어져서 피가 뭉클뭉클 터져 나오고 있었다.

"걱정 마시오! 곧 회복될 것이오!"

여신우가 주적자의 검을 퉁겨내며 소리쳤다.

"그럴까?"

주적자는 웃음까지 머금고 물었다.

"혈정의 효능을 가장 먼저 경험했으니 네가 더 잘 알 것 아니냐?"

"내가 먹은 혈정이라면 그렇겠지. 하지만 당신들의 혈정은 달라."

여신우의 입술이 불안하게 떨렸다.

"무, 무슨 소리냐?"

"지금 이 상황을 보고도 모르겠나?"

"……!"

"당신들은 점점 약해지고 있어. 더 이상 내 상대가 되지 못할 만큼."

주적자는 그 말을 끝으로 땅을 박찼다. 한 번 뒤집어져 까만 뱃속을 드러낸 땅이 자잘한 파편을 튀겼다.

"어림없는 소리 하지 마라!"

여신우는 고함을 지르며 주적자의 검을 맞받아쳤다.

짜캉!

연검은 비명과 함께 산산조각으로 부서졌다. 그런데 엉뚱하게도 왕청일의 입에서 비명이 터져 나왔다. 오른쪽 눈에 얹어진 손가락 사이로 쉼없이 피가 배어 나왔다. 아마 여신우 검의 파편을 맞은 모양이다.

평소 같으면, 아니, 이곳에 처음 도착할 때 정도의 강함이었다면 이런 어처구니없는 일은 벌어지지 않았을 것이다. 하지만 주적자의 말대로 왕청일은 약해졌고, 그래서 당황한 나머지 평정심을 잃었으리라.

도를 쥔 손은 옆구리에, 다른 한 손은 눈을 가린 채 비틀비틀 물러서던 왕청일은 이내 주적자와 반대 방향으로 몸을 날렸다. 미처 예상치 못한 반응에 흠칫 놀란 주적자는 막 쫓으려던 몸을 다시 돌렸다.

여신우가 왕청일과는 반대 방향으로 도망가기 시작했기 때문이다. 주적자의 선택은 당연히 여신우였다. 상통걸은 황급히 그들 뒤를 쫓았지만 언덕 하나를 넘는 순간 놓치고 말았다. 도저히 그가 따라갈 속도가 아니었다.

"그러고 보니 그 두 녀석은……."

상통걸은 다시 싸움이 있었던 곳으로 돌아왔다. 하지만 드라칸이나 체르샤 누구도 눈에 띄지 않았다. 언제 격전이 일어났냐 싶게 고요한 그곳에 상통걸은 혼자 덩그러니 남은 것이다. 빌어먹게도…….

주적자는 빽빽하게 우거진 숲 사이를 혼신의 힘을 다해 달렸다. 여기서 여신우를 놓치게 된다면 또 언제 잡을 기회가 생길지 알 수 없었다. 나무가 시야를 가려 여신우의 모습은 보이지 않았다.

그는 앞에 있는 나무 위로 몸을 날렸다. 근처에 있는 나무 중 가장 큰 것이었다. 꼭대기에 올라가 사위를 살폈지만 여신우의 모습은 보이지 않았다. 나무 사이로 사라지기 전까지 오 장 이상의 거리는 벌어지지 않았었다. 여신우가 그보다 월등히 빠른 속도로 도망쳤다고는 생각할 수 없었다.

결국은 그 짧은 순간에 어디론가 숨은 것이 분명했다. 주적자는 손가락 굵기의 나무 꼭대기에 쭈그려 앉아 사위를 더듬었다.

근 십 장에 달하는 높이였지만 바로 눈앞에 둔 듯 볼 수 있었다. 한참 동안 주위를 살피던 그의 시선은 사십 장 저쪽 땅에서 멎었다. 일장 간격으로 난 그의 발자국 곁에 희미한 여신우의 지나간 자취가 보였다.

주적자는 나무에서 내려와 온 길을 더듬었다. 여신우가 지금쯤 뭐 빠지게 도망치고 있을 가능성이 전혀 없는 것은 아니었지만, 그렇다고 한 방향으로 무작정 쫓는 것은 무모했다.

그는 가장 높은 가능성 쪽으로 길을 잡았다. 온몸의 감각을 최대한 끌어올려 여신우가 어디서 튀어나와도 감지할 수 있게 만반의 준비를 했다.

자각자각!

주적자는 발자국 소리를 일부러 숨기지 않았다. 어딘가 여신우가 숨어 있다면, 그래서 그의 발자국 소리를 듣고 압박감을 느낀다면 실수를 할 수도 있었다. 물론 그의 위치가 적나라하게 드러나기 때문에 예기치 않은 암습을 받을 가능성 또한 높았다.

그것은 매우 위험한 일이었다. 여신우가 아무리 약해졌다고 해도 그를 제외하면 무림 최강이었다. 더욱이 그는 부상까지 입은 상황이었다. 하지만 그는 발자국 소리를 죽이지 않았다. 그만큼 여신우를 잡고 싶은 것이다.

주적자는 여신우의 마지막 자취가 남은 곳에서 걸음을 멈췄다. 자국이 둥근 형태로 난 것을 보면 이곳에서 힘껏 땅을 박찬 것이 틀림없었다.

이전까지 나아가던 거리대로라면 일 장에서 이 장 사이에 다시 하나의 자국이 남아 있어야 했다. 하지만 전면에서는 여신우의 발자취를 찾을 수 없었다. 혹시 더 멀리 뛰었을 수도 있기 때문에 육 장 앞까지 살펴봤지만 역시 흔적을 찾을 수 없었다.

그는 다시 마지막 자국이 있는 곳으로 돌아왔다. 나무 사이가 두 사람이 어깨를 나란히 하고 통과할 수 없을 정도로 빽빽한 숲에서 여신우의 흔적을 찾기란 쉽지 않았다. 평범한 무림인이라면 반대가 되겠지만 여신우 정도면 흔적없이 숨기란 어렵지 않을 것이다. 이 산은 나무뿐만 아니라 덤불도 사방에 깔려 있으니 말이다.

주적자는 희미한 흔적, 깊이가 손가락 두께도 되지 않는 발자취를 한참 동안 살폈다. 바닥에 떨어진 나뭇가지를 주워 네 귀퉁이의 깊이를 재보는 것도 빼놓지 않았다. 아무리 발끝에 힘 조절을 한다고 해도 방향을 바꾸면 표시가 나기 마련이었다.

그렇게 일각 정도를 살피던 주적자의 고개가 비로소 들렸다. 그의 시선이 왼쪽을 향했다. 이제 막 새순이 돋아나기 시작한 덤불이 열서너 그루의 나무를 병풍처럼 두르고 있었다.

숨기에는 딱 좋은 곳이었다. 주적자는 막대를 놓고 검을 집어 들었다. 부상을 입은 팔과 옆구리, 허벅지에 간지러움이 전해졌다. 새살이 돋을 때의 느낌이었다. 가려움이 번지지 않는다면 말이다.

주적자는 오른발로 천천히 덤불을 젖혔다. 그 뒤로 여섯 자 정도의 경사면이 있고 빽빽한 나무 사이에 허리 높이의 수풀이 있었다. 그는 경사면이 내려가기 전에 좌우를 살폈다. 숲은 그만을 품은 듯 고요함, 그 자체였다.

상처에서 느껴지던 가려움이 차츰 그 주변으로 퍼지기 시작했다. 가장 우려하던 일이었다.

'젠장!'

몸에서 피를 요구하고 있었다. 잠시 후면 가려움은 참을 수 없는 갈증으로 이어질 것이다. 그전에 여신우를 찾아야 했다. 이성을 잃은 상태에서 여신우를 찾기란 불가능했다.

'버텨야 해. 조금만 더……'

그는 자꾸 급해지는 마음을 억누르며 경사면을 내려갔다. 나무를 두 개 지나치자 사방 십 장을 메운 수풀이 바로 앞에 놓였다. 여신우의 마지막 발자취로 보아 그 지점에서 왼쪽으로 방향을 튼 것이 분명했다. 그렇다면 여기 어디쯤 흔적이 남아 있을 것이다.

아니면 저 수풀 어딘가에 숨어 그가 가기를 기다리고 있는지도 모른다. 둘 중 어떤 것이든 일단 수풀로 들어가야 했다. 저 안에 여신우가 있는 것이 확실하다면 단숨에 수풀을 쓸어버리는 것이 좋겠지만, 아니라면 중요한 흔적을 스스로 없애는 것밖에 되지 않았다.

물론 저곳 어딘가에 여신우가 숨어 있을 확률이 높았다. 이쪽 방향으로 무작정 도망갔다면 나무 꼭대기에 올라갔을 때 그런 여신우를 발견하지 못했을 리 없었다.

사락—

그의 하체를 따라 잡초가 입을 벌렸다. 가려운 느낌이 점점 심해졌다. 몸에 닿은 잡초 때문이 아니었다. 주적자는 정신의 한 축이 급격히 무너지는 것을 느꼈다. 앞에 놓인 수풀이 이리저리 찌그러지기 시작했다.

그는 들고 있는 검으로 허벅지 뒤쪽을 벴다. 날카로운 아픔과 함께 뜨끈한 피의 감촉이 전해졌다. 고통은 가려움과 이성의 일탈을 조금쯤 몰아내 주었다. 하지만 이 처방이 오래가지 않을 것이란 걸 그는 너무도 잘 알고 있었다.

어느 순간 죽음이 찾아오듯 이성이 몸을 떠날 것이다. 그전에 여신우를 찾아야 했다. 주적자의 걸음은 자연히 빨라졌다. 신중을 기해야 한다는 것은 알지만 지금 더 중요한 것은 시간이었다.

함부로 내딛는 듯한 그의 걸음은 어느새 십 장 주변을 두르고 있는 잡초의 한복판에 와 있었다. 하지만 좀체 여신우의 흔적을 발견할 수 없었다.

여신우가 흔적도 남기지 않고 단숨에 이처럼 멀리 왔을 리가 만무했다. 물론 최대한 경공을 발휘했다면 그럴 수도 있지만 마지막 발자취로 보아 힘을 모두 끌어올린 것 같지는 않았다.

'내가 방향을 잘못 잡은 걸까?'

주적자는 생각을 하며 온 길을 돌아보았다. 아래를 더듬던 그의 시선이 점점 위로 올라가더니 삼 장 높이의 노송 중간쯤에 멎었다. 팔뚝 굵기 정도의 나뭇가지 아래 위태롭게 걸린 솔방울.

주적자는 그 단면이 아직 파란 것을 발견할 수 있었다. 여신우는 저곳을 잡고 재차 도약한 것이다.

'놈은 분명 이곳에 있어!'

여신우는 납작 엎드린 채 주적자가 다가오기를 기다렸다. 그냥 지나치기를 바랬지만 지금 주적자의 움직임으로 보아 그렇게 될 것 같지는 않았다.

그는 눈동자만 돌려 손에 쥔 몽둥이를 보았다. 초라한 무기였지만 일격을 가하기에는 부족함이 없었다. 선제공격을 적중만 시킨다면 그에게 승산이 있었다. 비록 나무이기는 하지만 그가 휘두르면 철봉보다 무서운 파괴력을 발휘할 수 있었다.

일단 다리나 옆구리에 타격을 준 후 한쪽뿐인 녀석의 팔을 비틀어 검을 빼앗으면 끝난 싸움이나 마찬가지였다. 검을 쥔, 그것도 명검을 가진 그와 무기가 없는 주적자와의 싸움.

필승을 자신할 수 있었다.

주적자의 기척이 멀어지는가 싶더니 다시 가까워졌다. 여신우는 맥박을 멈추고 몸의 온기마저 안으로 갈무리했다. 그는 지금 시체나 마찬가지였다. 눈으로 보지 않는다면 바로 코앞에 있어도 발견하지 못할 것이다.

여신우는 눈을 감고 주적자를 느꼈다. 녀석의 걸음이 점점 빨라졌다. 그가 이곳에 있는 것을 눈치 챈 것 같은데 무척이나 조심성없는 움직임이었다. 서두르는 것처럼 느껴지기도 했다.

어쨌든 그로서는 좋은 일이었다. 기척을 죽이고 조심스럽게 다가온다면 암습을 하는 데 훨씬 어렵기 때문이다. 땅에 닿은 손바닥과 뺨으로 주적자의 진동이 전해졌다.

'이 장.'

정확한 거리라고 확신할 수 있었다. 주적자가 일 장 가까이 다가왔을 때 여신우는 팔에 힘을 줘서 약간 몸을 일으켰다. 전혀 소리는 나지 않았다. 주적자는 그의 머리 세 자 정도 위쪽으로 다가오고 있었다. 암습을 하기에는 더할 수 없이 좋은 거리였다. 마치 행운의 여신이 그를 도와주는 것 같았다.

주적자는 발자국 소리뿐 아니라 거친 숨소리까지 뱉으며 자신의 존재를 알렸다. 정상적이지 않은 불규칙한 숨소리였다. 그에게는 또 하나의 호재임에 분명했다.

'여섯 자.'

팔뿐만 아니라 다리 끝에도 힘을 줬다. 몸이 한 치 정도 더 땅에서 떨어졌다.

'네 자.'

무릎을 굽혔다. 역시 소리는 없었다. 엎드려서 암습하기에 가장 적합한 자세였다.

'두 자.'

몽둥이를 잡은 손과 가슴에 힘을 줬다.

'한 자.'

여신우는 손바닥과 다리 끝으로 땅을 밀어 전면으로 치솟았다. 흠칫 놀라 자신 쪽으로 몸을 돌리는 주적자가 크게 확대되었다. 여신우는 주적자의 옆구리를 향해 몽둥이를 휘둘렀다.

퍼억!

둔탁한 소리와 함께 손에 짜릿한 느낌이 왔다. 몽둥이가 산산조각으로 부서지리라는 건 이미 예상한 일이었다. 여신우는 비틀거리는 주적자의 팔뚝을 양손으로 잡아 머리 위쪽으로 올리며 몸을 돌렸다.

주적자의 뒤쪽 어깨가 눈앞에 보였다. 여신우는 주적자 손에 있는 검 손잡이의 윗부분을 잡은 후 엉덩이를 무릎으로 걷어찼다. 그는 앞으로 비틀거리는 주적자를 한 번 더 밀친 후 검을 잡아당겼다. 검은 생각보다 순순히 딸려왔고, 주적자는 저만치 밀려가서야 겨우 중심을 잡았다.

계획대로 손에 검이 들어온 것이다. 희대의 명검이!

"호호호……."

여신우는 뱃속에서 우러나오는 웃음을 지으며 주적자를 보았다. 검을 빼앗겼음에도 주적자의 표정은 여전히 냉막했다. 당황하지 않은 얼굴이 그의 기분에 거슬렸다.

부웅!

그는 시위하듯 검을 허공에 휘둘렀다. 미풍에도 고개를 끄덕이던 잡초의 머리가 우수수 잘려 나갔다.

"이제 상황이 역전됐군."

피식—

주적자가 너무도 뚜렷한 비웃음을 흘렸다.

"당신은 검이 없어서 도망친 건가?"

"검이 있는 나와 검이 없는 너, 승부는 너무도 명확하다. 애써 여유로운 표정을 짓고 있지만 곧 그 웃음도 사라질 것이다."

주적자는 하나밖에 없는 손으로 앞머리를 쓸어 올렸다.

"나도 급하니 결과를 빨리 보는 게 좋겠군."

"동감!"

여신우는 소리를 치며 몸을 날렸다. 검끝에서 푸르스름한 검강이 뻗어 나왔다. 채 반 자도 되지 않았고 기파 또한 시전할 수 없었다. 이유를 알 수 없었지만 지금은 그 호기심을 눌러둘 때였다. 일단 주적자를 죽이는 것이 급선무였고 충분히 그럴 수도 있었다.

쓰아앙—!

검이 허공을 가르는 기운만으로 잡초들이 먼지가 되어 허공으로 치솟았다. 주적자는 감히 다가올 엄두도 내지 못하고 급히 뒤로 물러섰다. 여신우는 휘두르던 검을 그대로 앞으로 뻗었다. 주적자가 더 뒤로 물러서면 나무가 빽빽한 숲으로 들어가게 된다.

상식대로라면 검을 가진 그가 피해야 할 장소였지만 지금은 아니었다. 손에 들린 검은 바위라도 무처럼 벨 수 있는 명검이니 나무 따위는 전혀 장애물이 되지 않았다. 결국 주적자가 움직일 수 있는 반경만 좁아지는 셈이었다.

물러설 듯 몸 중심을 뒤로 가져가던 주적자가 갑자기 상체를 꺾었다. 뒤통수가 땅과 닿을 정도로 허리를 젖힌 주적자의 가슴 위로 검이 지나갔다. 갑작스런 행동에 대응하는 여신우의 손속도 빨랐다.

그는 쭉 뻗은 팔의 손목만을 아래로 내려쳤다. 저 자세로 떨어지는 그의 검을 피하기에는 불가능했다. 여신우는 자신의 승리를 의심하지 않았다. 그런데 주적자의 움직임은 그의 예상을 벗어났다.

몸을 반으로 접은 것처럼 검을 피한 주적자는 여신우의 품으로 파고들었다. 화들짝 놀라 땅을 박차는 그의 얼굴 바로 앞에 주적자의 안면이 놓였다.

"검은 검일 뿐!"

퍼억!

가슴이 쪼개지는 듯한 통증이 전해졌다. 여신우는 짧은 신음을 토하며 검을 아래에서 위로 그어 올렸다. 하지만 손이 허벅지를 스칠 때 주적자의 발바닥이 팔목을 내려쳤다. 검은 아래로 떨어지며 오히려 그의 정강이에 상처를 만들었다.

한 손뿐이라고는 믿기지 않을 정도로 빠른 공격이 복부와 옆구리로 이어졌다. 여신우는 허리를 숙이고 횡으로 검을 휘두르며 뒤로 물러섰다. 하지만 이번에도 검은 완전히 허공을 가르지 못하고 주적자의 발에 가로막혔다.

덜컥!

턱에 느껴진 강렬한 통증에 세상은 한차례 크게 흔들리더니 빙글 돌아갔다. 자신이 지금 서 있는지 누워 있는지조차 가늠할 수 없었다. 하지만 곧 그의 몸 위로 드리워진 긴 그림자 때문에 자신이 하늘을 보고 있다는 것을 알 수 있었다. 주적자의 손에 들린 검이 그의 목에 가까워졌다.

"어떻게… 어떻게 이렇게 된 거지? 왜 네가 갑자기 강해졌냐구?"

앞 이빨이 모두 부러져 말에서 쉬쉬 소리가 새어 나왔다.

"내가 말했잖나, 당신이 약해진 거라고."

"왜……?"

눈이 빨갛게 충혈된 주적자는 허리를 숙여 얼굴을 가까이 가져왔다.

"내가 혈정을 먹었을 때는 힘이 서서히 흡수되었었지. 아주 느리게. 하지만 당신들은 단숨에 강해졌더군. 그것 또한 흡혈야황의 능력이라고 생각했는데, 물속에 들어간 후 반 각이 지나지 않아 알 수 있겠더군. 당신들이 점점 약해지고 있다는 것을."

"아니야! 흡혈야황은 너에게 준 것과 똑같은 혈정이라고 했어!"

"당신이 속은 거야. 아니라면 왜 당신이 이렇게 내 앞에 누워 있겠나?"

"내가… 속은 거라고?"

여신우는 믿을 수 없었다. 흡혈야황이 자신을 속일 까닭이 없기 때문이다.

"어쩌면 흡혈야황은 당신들 힘이 떨어지기 전에 날 죽일 수 있을 거란 계산을 했을지도 모르지."

그래, 주적자의 말이 맞을지도 모른다. 만약 그렇다면 흡혈야황은 주적자를 너무 과소평가한 것이다.

"빌어먹을!"

욕설을 뱉는 그에게 주적자가 물었다.

"지금 흡혈야황은 어디 있나?"

여신우는 격한 감정을 최대한 내리눌렀다. 지금은 머리를 차갑게 식혀 이 위기를 벗어나야 했다. 그에게는 남은 희망은 오직 흡혈야황뿐이었다. 흥정만 잘하면 이 자리에서 무사히 벗어날 수도 있었다.

"흡혈야황이 있는 곳을 알고 싶나?"

"더불어 소소자와 나 소저가 있는 곳도."

"물론 알려줄 순 있네."

여신우는 불분명해지려는 발음을 애써 잡으며 말했다.

"하지만 가는 것이 있으면 오는 것도 있어야 하지 않겠나?"

주적자의 입가에 비웃음이 걸렸다.

"당신 목숨을 걸고 흥정을 하자는 것인가?"

"소소자와 나 소저의 생명에 흡혈야황이란 덤까지 얹어진 것이니 자네에게 손해나는 장사는 아니라고 생각하는데."

"당신, 뭔가 착각하고 있군."

낮게 가라앉은 주적자의 목소리에서 섬뜩한 살기가 묻어 나왔다.

"당신에 대한 내 증오는 그렇게 약하지 않아."

여신우는 심장이 콩알 크기로 오그라드는 듯한 기분을 느꼈다. 주적자의 살기 때문이기도 했지만 말을 할 때 언뜻 드러난 송곳니의 영향이 더 컸다. 그것은 분명 길게 솟아 나와 있었다.

"자, 자네!"

주적자는 한쪽 입술 끝만을 올려 웃음을 보였다.

"순순히 말을 하지 않으면 당신만 괴로울 뿐이지."

주적자의 검이 가슴을 스쳐 점점 아래쪽으로 내려갔다. 검이 주는 날카로운 살기 때문에 발가락 하나 까딱할 수 없었다.

서걱!

고통보다 소리가 먼저 찾아왔다.

"으악!"

여신우는 발목에서 정강이까지 이어지는 아픔에 커다란 비명을 질렀다. 아무리 크게 소리를 질러도 고통이 가시거나 두려움이 쫓아지지는 않았다. 그는 반사적으로 고개를 내려뜨려 다리를 보았다. 주적자의 검은 정강이의 피부를 베고 무릎에 멈춰져 있었다.

"당신 뼈는 유난히 희군."

주적자는 말을 하고 검을 다른 발로 옮겼다. 여신우는 반사적으로 다리를 움직여 피하려 했지만 주적자의 발이 그의 발목을 짓눌렀다. 그리고 같은 고통이 찾아왔다. 그의 입에서 다시 의미없는 비명이 터져 나왔다.

"아무리 고문을 해도 그들이 있는 곳을 알려주지는 않는다!"

그것은 여신우의 진심이었다. 흡혈야황이 있는 곳을 말하는 순간 그는 죽을 것이기 때문이다.

"당신 신체 중에서 아직 백 분의 일도 저미지 않았어. 그러니 장담은 하지 말라구."

잠깐 멈췄던 주적자의 검이 위로 올라갔다. 여신우는 목이 터져라 비명을 질러댔다. 아픔 때문만은 아니었다. 검에 베이는 아픔 정도는 인상 한번 쓰는 것으로 참을 수 있었다. 하지만 앞으로 이어질 이런 고통과 공포가 언제 끝날지 모른다는 것이 그의 비명을 불렀다.

주적자는 여신우의 사타구니 바로 옆에서 검을 멈췄다. 그리고 다시 처음 다리 쪽으로 옮겨갔다.

"그만! 그만 해!"

여신우의 외침에 주적자는 차분히 물었다.

"그들의 행방을 알려주겠나?"

"날… 날 살려주면 알려주겠네! 내가 말하지 않으면 그들을 영원히 찾지 못해!"

그의 그런 대답을 예상이나 했다는 듯 주적자는 고개를 끄덕였다. 그리고 검이 움직였다. 원래 느껴져야 할 부피보다 엄청나게 커진 고통이 전신을 강타했다. 여신우는 차라리 혼절이라도 하고 싶었다.

"제발… 제발 날 살려주게! 자네가 시키는 것이라면 뭐든지 할 테니… 평생 자네의 부하가 되어서 견마지로(犬馬之勞)를 다하겠네!"

하지만 그의 이런 애원은 주적자에게 아무런 감흥을 주지 못했다. 옷깃만을 찢으며 위로 올라간 주적자의 검은 배꼽 바로 아래에서 멈추었다. 그 차가운 감촉이 얼음 굴에 빠진 듯한 느낌을 안겨주었다.

"당신 내장이 어떻게 생겼는지 궁금하지 않나?"

"설마… 그런 짓을…… 그런 잔인한 짓을……!"

"잔인이라… 뭐, 그럴 수도 있겠군."

푹!

주적자의 검끝이 아랫배를 파고들었다. 여신우는 비명조차 지르지 못하고 입만 쩍 벌렸다. 세상이 빙글빙글 돌아가는 것 같았다. 그 같은 충격이면 정신을 잃을 법도 한데, 아랫배에서 점점 위로 올라오는 고통은 너무도 생생하게 전해졌다.

"그만… 그만… 그만……."

여신우는 떨리는 목소리로 같은 말만 반복할 뿐이었다. 점점 위로 올라오는 고통에 그는 자신도 모르게 눈을 아래로 내리깔았다. 그의 시야에 뱃속으로 잠시 사라졌다 나오는 주적자의 검이 보였다. 그리고 그 검끝에는 피를 잔뜩 머금은 그의 내장이 걸려 있었다.

"흡혈야황은 어디 있나?"

여신우의 머리 속이 하얗게 탈색되었다.

주적자는 손가락을 움직여 다시 자라난 팔 상태를 점검했다. 잘려지기 전과 달라진 것은 없었다. 놀라운 재생력이 아닐 수 없었다.

'언제까지 이처럼 다시 자라날까?'

꼬리가 잘리면 다시 생겨나는 도마뱀도 두 번이 고작이었다. 그러니 그에게도 분명 한계가 있을 것이다.

주적자는 비릿한 혈향에 입가를 문질렀다. 손등에 채 굳지 않은 피가 묻어 나왔다. 그는 피의 주인공인 여신우를 내려다보았다. 목내이처럼 말라 버린 주검. 사부와 제자가 모두 그에게 피를 빨려 죽은 것이다. 처음 장현승의 피를 취했을 때는 분노와 자괴감으로 미칠 것 같았는데, 이번에는 가슴만 조금 답답할 뿐 별다른 감흥이 느껴지지 않았다.

복수에 대한 쾌감 같은 것도 없었다. 염원이 너무 오래돼서 화석처럼 굳어버렸는지도 모른다.

그는 긴 숨을 뱉어 입 안에 있는 혈향을 토해냈다. 그 향기에서 달콤함이 묻어 나왔다.

'익숙해지는 것일까?'

그럴 수도 있었다. 모든 것은 길들여지기 마련이니까.

동물의 피만으로는 갈증이 채워지지 않는 지금, 언제 인간의 피를 찾아 떠도는 흡혈귀로 변할지 알 수 없었다. 그전에 당과를 찾아야 했다. 인간으로 돌아올 수 있다면 더없이 좋겠지만 그렇지 않다면 당과를 죽이고 나머지 생을 결정해야 한다.

'인간으로 돌아올 수 없는데 굳이 당과를 죽여야 할까?' 라는 생각은 이제 갖지 않기로 했다. 이런 불행이 찾아오게 만든 책임은 누군가 져야 했고, 그것은 당과의 몫이었다. 그리고 그 책임을 지우게 할 자는 바로 그녀였다.

주적자는 여신우를 일별하고 북쪽을 보았다.

'와호장이라고 했던가?'

제56장
비정당과(非情糖菓)

제56장 비정당과(非情糖菓)

"힘이 떨어졌단 말이지?"

그녀의 물음에 왕청일은 크게 고개를 끄덕였다.

"그렇소. 이상한 것은 그것을 전혀 느끼지 못했다는 것이오. 주적자에게 당한 후에야 확인이 되었소."

붕대로 눈과 옆구리를 감싼 왕청일은 변변히 치료도 못한 상태였다.

"역시 생이 없으면 힘 또한 자연히 소멸되는 것인가?"

당과는 중얼거린 후 옆에서 멀뚱하게 서 있는 체르샤에게 물었다.

"너희들은 어떠냐?"

체르샤는 자신의 손을 창문으로 스며드는 햇빛에 갖다 댔다.

"우리는 아무렇지 않은데요? 이렇게 햇빛에도 이상 없고 힘이 그다지 떨어진 것 같지도 않고요. 물론 생기는 것 또한 별로 느끼지 못했지만 말이죠."

"결국 생을 가지고 있는 것들에게만 혈정의 힘이 유지되는군."

그녀는 다시 왕청일에게 시선을 돌렸다.

"그래서 결국 주적자를 죽이는 데는 실패했다?"

"그렇소. 녀석은 너무 강했소. 하지만 다시 내게 그때 같은 힘을 준다면……."

당과가 왕청일의 말을 끊었다.

"됐으니 나가서 치료나 해."

"야황, 이대로……."

"나가랬잖아!"

그녀의 뾰족한 목소리에 왕청일은 흠칫하더니 이내 몸을 돌렸다. 뒤따라 나가던 왕청원이 당과 곁에 선 왕족쌍에게 물었다.

"족쌍아, 넌 여기서 뭘 하고 있는 것이냐?"

"숙부는 아버지나 잘 보살피세요. 행여 돌아가시면 안 되니까요."

왕청일을 걱정해서 하는 말이 아님은 어감에서 분명히 드러났다. 왕청원은 무슨 말을 하려다 당과를 일별하고 한숨과 함께 몸을 돌렸다. 그들이 나가자 당과의 시선이 소소자에게로 향했다.

부러진 다리를 맞추고 대충 치료는 했지만 여전히 고통은 끊임없이 찾아왔다.

"많이 아프냐?"

당과는 유난히 부드러운 목소리로 물었다. 소소자는 대답 대신 옆에 정신을 잃고 쓰러진 나인현을 보았다. 그녀의 목에는 당과의 또렷한 손자국이 나 있었다. 소소자는 다가오는 당과를 보았다.

"주적자를 죽이는 데 실패했으니 이제 어떻게 할 셈이지?"

당과는 햇살 속에서 너울거리는 자잘한 먼지를 보며 중얼거렸다.

"글쎄… 어떻게 할까?"

그녀의 입술에 웃음이 걸렸다.

"주적자는 분명 이곳으로 오겠지?"

"위치를 알고 있다면."

"알아냈을 거야. 자, 이제 어떡한다?"

소소자에게 묻는 것은 아닐 것이다. 당괴는 미간에 내천(川) 자를 그리고 생각에 잠겼다. 근 반 각 동안의 상념에 젖어 있던 그녀가 물었다.

"주적자는 날 쫓는 것을 포기하지 않겠지?"

"그를 인간으로 돌려놓지 않는 이상 그렇겠지."

"정말 그럴까? 혹시 쫓다가 지쳐 포기하지 않을까?"

"절대 그럴 일은 없을 거야."

당괴는 고개를 저었다.

"아니야. 인간은 의지가 약한 동물이니까 내가 멀리 떠나 버리면 주적자는 날 포기할지도 몰라."

"대체 무슨 말이 하고 싶은 거지?"

그녀는 예의 그 차갑고도 매혹적인 웃음을 지었다.

"난 평생 내가 사람이 되거나 혹은 죽는 그날까지 주적자가 날 따라다녔으면 좋겠어. 그렇지 않으면 주적자를 영원히 살게 만든 의미가 없으니까."

"그래서?"

소소자에게 바짝 다가온 그녀의 웃음이 짙어졌다.

"주적자가 날 포기할 수 없도록 만들어야지."

                    *   *   *

　주적자는 와호장의 담을 뛰어넘었다. 햇살이 가득 널린 뜰은 오직
고요로만 그를 맞았다.

　'너무 늦은 건가?'

　그럴 수도 있었다. 왕청일이 이미 도착했을 테니 당과는 떠났을 것
이다. 그와 굳이 싸우고 싶었다면 왕청일 대신 그녀가 직접 왔을 테니
까.

　주적자는 뜰을 가로질러 대청으로 발을 들여놓았다. 좌우에 있는 접
객실 문은 열려 있었고 안에는 아무도 없었다. 그는 양쪽에 회랑이 있
는 곳에서 걸음을 멈췄다. 잠시 망설이던 주적자는 왼쪽으로 방향을
잡았다.

　첫 번째 방, 두 번째 방을 살핀 후 세 번째 방문을 열었다. 힐끔 훑어
본 후 나오려던 그는 다시 방 안으로 들어갔다. 열 평 남짓한 그 방구
석에 누군가 무릎 사이에 얼굴을 박고 앉아 있었다. 그늘에 묻힌 그는
마치 어둠의 일부분 같았다.

　어린아이처럼 작은 덩치의 사내, 굳이 안면을 확인하지 않아도 누군
지 알 수 있었다.

　"소소자!"

　소소자는 그의 부름이 있고 한참 후에야 고개를 들었다. 무언지 모
를 그늘이 짙게 깔린 그의 얼굴에 한 가닥 미소가 그어졌다.

　"왔구나."

　주적자는 소소자에게 다가가며 물었다.

　"여기서 뭘 하고 있는 거냐? 당과는? 나 소저는?"

소소자는 고개를 한껏 쳐들어 천장을 올려다보며 말했다.

"당과는 멀리 갔다. 나 소저를 데리고."

주적자는 소소자와 눈 높이를 맞췄다.

"어디로? 왜 당과가 나 소저를 데리고 갔는데?"

"모르지."

소소자의 멍한 눈이 창밖으로 향했다.

"너… 무슨 일이냐? 왜 그래?"

처음 볼 때부터 이상했는데 소소자는 마치 정신이 나간 사람 같았다.

"왜 그러냐구? 큭큭큭……!"

소소자는 성대를 끊는 웃음소리를 한참 동안 토해내더니 벌떡 일어섰다.

쿵쿵!

느닷없이 발을 구른 소소자는 '말끔히 나았군. 빨리도 나았어'라는 알 수 없는 중얼거림을 뱉고 창가로 다가갔다.

"뭐 하는 거냐?"

소소자는 그의 물음을 무시하고 벽을 따라 창가로 다가갔다.

"오랜만에 보는 광경일 거야."

웃음을 머금고 말을 한 소소자는 창으로 손을 내밀었다. 햇빛 사이를 어지럽게 날아다니는 먼지 한 가닥을 그의 손이 건드렸다. 그러자…….

피시식―!

달궈진 쇠가 물에 닿는 듯한 소리와 함께 소소자의 손가락에서 연기가 치솟았다. 주적자는 동공이 튀어나올 만큼 눈을 부릅뜨고 소소자를 보았다. 저것이 무엇을 의미하는지 그는 너무도 잘 알고 있었다.

"너… 너……"

주적자는 차마 흡혈귀라는 말을 뱉지 못했다. 그것이 얼마만큼 잔인한 비수가 되는지 너무도 잘 알고 있기 때문이다.

"당과가 그러더군. 넌 아주 빨리 변하게 될 거라고. 흡혈귀로……"

주적자는 힘없이 벽에 등을 기댔다. 헤어날 수 없는 깊은 수렁으로 소소자까지 빠져 버렸다.

"빌어먹을!"

쿵!

그의 주먹을 맞은 벽이 모래로 만든 것처럼 부서졌다.

"당과는 어디로 갔냐?"

이 사이로 뱉는 그의 물음에 소소자는 체념한 듯한 목소리로 말했다.

"서쪽으로."

주적자는 몸을 돌렸다. 지금이라도 쫓아가 어떻게든 당과를 잡아야 했다. 그의 발이 문턱에 닿았을 때 소소자가 말했다.

"이미 늦었다. 그녀는 날아갔으니까."

"날아가다니?"

"그 이상한 편복이 당과와 나 소저, 그리고 왕족쌍을 싣고 가버렸다. 사막을 건너 서쪽의 드라파트라는 곳으로 오면 만날 수 있다는 말만 남기고."

주적자는 허탈하게 돌아섰다. 그가 아무리 빨라도 날아가는 새를 앞지를 수는 없었다. 벽에 기대선 주적자는 힘없이 물었다.

"당과가 남긴 말은 그것뿐이냐?"

"네게 꼭 오라고 하더라. 쫓아와서 자신을 잡으라고."

물론 그럴 것이다. 그녀가 굳이 그런 말을 남기지 않아도 주적자는 이 세상 끝까지라도 그녀를 찾아갈 것이다.

소소자는 원래 있던 자리로 돌아가 무릎을 가슴패기에 대고 앉았다. 주적자는 소소자의 목 뒤로 팔을 돌려 그의 머리를 어깨에 얹었다. 녀석의 체온이 느껴지지 않았다. 소소자는 온기가 없는 사람으로 변해버린 것이다.

'온기없는 사람으로…….'

그들은 서로에게 싸늘한 체온을 나눠주며 미동도 하지 않았다. 질식할 듯한 고요가 햇살에 걸린 먼지와 함께 그들에게 스멀스멀 다가왔다. 소소자는 길어지는 햇빛이 두 자 이상 남았는데도 자꾸 발을 안으로 끌어당겼다.

"괜찮아."

낮게 속삭인 주적자는 소소자를 더 힘있게 껴안았다.

"난… 살 수 있을까?"

"넌 지금도 살아 있어."

소소자는 고개를 저었다.

"사람으로… 흡혈귀가 아닌 사람으로 말이야."

주적자는 그렇다고 대답하지 못했다. 꼭 진실을 말해야 한다는 생각을 갖고 있지는 않았지만, 소소자도 알고 있는 거짓말을 할 수는 없었다. 그렇게 찾아온 침묵은 오랫동안 이어졌다.

소소자의 발치 한 자 가까이까지 다가온 황금빛 햇살이 점차 붉게 물들다 옅어져서 어둠에게 잡아먹힐 때까지 그들은 그렇게 앉아 있었다.

서서히 찾아온 어둠은 여전히 햇살을 품은 것처럼 밝게 보였다.

"가자."

어둠이 더 이상 짙어질 수 없을 때쯤 주적자가 말했다. 소소자는 잠든 듯 한참 동안 그렇게 앉아 있다가 고개를 끄덕였다.

"가야지. 그런데 어디로?"

"나만 따라오면 돼."

주적자는 그럴 필요가 없는데도 소소자의 팔을 끌고 일어섰다. 그의 힘에 딸려 올라온 소소자는 이내 주적자를 밀어냈다.

"나 혼자 움직일 수 있다."

소소자는 먼저 방을 나서 회랑을 통해 밖으로 나갔다. 망설임없이 와호장 밖으로 걸음을 옮긴 소소자는 대문 앞에서 멈춰 섰다. 어디로 가야 할지 갈피를 잡지 못하고 멈칫거리는 그의 등이 유난히 작게 보였다.

주적자는 소소자의 어깨를 툭 건드린 후 앞장서서 걸었다. 한동안 흡혈귀로 변했다는 충격이 옅어질 때까지는 그가 소소자의 길 안내자가 돼야 했다.

"빨리 갈 수 있겠지?"

주적자의 물음에 소소자는 고개를 끄덕였다. 주적자는 상통걸이 있는 곳으로 방향을 잡았다. 화백이 올지 모르니 그곳을 지키라고 했으니 아마도 지금까지 있을 것이다. 조금 빠르다 싶을 정도로 속도를 냈는데도 소소자는 처지지 않고 잘 따라왔다. 전에 비해 훨씬 가벼운 몸놀림이었다.

'흡혈귀가 된 때문이겠지.'

'빌어먹을' 이란 욕설로 생각을 맺은 주적자는 답답한 가슴을 뚫기 위해 발끝에 더욱 힘을 줬다. 소소자는 여전히 힘든 기색 없이 뒤를 따라붙었다. 오십 리가 넘는 거리를 고작 이각만에 주파했다.

구멍이 뚫린 배가 을씨년스럽게 어둠 속에서 흔들리고 있었다. 주적자는 배 앞에 다다라서 큰 소리로 상통걸을 불렀다.

"상 방주님! 상 방주님!"

그의 외침이 세 번에 이르기 전에 상통걸이 배 갑판에서 얼굴을 내밀었다.

"이제 오나? 어! 소 의원도 왔군."

상통걸은 서둘러 그들에게 다가왔다.

"왜 이렇게 늦었나? 흡혈야황은 어떻게 됐나? 나 소저는?"

주적자는 겹친 질문을 차근차근 풀어서 일러주었다. 소소자가 흡혈귀가 된 이야기까지 숨기지 않았다. 낮에 활동할 수 없는 소소자에게 상통걸의 도움이 필요할지 모르기 때문이다.

소소자의 얼굴에 머문 상통걸의 시선에는 침통함이 묻어 나왔다. 상통걸은 소소자에게 무언가 말을 하려는 듯 입을 몇 번 달싹거리다 이내 고개를 돌려 버렸다. 그가 무슨 말을 해도 소소자에게 위로가 될 수 없다는 걸 깨달은 것이리라.

"화백은 아직 오지 않았습니까?"

"코빼기도 안 비쳤네."

주적자는 우두커니 서 있는 소소자에게 말했다.

"화백을 기다리면서 앞으로의 일을 차차 생각해 보자."

그는 상통걸에게 말 길을 돌렸다.

"수고스럽겠지만 닭 몇 마리만 구해주실 수 있겠습니까?"

"그러지. 배에서 기다리고 있게."

상통걸은 말을 하고 어둠 속으로 모습을 감췄다. 그들은 갑판으로 올라가 선실 벽에 등을 기댔다. 차가운 육신을 뚫고 한기가 밀려왔다. 몸이 아무리 차가워도 밤 기운이 녹아 있는 배보다는 덜한 모양이다.

"흡혈귀로서의 삶은 어떤 것이냐?"

소소자의 갑작스런 물음에 주적자는 고개를 돌렸다. 소소자는 뿌연 막을 덮고 있는 달을 물끄러미 보고 있었다.

"네가 나보다는 그 방면에 선배잖아."

"글쎄."

주적자도 딱히 뭐라 말할 수 없었다. 그와 소소자의 경우는 달랐기 때문이다. 특히 햇빛이라는 약점을 가진 소소자에게 그의 느낌이 모두와 닿을 수는 없었다.

"너와 난 다르잖아."

주적자는 있는 그대로를 말했다.

"그렇군. 그래."

소소자는 중얼거린 후 다시 입을 열었다.

"피 맛은 어때?"

주적자는 그 물음 또한 '글쎄'라고 대답할 수밖에 없었다.

'처음에는 좀 역겹지만 나중에는 좋아질 거야.'

이런 대답을 하기에는 너무 가슴이 아팠다.

"경험해 보면 알겠지."

소소자는 그 말을 끝으로 침묵의 바다에 빠졌다. 주적자도 굳이 그런 소소자에게 말을 걸지 않았다. 이런 혼란스러움은 스스로 빠져

나오는 방법밖에 없었다. 누가 도와줄 수 있는 성질의 것이 아니었다.

낮은 달이 점점 높아져 꼭대기 가까이 다다랐을 때쯤 소소자의 입에서 가는 신음이 나왔다.

"왜 그래?"

주적자의 물음에 소소자가 잔뜩 인상을 쓰고 대답했다.

"몸 여기저기가 가려워."

주적자는 숨이 꽉 막히는 것을 느꼈다. 소소자의 증상이 무엇을 뜻하는지 그는 너무도 잘 알고 있었다.

'상 방주가 올 때가 됐는데.'

그는 상통결이 올 만한 방향을 일별하고 소소자에게 말했다.

"조금만 참아."

소소자는 배와 옆구리를 마구 긁기 시작했다.

"왜 이러냐? 뭐가 잘못된 거지?"

주적자는 잠시의 사이를 두고 말했다.

"네 몸에 피가 필요한 때가 왔다는 거다."

숨김없이 말해 주었다. 어차피 소소자가 오랫동안 짊어지고 가야 할 짐이었다. 소소자는 거짓말처럼 손을 멈추었다. 이미 각오는 하고 있었겠지만 현실로 다가온 그것은 머리 속에 그리던 것과 다를 수밖에 없었다.

"정말… 그렇구나. 내가 흡혈귀가 된 거구나."

소소자는 새삼스럽게 중얼거린 후 다시 몸을 마구 긁어댔다. 보고 있는 주적자조차 가려움을 느낄 정도였다.

"목도 마르군. 젠장! 뭐 이렇게 요구하는 것이 많아! 빌어먹을! 염

병할!"

소소자는 욕설을 퍼붓다가 벌떡 일어섰다.

"안 되겠다. 가서 산짐승이라도 잡아야겠어."

주적자는 가려는 소소자를 붙잡았다.

"안 돼. 이성을 잃고 헤매다가 사람의 피를 빨 수도 있어."

소소자는 흔들리는 눈으로 주적자를 보다가 팔을 뿌리쳤다.

"놔! 도저히 참을 수가 없어! 어쩌면 너를 향해 덤빌지도 몰라!"

주적자는 소소자를 선실 벽으로 거칠게 밀어붙였다.

"상 방주가 올 때까지 참아!"

"너도 이 고통을 당해봤을 것 아니야! 이건… 이건……."

"그래도 참아! 고두룡이란 흡혈귀가 했던 말 기억하지? 네가 만약 실수로 사람의 피라도 빼는 날에는 넌 영원히 흡혈귀라는 이름에서 벗어날 수 없어! 그것은 나 혼자로 족해! 넌 진정한 사람으로 돌아가야 한다구!"

소소자는 멍한 눈으로 주적자를 보았다. 그가 한 말이 가지는 의미가 어떤 것인지 아직은 알 수 없었다. 만약 사람으로 돌아간다면 그때 사람의 피를 빨았다고 괴로움에 몸부림칠까? 그럴 수도, 아닐 수도 있었다.

하지만 소소자에게 나쁜 가능성으로의 길을 열어주고 싶지 않았다. 언젠가 사람으로 돌아간다면 소소자는 그냥 예전의 소소자로 남게 하고 싶었다.

주적자의 예민한 귀에 인기척이 잡혔다. 황급히 돌아서는 그의 시야에 포대를 짊어진 상통걸이 들어왔다. 갑판을 박차고 뛰어오른 주적자는 놀란 얼굴의 상통걸에게서 포대를 빼앗아 돌아왔다.

그는 퍼덕거리는 닭을 꺼내 소소자에게 내밀었다. 그의 팔이 완전히 뻗어지기도 전에 소소자가 닭을 낚아챘다. 그리고 어느새 뾰족해진 송곳니를 닭의 가슴에 박았다.

주적자는 그 모습이 보기 싫어 몸을 돌렸다. 외면을 해도 들려오는 소리만은 어쩔 수 없었다.

'당과, 넌 어쩌자고 이런 짓을 한 거냐?'

한참 동안 이어지던 소리가 멎었다. 주적자는 내키지 않은 몸짓으로 돌아섰다. 제일 먼저 눈에 띈 것은 빼빼 마른 닭의 주검이었다.

세 개의 주검.

그는 닭 앞에 놓인 다리를 따라 시선을 올렸다. 소소자는 멍한 눈으로 발치를 보고 있었다. 입가에 묻은 피가 아프게 눈을 파고들었다. 주적자는 닭 시체를 동정호 쪽으로 힘껏 차버렸다. 몸체는 모두 물속으로 사라졌지만 깃털은 여전히 남아 너울너울 떨어졌다.

"괜찮아, 난 괜찮아."

소소자는 말을 하고 불안정한 걸음을 선실로 옮겼다.

"호 소저한테 가봐야지?"

주적자가 생각해도 느닷없는 질문이었다. 걸음을 멈춘 소소자는 돌아보지 않고 대답했다.

"내일… 가보지."

창밖을 보는 호미령의 시선은 흐릿하게 퍼져 있었다. 휘영청 밝은 달이 달무리를 감고 있는 것 같았다.

"휴―!"

그녀는 긴 한숨을 쉬고 싸늘하게 식은 찻잔을 입술로 가져갔다. 쓰디쓴 맛만이 입 안을 감돌았다. 자미두가 전해준 바에 따르면 황금도로 갔던 사람들은 돌아왔다고 했다. 많은 사람들이 그곳에서 죽었다는 말도 들었다. 어쨌든 대부분의 사람들은 생사가 분명했다.

하지만 유독 주적자 일행에 대해서만은 알 수가 없었다. 자미두는 죽었을 수도, 살아 있을 수도 있다는 애매한 말만 전했을 뿐이다. 그곳에 간 사람들조차 그들의 생사를 모른다는 뜻이었다.

"살아 계실 거야. 강한 분들이니까."

자위하는 중얼거림을 뱉었지만 가슴 속에서 스멀스멀 일어나는 불안감만은 지워지지 않았다. 그녀는 버릇처럼 헐렁한 소매를 만졌다. 처음처럼 가슴이 미어질 것 같은 고통은 없었지만 아릿한 아픔은 앙금처럼 가라앉아 있었다. 소소자가 돌아오면 명의답게 이 아픔 또한 치료해 줄 것이다.

"들어가도 되겠습니까?"

자두미의 목소리에 그녀는 재빨리 '예' 라고 대답하며 일어섰다. 이처럼 야심한 밤중에 찾아올 용건이라고는 소소자에 관련된 일 외에는 생각나지 않았다.

문이 완전히 열리기도 전에 그녀가 물었다.

"무슨 일이죠?"

"문밖에 손님이 찾아왔습니다."

"저를요?"

"네."

악양에서 그녀를 찾아올 사람이라고는 주적자 일행밖에 없었다. 하지만 그들은 그녀에게 손님이 아니었다.

"누구라고 하던가요?"

"저번에 같이 오셨던 주 보표입니다."

그녀는 목젖이 심장과 만나는 느낌을 받았다. 왜 소소자가 오지 않고 주적자가 왔을까? 이 의문이 주는 답은 한 가지일 수밖에 없었다. 그녀는 빈 소매를 펄럭이며 밖으로 뛰쳐나갔다.

힘없이 늘어진 팔 소매, 일그러진 얼굴, 안면 가득 잡힌 주름에도 불구하고 그녀는 여전히 아름다웠다. 깜깜한 밤, 삼 장 지붕 위에서 십장이나 떨어진 그녀는 너무도 똑똑히 보였다.

그녀는 주적자의 앞섶을 잡고 소리치고 있었다.

"정말 소 의원님이 돌아가셨나요? 정말이에요?"

주적자는 말없이 고개만 끄덕일 뿐이었다. 그녀의 커다란 눈에 그렁그렁 맺힌 눈물이 기어코 볼을 타고 흘러내렸다.

소소자는 무릎 사이에 얼굴을 묻었다.

정말 그녀 앞에 나설 수 없었던 걸까? 그냥 흡혈귀인 채로 그녀와 살 수는 없었던 것일까? 남들과 밤낮이 바뀐 것뿐인데, 그것이 그녀와 이별을 해야 하는 이유가 되는 것일까? 남들과 먹는 것이 다르다고 그녀와 헤어져야 하는 것일까?

소소자는 '그래' 라는 말을 할 수밖에 없었다. 이대로 호미령의 곁에 머무른다면 서로의 가슴에 생채기만 낼 뿐이었다. 그는 인간이 아니므로… 그는 흡혈귀이므로……

소소자가 고개를 들었을 때 그녀는 주적자의 다리에 매달려 있었다. 그녀의 가늘게 떨리는 어깨가 너무도 서러워, 그래서 더욱 아팠다. 마지막 그녀의 어깨를 안았던 감촉이 손끝에 고스란히 남아 있는데 이제 그는 그녀를 잡고 위로조차 하지 못했다.

그랬다. 그는 이제 그녀에게 죽은 사람이었다. 그렇게 되어야 했다.

"후회하지 않겠냐?"
"그게 그녀와 나에게 최선의 길이야. 세월이 가면 잊혀지겠지. 세월이 약이라는 말이 괜히 있는 게 아니니까."

주적자에게 그렇다라고 말하지는 못했다. 긴 변명은 어쩌면 자신을 납득시키기 위한 말이었는지 모른다.
주적자가 그녀를 일으켜 세웠다. 비틀거리는 그녀를 부축해 주지 못해 미안했다. 주적자는 흐느끼는 그녀를 살짝 안아준 후 돌아섰다. 그녀는 멀어지는 주적자의 등만을 하염없이 보고 있을 뿐이었다.
그렇게 소소자와 호미령의 끈은 끊어졌다. 다시 만날 일은 없을 것이다.
영원히…….

소소자는 동굴 벽에 등을 기대고 어둠을 응시했다. 산중의 이 동굴에 들어온 지 며칠이 지났는지 알 수 없었다. 주적자가 움직일 마음이 들면 그때 서역으로 떠나자고 했고, 소소자도 그에 동의했다. 서두른다고 별로 달라질 것이 없다는 것을 둘 모두 잘 알고 있었다.
소소자는 하루나 이틀 정도 마음을 추스르면 될 줄 알았다. 하지만 어둠 속의 시간은 그를 점점 안으로 끌어당겼다. 주적자가 잡아다 주는 산짐승이나 상통걸이 가끔 들를 때 가져오는 닭 피를 빨며 그는 동굴 안에서 스스로 묻혀갔다.
햇빛이 없는 밤에도 밖으로 나가지 않았다. 소소자의 몸은 철저하게 움직이기를 거부했다. 이성만으로 해결할 수 없는 어떤 힘이 그를 옥죄고 있었다.

그런 그에게 주적자는 아무 말도 하지 않았다. 가자고 채근하지도 않았고 바람이라도 쐬라고 권하지도 않았다. 주적자는 그저 그를 지켜볼 뿐이었다.

'이 안에 며칠이나 있었을까?'

궁금한 것은 아니었다. 인간이었을 때의 시간에 대한 사소한 습관일 뿐이었다. 소소자는 동굴 입구 쪽으로 시선을 돌렸다. 오른쪽으로 휘어졌기 때문에 밖은 보이지 않았지만 밤이라는 것을 본능적으로 느낄 수 있었다.

'서역으로 가야 하겠지?'

몇 번이나 이 생각을 했는지 모른다. 하지만 몸이 움직이지 않았다. 흡혈귀가 된 뒤로 배설의 느낌조차 사라져 가만있으려면 일 년이라도 그럴 수 있었다.

'어미가 먹이를 물어다 주기를 기다리는 새끼 새 같군.'

소소자는 피식 웃음을 터뜨렸다. 그의 예민한 청각에 발자국 소리가 걸렸다. 한 사람인 줄 알았는데 셋이었다. 보지 않아도 주적자와 화백, 상통걸이라는 것을 알 수 있었다. 햇빛 한 점 없는데 그들의 그림자가 몸 위로 드리워지는 것 같았다.

"잘 있었나?"

상통걸은 상투적인 안부 인사를 건네고 바닥에 털썩 주저앉았다. 주적자도 소소자 곁에 자리를 잡았다. 탈피를 한 화백은 어린 소녀가 아니라 십육, 칠 세 정도의 아가씨로 홀쩍 커서 그들 앞에 나타났다.

흉포한 정괴가 되면 어떡하나 걱정했는데 화백은 순한 양처럼 주적자의 곁에 꼭 붙어서 떨어지려 하지 않았다. 사람 말도 유창하게 할 줄 알아서 의사 소통에는 지장이 없었다. 그리고 여전히 아름다웠다.

"혹시 몰라서 닭 몇 마리 가지고 왔네."

상통걸은 거지 주제에 잘도 닭을 구해다 줬다. 소소자는 꿈틀거리는 포대 자루를 힐끔 보고 물었다.

"내가 얼마나 이곳에 있었소?"

오랫동안 주적자에게도 하지 않았던 질문이었다. 상통걸은 눈동자를 위로 올리고 손가락을 헤아리더니 말했다.

"한 달 정도 된 것 같군."

생각보다 오랜 시간이었다. 한 보름쯤 되었으리라 생각했는데…….

"오늘은 몇 가지 새로운 소식을 가지고 왔네."

별 관심이 없는 소소자 대신 주적자가 물었다.

"어떤 소식입니까?"

목소리로 보아 주적자 또한 형식적인 질문에 불과했다.

"드디어 정천맹과 정무문이 협정을 체결했네."

약간은 놀라운 소식이었다. 왕청일까지 부상을 입은 이때 세를 정비한 정천맹이 일거에 정무문을 몰아칠 줄 알았는데.

"정천맹은 대대적인 싸움을 피하고 싶었을 거고, 정무문은 계획대로 되지 않아 세가 불리한 상황이니 굳이 싸울 이유가 없었겠지. 거기에 왕청일도 흡혈야황과 얽힌 일 때문에 의기소침해 있을 테고 말이야."

"정무문은 그렇다고 해도 정천맹이 내세운 이유는 선뜻 이해가 가지 않는군요. 아무리 싸움이 부담스럽다고 해도 황금도에서의 일을 그냥 넘길 정도로 정천맹이 마음씨 좋지는 않을 텐데요."

"물론 그렇지. 그 늙은이들이 어떤 인물들인데 그냥 순순히 넘어가겠나?"

상통걸은 마치 정천맹과 아무 관련이 없는 것처럼 말했다.

"정천맹 쪽에서는 정무문에 파격적인 제안을 했고, 의외로 정무문이 그 제안을 순순히 받아들였네."

"어떤 제안인데요?"

"정무문의 본거지인 안휘성과 그 옆의 강서성을 제외한 모든 지역에서 지부를 철수하기로 했지."

주적자의 얼굴에 놀람이 떠올랐다.

"정말 파격적이군요. 결국 정무문은 몸통만 남은 문어 꼴이 되겠네요."

"그렇다고 볼 수 있지. 거기에 더 기가 막힌 것은 정무문 소문주 왕족발과 기선진 군사가 혼인을 하기로 했네. 왕청일이 이 제안을 했고, 평화를 오래 유지하고 싶은 정무문 수뇌부가 이를 받아들인 거지. 기 군사도 의외로 순순히 승낙을 했고."

주적자는 묘한 웃음을 지었다.

"왕족발과 기선진이라… 정말 어울리는 한 쌍이군요."

"뭐, 어쨌든 폭풍 전야(暴風前夜) 같던 중원은 그냥 분위기만 잡고 햇빛 쨍쨍으로 돌아온 셈이지."

"양쪽 다 협상 내용을 지킨다면 그렇게 되겠죠."

상통걸은 한층 낮아진 음성으로 물었다.

"자네들은 어떻게 할 작정인가?"

주적자는 소소자를 힐끔 보고 말했다.

"우리가 갈 길은 이미 정해졌습니다."

"서역으로?"

"네."

"쉽지 않은 여정이 되겠군. 그 길에서 평생을 보낸다는 상인들도 오고 갈 때마다 목숨의 위협을 느끼는 그런 곳이니 말일세."

주적자는 소소자의 어깨에 한 손을 얹고 말했다.

"그래도 우리는 가야 합니다."

상통걸은 이해한다는 듯 고개를 끄덕였다.

"그렇다면 내 인맥을 통해서 그곳을 잘 아는 길 안내자를 구해봄세."

"고맙습니다."

사의를 표하는 주적자의 얼굴이 흠칫 굳었다.

"왜 그러나?"

주적자는 검지를 입술에 가져다 대며 등에 걸린 검 손잡이를 잡았다. 소소자 또한 무언가를 느낄 수 있었다. 그것은 시각이나 청각, 촉각 같은 외적인 감각이 아니었다. 내장이 진동하는 듯한 느낌은 차츰 외부로 퍼져 나와 솜털을 곤두서게 만들었다.

지금껏 한 번도 느껴보지 못한 낯선 현상이었다. 소소자는 주적자를 따라 엉거주춤 일어섰다. 너무 오랜만에 움직인 탓에 마디마디가 삐걱거렸다. 오래 저릴 줄 알았는데 숨 두 번 들이키기도 전에 정상으로 돌아왔다.

주적자는 소리없이 검을 빼 들었다. 영문을 모르는 상통걸도 숨을 죽이고 그들을 지켜보았다. 주적자와 딱 붙은 화백 뒤에서 천천히 걸음을 옮기는 소소자의 시야에 파란 불빛이 잡혔다. 동그란 수정구 안에서 나오는 불빛이었다.

그들이 움직이는 것을 멈추자 수정구의 주인이 모습을 드러냈다. 셋 모두에게 면식이 있는 체르샤였다. 체르샤는 그들보다 더 놀란 얼굴로 우뚝 멈췄다.

주적자는 체르샤의 뒤쪽을 보며 물었다.

"너 혼자냐?"

"네. 저… 전 싸우러 온 것이 아닙니다. 정말이에요. 흡혈야황의 명령을 받고 여러분을 안내하기 위해서 온 겁니다."

그래도 주적자는 체르샤 뒤쪽으로 돌아가 동굴 입구를 살피는 수고를 아끼지 않았다. 다시 돌아온 주적자가 물었다.

"흡혈야황은 지금 어디 있지?"

"그거야 저도 모르죠."

"모르면서 어떻게 안내를 한다는 것이냐?"

주적자의 냉기 서린 목소리에 체르샤는 잔뜩 겁먹은 표정으로 말했다.

"흡혈야황이 갈 곳, 그러니까 서쪽의 드라파트까지 동행하라는 명령을 받았어요. 저만 떨쳐 놓고 홀쩍 날아가 버렸다구요."

체르샤는 금방이라도 울 것 같았다. 주적자는 한참 동안 체르샤를 보다가 피식 웃음을 터뜨렸다.

"내가 찾아오지 못할까 봐 길 안내자까지 붙여주다니, 친절하군."

"하지만 전 길 안내할 자신이 없어요. 올 때는 드라칸님의 등에 업혀서 그럭저럭 쉽게 날아왔지만 걸어서 간다면……."

체르샤는 말끝으로 긴 한숨을 쉬었다.

"그건 네가 걱정하지 않아도 된다. 드라칸트라는 곳 근처에서만 안내해 주면 되니까."

주적자는 상통걸에게 말길을 돌렸다.

"서역까지 같이 갈 안내자를 빨리 구해야겠군요."

"그러지. 내일 당장 전서구를 날리겠네. 서역인들이 넘쳐 나는 장안성(長安城)에 상인들과 안면이 있는 친우들이 몇몇 있으니 그들을 통하면 쉽게 안내자를 구할 수 있을 거야."

개방 방주답게 발이 넓었다.

"그럼 일단 장안으로 가야겠군요."

"빨리 떠날 준비를 하는 게 좋겠군."

그 말에 시선이 소소자에게로 집중됐다.

"움직일 마음이 생긴 거냐?"

"어차피 가야 할 길이잖아."

"하지만 서두를 필요는 없다. 진정 가고 싶을 때, 그때 가도 늦지는 않아."

소소자는 주적자의 어깨를 툭 쳤다.

"걱정 마. 이제 난 아무렇지도 않으니까."

물론 거짓말이었다. 하지만 여기서 주저앉아 허송세월만 보낼 수는 없었다. 땅에 파묻혀 화석처럼 굳어지고 싶어도 결국 그는 움직여야 했다. 그에게도 당과와 풀어야 할 실타래가 주적자만큼이나 엉킨 것이다.

"그런데 저……."

체르샤는 소소자를 가리키며 말했다.

"저분도 흡혈귀가 된 겁니까?"

누구도 대답을 않자 체르샤의 말이 계속 이어졌다.

"제 수정구에 나타나지 않은 것으로 보아 완전한 흡혈귀는 아닌 것 같은데요. 혹시 빛을 보거나……."

"그만."

주적자가 체르샤의 말을 막았다.

"네가 신경 쓰지 않아도 된다."

"하지만 햇빛에 약점이 있으면 낮에는 못 움직이잖아요."

"어차피 마차를 이용할 테니 시간이 지체될 일은 없어."

"그래도 햇빛에 영향을 받지 않는 편이 낫지 않나?"

체르샤의 중얼거림에 주적자가 물었다.

"방법이 있나?"

질문을 기다렸다는 듯 대답이 나왔다.

"물론 있죠. 우리가 이곳에 온 이유가 그건데."

소소자는 가슴 속이 꿈틀 하는 희열을 느꼈다. 낮에 움직일 수 있다는 사실이 기쁨을 줄 것이란 생각은 하지 못했다. 어차피 인간이 아닌 흡혈귀인 것만은 변함이 없으니까. 그런데 기쁨을 느끼는 것을 보면 그도 어느새 현실에 적응을 해가는가 보다.

'그래, 빨리 받아들이는 편이 좋겠지.'

소소자는 큰 숨을 들이키고 물었다.

"어떻게 하면 되지?"

체르샤가 주적자를 가리켰다.

"일단 여기 완벽한 흡혈귀……."

"주 보표라고 불러라."

"네. 주 보표님의 힘을 불완전한 흡혈귀……."

"소 의원이라고 불러라."

"네. 소 의원님께 일부 나눠준다고 생각하면 됩니다."

소소자가 어리둥절한 얼굴로 물었다.

"어떻게?"

"뭐, 여러 가지 기구와 제 마법력이 필요하지만 어렵지는 않을 겁니다. 한 번도 해보지는 않았지만 말이죠. 단지 주 보표님의 힘이 조금 약해질 겁니다. 아무래도 힘을 나눠주는 것이니까요."

이제껏 잠자코 있던 화백이 물었다.

"얼마나 약해지는 거죠?"

체르샤는 '어? 못 보던 분이네요'라는 말을 하고 주적자에게 시선을 돌렸다.

"어느 정도가 될지는 알 수 없습니다. 하지만 완벽한, 아니, 주 보표님의 힘이 워낙 강하니 그리 많이 약해지지는 않을 겁니다."

소소자는 고개를 저었다.

"안 돼. 여기서 주적자가 약해지면 나중에 당과를 상대할 때 힘들어져."

"당과라니요?"

체르샤의 물음에 상통걸이 '흡혈야황의 이름이네'라고 알려주었다.

"그냥 이대로 움직이기로 하자."

"아니, 시술 준비를 해라."

"야! 강해져도 시원찮을 판에 더 약해지면 어쩌자는 거야?"

"많이도 아니라잖아. 그리고 그만큼 네가 강해지는 것이니까 괜찮다. 만약 당과를 낮에 만난다면 넌 아무 힘도 될 수 없어. 안 그래?"

물론 주적자 말은 일리가 있었다. 하지만 그가 당과와의 싸움에서 얼마만큼 도움이 될 수 있을까? 솔직히 자신이 없었다. 물론 흡혈귀가 된 뒤로 강해졌다는 것은 주적자와 경공을 펼치며 알 수 있었다. 하지만 그 정도로 도움이 될 것 같지는 않았다.

그의 생각과는 상관없이 주적자가 체르샤에게 채근했다.

"빨리 준비해. 우리가 거들 것이라도 있나?"

"두 사람이 들어갈 수 있는 큰 물통만 있으면 됩니다. 나머지는 내가 알아서 할게요."

*　　　　　*　　　　　*

키에프의 입은 쩍 벌어졌고, 눈은 주먹 하나가 들어갈 만큼 커져 있었다. 여덟 명의 산적을 간단하게 해치운 사내는 버릇처럼 텁수룩한 수염을 문지르고 그에게로 다가왔다.

"괜찮소?"

키가 육 피트 오 인치에 곰 같은 덩치를 가진 사내의 목소리치고는 부드럽기 그지없었다. 키에프는 대답 대신 고개를 끄덕였다. 하지만 이내 그 물음이 자신이 아닌 곁에 서 있는 주인 아가씨 샤를롯트에게 한 것임을 깨달았다.

샤를롯트는 풀밭이나 나무에 기대 신음을 흘리고 있는 산적들을 일별하고 대답했다.

"우린 괜찮아요."

그녀는 레이스가 달린 치마 아래쪽을 누르며 가볍게 허리를 숙였다.

"도와주셔서 고맙습니다."

그녀의 예의에 사내 또한 화답했다.

"별말씀을. 약한 사람을 돕는 일은 기사로서 당연한 의무죠."

키에프는 사내를 새삼스럽게 보았다. 때가 줄줄 흐르는 언더셔츠에 밤색 가죽 조끼, 해지기 직전인 바지는 목에 구멍이 뚫린 부츠 안에 아무렇게나 구겨 넣어져 있었다. 그가 아는 어떤 기사도 저렇게 엉망으로 하고 다니지는 않았다.

사내는 키에프의 시선을 느꼈는지 팔을 벌리며 말했다.

"십자군 원정길이 워낙 험해서 말이오."

그는 말 뒤로 싱긋 웃음을 지었다. 남자인 키에르가 봐도 상당히 매력적이었다. 거친 인상이나 옷차림과는 여러모로 어울리지 않는 사내였다.

"집으로 돌아가는 길이신가요?"

"그렇소."

사내는 북쪽을 가리키며 말을 이었다.

"밤베르크에 집이 있소이다."

밤베르크라면 그들이 있는 퀴르트에서 오십 마일 정도 떨어진 먼 거리였다.

"아직도 갈 길이……."

베르트르는 말을 하다 무언가 생각난 듯 물었다.

"혹시 페더본가(家)의 장자(長子)이신 벨리알 리 페더본이 아니신지……."

사내의 얼굴에 의외라는 표정이 떠올랐다.

"그걸 어떻게 알았소? 내 소문이 이곳까지 퍼졌을 줄은 몰랐구려."

샤를롯트는 살풋 웃음을 지으며 말했다.

"신성로마제국 제일의 바람둥이인 베리알님의 소문을 못 들었다면 제가 귀머거리겠죠."

베리알은 뒷머리를 긁적였다.

"그런 민망한 소문이 이곳까지 번지다니……."

키에프도 베리알의 소문은 익히 들어 알고 있었다. 실상 그가 유명한 것은 바람둥이라는 것 때문이 아니라, 신성로마제국에서 열 손가락 안에 드는 스워드 마스터인 탓이 더 컸다.

'그리고 제국 제일의 불운한 장자이기도 하지.'

서자(庶子)이면서 장자라는 것은 차남보다 훨씬 불행한 일이었다. 스물다섯의 나이에 아직 장가를 들지 못한 것도 그 때문이었다. 그의 동생이자 페더본가의 상속자인 지그문트가 신부를 맞아야 비로소 베리알도 짝을 찾을 수 있었다. 아니면 혼자 유랑 기사로 떠돌며 마땅한 혼처를 찾아 자수성가하든가.

어쨌든 베리알은 여러모로 유명하면서 썩 호감이 가는 사내였다. 키에프뿐만 아니라 샤를롯트도 그런 모양이다. 저렇게 연신 미소와 웃음을 번갈아 지으며 이야기를 주고받는 것을 보면 말이다.

"공을 세울 기회조차 없던걸요."

샤를롯트의 '공은 많이 세우셨나요?' 라는 질문에 대한 베리알의 답이었다. 사실 지금의 십자군 원정은 세월이 지나며 성지 회복이란 본래의 목적은 잊혀졌고, 상인들의 이익과 맞물려 귀족들이 벌이는 약탈 전쟁으로 변질되어 버렸다.

'정말 안타까운 일이지.'

제법 똑똑한 시종이라고 자부하는 키에프는 혼자서 애석해하다가 서서히 몸을 추스르는 산적들을 보았다. 먼저 정신을 차린 산적 넷은 베리알의 눈치를 보다가 잽싸게 줄행랑을 놓았다.

"저… 저기!"

키에프의 손가락질에 베리알이 시선을 돌렸지만 쫓아가 잡을 생각은 없는 모양이다. 나중에 정신을 차린 둘은 아직 일어나지 못한 두 명의 곁에서 어쩔 줄을 몰라 하고 있었다. 남은 넷은 너무 어리거나 너무 늙어서 산적과는 어울리지 않았다.

"저들을 잡아 관청에 넘기지 않을 건가요?"

키에프가 묻자 베리알의 입가에 미소가 씁쓸함으로 변했다.

"저들에게 무슨 죄가 있느냐?"

"산적이잖아요."

베리알은 고개를 저었다.

"저들은 배고픈 농민일 뿐이다."

물론 대부분의 산적들처럼 저들도 전에는 농민이었을 것이다. 그러나 중요한 것은 지금이었다.

"저들을 잡아 가두지 않으면 또 누가 봉변을 당하지 않을까요?"

"저 사람들이 노리는 부호나 혼자 나온 귀족들 중 누군가 금품을 빼앗길 수도 있겠지."

"그러니까……."

키에프의 말을 베리알이 잘랐다.

"그렇기 때문에 더 더욱 저들을 관청에 넘길 수가 없는 것이다. 신성로마제국 곳곳에 헐벗고 굶주린 백성이 넘쳐 난다는 것을 그들은 모르고 있다. 모두 자신들처럼 잘 먹고 잘 산다고 생각하는 거지. 일부 귀족과 부호들을 깨우치기 위해서라도 저들은 필요하다. 그리고 배고파서 빵을 훔치려고 한 것이 무슨 죄가 되겠느냐?"

저 산적들은 빵을 훔치려던 것이 아니었다. 하지만 키에프는 아무 반론을 제기하지 않았다. 그 또한 부호의 아가씨를 모시는 시종에 불과하기 때문이다.

"하— 정말 전 모르고 있었어요."

샤를롯트는 긴 한숨을 쉬고 쓰러진 산적들에게 다가갔다.

"아, 아가씨, 위험해요."

키에프의 경고에도 샤를롯트는 걸음을 멈추지 않았다. 그녀는 산적들 앞에 서더니 자신의 목과 팔에 걸린 귀금속을 풀어 그들에게 건넸다.

"받으세요."

이제 갓 열다섯이나 되었을 소년이 어리둥절한 얼굴로 샤를롯트를 보았다. 베리알이 그녀의 곁으로 다가가서 말했다.

"받아라. 이건 어쩌면 원래 너희들이 가졌어야 할 것인지도 모른다."

그의 말에 샤를롯트가 미소를 지으며 고개를 끄덕였다. 소년은 잠시 머뭇거리더니 매가 쥐를 덮치듯 재빨리 귀금속을 채갔다. 베리알은 소년과 눈 높이를 비슷하게 맞추고 말했다.

"앞으로는 조심해라. 힘이 세어 보이는 사람에게는 덤비지 말고 되도록 물건만 훔칠 것. 약속할 수 있지?"

소년은 힘차게 고개를 끄덕였다. 베리알은 소년의 머리를 툭 친 후 허리를 폈다.

"자, 이제 가볼까?"

"바로 가시게요? 자칫 노숙을 하게 될지도 모르는데요?"

"노숙이야 익숙해졌소이다."

베리알은 자신의 말에 올라탄 후 물었다.

"아가씨 성함을 여쭤봐도 될까요?"

"샤를롯트예요. 샤를롯트 자알 아우구슈트라스."

쾅!

카시프트는 탁자를 엎으며 쓰러진 빌링프의 멱살을 잡고 일으켰다. 와자지껄하던 술집은 단숨에 쥐 죽은 듯이 조용해졌다. 카시프트는 자신으로 인해 찾아온 침묵이 마음에 들었다.

"으으……."

그는 신음을 내뱉는 빌링프의 얼굴 가까이 안면을 가져다 댔다.

"세금도 내지 않은 네가 한가롭게 술이나 처먹고 있다니, 정녕 죽고 싶은 것이냐?"

"나, 나리, 친구가 사준다고 해서……."

"시끄럽다! 술 먹을 시간에 밭을 갈아서 밀린 세금을 내야 할 것 아니야!"

그는 말을 하고 술집 안을 휘둘러 보았다. 벽에서 벽까지 열 걸음도 채 되지 않는 작은 술집은 초라했다. 두려운 눈빛으로 그를 보고 있는 이십여 명의 녀석들 또한 지저분하기 그지없었다.

이곳에 사는 돼지 같은 녀석들은 언제나 그를 우러러보았다. 정신적으로 그랬고, 육체적으로도 마찬가지였다. 키가 육 피트 삼 인치나 되는 그를 올려다보지 않는 사람은 페더본가의 영지 안에서 딱 한 사람밖에 없었다.

'그 빌어먹을 녀석, 이번 전쟁터에서 죽어버려야 하는데.'

카시프트는 잠시 떠오른 딴생각을 지우고 빌링프를 윽박질렀다.

"일주일 후까지 밀린 세금을 내지 않으면 네 녀석의 사지를 찢어놓고 말 테다! 알겠느냐?"

"하, 하지만 그 많은 돈을 일주일 후까지 내라는 것은……."

"이 자식이! 아직 정신을 덜 차렸군!"

그는 빌링프의 안면에 주먹을 먹이기 위해 팔을 올렸다. 그런데 누군가 그의 팔목을 움켜잡았다.

"어떤 자식이 감히……!"

사납게 고개를 돌리던 그의 눈이 부릅떠졌다.

"베리알!"

베리알은 웃음기 머금은 얼굴로 말했다.

"베리알? 그 뒤 호칭이 더 있는 것으로 아는데?"

카시프트는 실수를 깨닫고 황급히 입을 열었다.

"…도련님."

"그래, 역시 말 잘 듣는 개답군."

술집 여기저기서 '베리알 큰 도련님!' 이란 호칭이 마구 쏟아졌다. 마치 구세주를 맞는 듯한 분위기였다. 베리알은 '여어! 잘들 있었나?' 하며 의기양양하게 손을 흔들어주었다. 그러면서 여전히 그의 팔목을 잡고 있었는데 고통이 점점 밀려왔다.

벗어나려 해봤지만 덫에 걸린 듯 꼼짝도 하지 않았다. 얼마 지나지 않아 카시프트는 팔목이 부서지는 듯한 아픔을 느꼈다.

"으으… 도련님, 소… 손을……!"

"손? 오, 이런! 자네와 악수하는 것을 잊었군."

베리알은 말을 하고 그의 팔목 대신 손을 움켜쥐었다.

우둑!

손마디에서 뼈의 비명이 들렸다.

"으윽!"

카시프트는 고통 때문에 허리를 휘청 꺾었다. 베리알의 입이 그의 귀에 가까워졌다.

"이봐, 기사란 백성들을 지키는 자리지 폭력을 행사하라고 준 자리가 아니야. 알겠나?"

낮은 음성에는 진득한 살기가 배어 있었다. 카시프트는 정신없이 고개를 끄덕였다.

"네, 네, 명심하겠습니다. 그러니 이 손을 좀……!"

"손? 오호, 이런. 내가 아직 자네 손을 잡고 있었군. 오랜만에 만났으니 포옹을 해야 하는 것을 잊다니."

카시프트는 베리알이 손을 놓자마자 뒤로 허겁지겁 물러서다 의자에 걸려 꼴사납게 넘어졌다. 여기저기서 키득거리는 웃음소리가 터져 나왔다. 하지만 베리알이 있는 이상 돼지 같은 녀석들을 어떻게 할 수 없었다.

'이 자식들! 두고 보자!'

그는 속으로 이를 갈며 황급히 일어서려다 다시 주저앉았다. 무심코 짚은 오른팔에 찾아온 고통 때문이었다. 그런 그에게 베리알이 손을 내밀었다.

"취했나 보구만. 내 손을 잡고 일어서게."

"아, 아닙니다."

카시프트는 몸을 일으켜 베리알과 되도록 먼 곳으로 돌아갔다. 베리알에게 인사를 하는 둥 마는 둥 하며 병사 둘과 함께 나가는 그의 뒤통수로 목소리가 부딪쳤다.

"자네 주인 지그문트에게 내가 돌아왔다고 전해주게."

베리알이 술집을 나온 시간은 열한 시가 훨씬 넘어서였다. 다투어 인사를 하는 이들에게 손을 흔들어준 그는 휘적휘적 걸음을 옮겼다.

작은 길 끝에 놓인 거대한 성벽이 자꾸 이리저리 흔들렸다. 자신의 운명을 쥐고 놓아주지 않는 저 단단한 성곽, 그는 가슴의 응어리를 토해내듯 하늘을 보고 긴 한숨을 쉬었다. 그의 시야에 시리도록 창백한 만월이 들어왔다.

갑자기 우측 목에 짜릿한 아픔이 느껴졌다.

"젠장!"

그는 손을 목에 가져다 댔다. 매끈하던 피부에 차츰 돌기가 생기더니 그것은 이내 뚜렷한 문양을 만들어냈다.

다윗의 별.

만월이 뜨는 밤이면 언제나 그 문양과 함께 고통이 찾아왔다. 일 분을 채 넘기지 않는 고통이었지만 나쁜 기분은 오랫동안 계속되었다.

'벌써 십사 년째군.'

유난히 총기가 좋은 그는 햇수까지 정확히 기억하고 있었다. 고통 때문에 오랜만에 오른 취기가 말끔히 가서 버렸다.

"오늘 밤은 쉐릴린 집에서 보내야겠군."

두 걸음쯤 옮겼을까? 발끝에 긴 그림자가 드리워졌다. 고개를 들자 한 사람이 그의 앞을 막고 서 있는 것이 보였다. 분명 조금 전까지 아무도 없었는데 허공에서 나타난 듯 자리해 있었다.

머리끝까지 모자를 쓴 사람의 얼굴은 까맸다. 마치 검은 가면을 쓰고 있는 것 같았다. 거기에 망토까지 둘러서 더욱 이상하게 보였다. 언젠가 한 번 본 마법사가 꼭 저런 차림이었다. 가짜 마법사였지만.

"내게 용건이 있소?"

그의 물음에 사내—확실하지 않지만 그렇게 보였다—는 고개를 약간 들었다. 덕분에 사내의 얼굴을 볼 수 있었다. 아니, 정확히 말하면 사내가 쓰고 있는 가면을 확인했을 뿐이다. 구멍이라고는 단 하나도 뚫려 있지 않은 달걀 같은 검은 가면. 어떻게 앞을 보고 있는지 자못 신기했다.

"저 성의 주인이 되고 싶지 않나?"

돌을 비비는 듯 탁한 목소리로 보아 분명 사내였다. 베리알은 궁금증을 삼키고 멀리 보이는 성을 가리켰다.

"저 성을 말하는 것이오? 찰크 필리 페더본 공작이 주인으로 있는 저 성?"

"그렇네. 자네 아버지가 주인으로 있는 저 성."

사내는 자신의 신분을 분명히 알면서 이런 터무니없는 말을 하고 있었다. 물론 페더본가의 정식 상속자인 지그문트와 그의 두 동생, 켄리그, 찰링튼—모두 정실 소생인—이 모두 죽어버린다면 가능한 일이었다. 하지만 그 셋은 모두 지나치게 건강했고 그들이 죽기를 바라지도 않았다.

"당신이 날 저 성의 주인으로 만들어줄 수 있단 말이오?"

"원한다면."

"어떻게?"

"힘만 있다면 세상에 못 이룰 것이 없지."

베리알은 사내를 물끄러미 쳐다보다가 말했다.

"내가 원하는 것은 단 하나요."

"말해 보게."

"당신이 어떻게 구멍도 없는 가면을 쓰고 다닐 수 있는지 알려주시오. 난 지금 그것이 궁금해 미칠 지경이오."

사내는 그를 뚫어지게 보았다. 상대의 눈이 없는데도 그것을 확실히 알 수 있었다. 정체 모를 기운이 스멀스멀 몸을 옥죄어왔다. 마치 거미줄이 친친 감겨오는 것 같았다. 베리알은 일부러 팔을 쫙 벌려 몸을 크게 움직였다. 하지만 그 이상한 느낌은 가시지 않았다.

"내 제안을 심각하게 생각하는 게 좋을 거야."

오랜만에 들린 사내의 목소리는 한층 가라앉아 있었다. 베리알은 동요가 생길 때면 언제나 그렇듯 씨익 웃음을 지어 보였다.

"난 저 성에 별 관심이 없소. 당신 목적이 뭔지 몰라도 귀찮게 하지 마시오."

베리알은 말을 하고 사내의 왼쪽으로 돌아갔다. 그와 사내의 어깨가 닿을 듯 말 듯 스칠 때 갑자기 무언가 몸을 때렸다. 베리알은 허공을 날아 땅에 꼬라박혔다. 어깨를 때린 무언가에서는 전혀 고통을 느낄 수 없었다. 그냥 막대한 힘으로 민 것 같았다.

그는 등을 땅에 대고 잠시 호흡을 가다듬은 후 일어섰다. 저 사내는 확실히 평범한 사람이 아니었다. 저 괴상한 차림만큼이나 뭔가 특별했다.

베리알은 옷에 묻은 흙을 털며 말했다.

"내게 원하는 것이 싸움이오?"

"네 운명에 순응하는 것, 어차피 네가 가야 할 길은 정해져 있다."

"웃기지도 않는군. 내 운명을 나 외에 누가 결정한다는 건가?"

"네가 선택할 수 없기에 운명이다."

"헛소리!"

베리알은 소리를 치며 사내에게 일격을 날렸다. 하지만 그의 주먹은 헛되이 공중을 가를 뿐이었다. 사내가 어떻게 그의 공격을 피했는지 보지도 못했다. 아니, 사내는 움직이지 않고 서 있는데 그의 주먹이 사내를 관통해서 지나친 것 같았다.

퍼억!

가슴에 둔중한 통증이 느껴졌다. 이번 것은 확실한 아픔을 느낄 수 있었다. 그는 다시 뒤로 퉁겨져 나갔다. 움직이지 않는 사내가 어떻게 공격을 하는지 알 수 없었다. 육 피트나 날아간 베리알은 낮은 신음과 함께 몸을 추슬렀다.

"당신… 마법사로군."

"흔히들 그렇게 부르지."

"그렇다면 내가 무기를 써도 비겁하다는 소리는 듣지 않겠네."

베리알은 허리에서 검을 빼 들었다.

"오늘은 이만 하도록 하지. 시간은 앞으로도 얼마든지 있으니."

"날 이렇게 패놓고 도망치겠다고?"

사내가 점점 뒤로 밀려났다. 발로 움직이는 게 아니라 허공을 날아가는 것 같았다.

"기억해라, 네 운명은 이미 한 길로 정해졌음을……."

사내는 곧 허공 속으로 스며들었다. 만월이 사방에 빛을 뿌리고 있는데 감쪽같이 없어진 것이다. 베리알은 사방을 둘러보다 힘없이 검을 집어넣었다.

"귀신에 홀린 것 같군."

그는 아무 일도 없었다는 듯 성을 향해 터벅터벅 걸음을 내디뎠다. 하지만 가슴 한쪽을 누르는 불안한 예감만은 떨칠 수 없었다.

"기억해라. 네 운명은 한 길로 정해졌음을……."

사내의 마지막 말이 뇌리를 오랫동안 맴돌았다.

누가 서쪽으로 가는 것을 두려워하랴

제57장 누가 서쪽으로 가는 것을 두려워하라

단탈리안은 멀어지는 베리알을 보았다. 강인한 육체에 단단한 정신, 여유로운 사고를 가진 사내였다.

"마음에 들어."

그는 중얼거리며 뒤를 돌아보았다. 그의 페밀리어(악마 심부름꾼) 튜리핀이 빛을 비켜나 어둠 속에 몸을 묻고 있었다. 인간의 형상에 커다란 박쥐 날개를 단 튜리핀은 그의 충실한 부하였다. 이마와 양쪽 귀 바로 위쪽에 난 뿔이 파르스름하게 보였다.

"찾았느냐?"

"네, 드디어 찾았습니다."

단탈리안은 휙 몸을 돌렸다.

"부쿠브 카키슈를 찾았단 말이냐?"

"동쪽 타클라마칸 사막 너머에 있다는 보고를 받았습니다."

"누가 발견했나?"

"바람의 정령 윈드핀입니다. 그런데 약간의 문제가 생겼습니다."

단탈리안은 고개를 끄덕였다.

"부쿠브 카키슈를 지키고 있던 정령들이 있겠지?"

"그렇습니다. 페리들이 지키고 있어 하급 환수들로는 상대할 수 없을 것 같습니다."

"불의 정령 페리라… 강력한 적이군."

단탈리안은 이마에 걱정스런 주름을 만들었다. 떼로 모여 사는 페리의 특성상 강력한 환수라 하더라도 그들에게서 부쿠브 카키슈를 빼앗아올 수는 없다. 결국 선택은 마족을 깨우는 것인데 페리를 상대하려면 상당히 강력해야 했다.

'어쩔 수 없군. 모험을 하는 수밖에.'

그는 속으로 한숨을 내쉬고 입을 열었다.

"그곳이 사막이라면 파주주를 깨우는 것이 좋겠다."

튜리핀의 얼굴이 경악으로 물들었다.

"바람의 마족 파주주를 말씀입니까?"

"그래."

"하지만 파주주는 너무 강하고 흉포해서……."

튜리핀은 뒷말을 끊고 우물쭈물거렸다.

"넌 내가 파주주를 다룰 수 없을 거란 말을 하고 싶은 것이냐?"

"아, 아닙니다."

부정은 했지만 튜리핀의 생각쯤은 훤히 읽을 수 있었다. 사실 단탈리안이 파주주를 다루기란 거의 불가능했다. 마족들 중 최상위에 속하는 오만방자한 성품의 파주주를 그가 어찌 다루겠는가? 하지만 부쿠브 카키슈는 파주주의 봉인을 풀어서라도 얻어야 할 중요한 물건이었다.

'내가 직접 가면 좋겠지만……'

그는 성문 가까이 다다른 베리알을 보았다. 그가 신성로마제국을 떠날 수 없는 이유였다.

'내일 이계(異界)에 들어가야겠군.'

단탈리안은 이계에 가야 한다는 생각만으로 소름이 돋는 것을 느꼈다.

"파주주의 육신이 어디 있는지는 알고 있겠지?"

"네, 기억하고 있습니다."

"이계에서 파주주의 봉인주(封印珠)를 가지고 나올 테니 넌 떠날 준비를 해라."

"하지만 봉인을 푼다고 해도 파주주를 어떻게 다스립니까?"

튜리핀의 얼굴에 잊혀졌던 두려움이 되살아났다.

"걱정 말아라. 세상에서 가장 위대한 분의 이름을 들으면 아무리 파주주라도 복종할 수밖에 없을 테니. 그보다 발키리아가 나타날 징후는 보이지 않느냐?"

*　　　　*　　　　*

화백의 가슴이 자꾸 등에 닿아 묘한 느낌을 전해줬다. 따로 말을 타고 가라고 해도 화백이 한 자도 떨어지려 하지 않으니 같은 말을 탈 수밖에 없었다. 그녀는 주적자와의 긴 여정이 즐거운 듯 이곳까지 오는 내내 웃음을 잃지 않았다.

지나가는 모든 것이 신기한 듯 연신 탄성을 터뜨리는 그녀가 주적자에게도 적지 않은 위로를 줬다. 화백의 모습으로 보아 이전 기억은 모두 지워진 것 같았다.

'기억하지 않는 편이 좋겠지.'

그의 생각 속으로 소소자의 목소리가 파고들었다.

"쯧쯧쯧… 한심한 놈이 여자는 어지간히 밝힌다니까."

소소자는 혀를 차며 가느다란 실눈으로 왕족발을 보았다. 얼굴이 불타는 고구마처럼 변한 왕족발이 소리쳤다.

"뭐가 한심하다는 거예요?!"

"무림의 평화를 위해 결혼을 하라니까 그게 싫어서 우리를 냉큼 쫓아왔으니 한심하다고 할 수밖에. 그런 주제에 눈을 휘둥그렇게 뜨고 여자들이나 힐끔거리다니… 쯧쯧쯧."

소소자는 또 말끝으로 혀를 퉁겼다. 하긴 혈기방장한 왕족발을 여자 때문에 탓할 수는 없었다. 장안 시내를 돌아다니는 서역 여인들은 눈을 돌아가게 할 만큼 묘한 매력을 풍기고 있었다.

동서 교역의 중심지로 예부터 이름을 떨친 장안은 약 삼백오십 년 전에 황소(黃巢)의 난 때 거의 폐허가 되다시피 했지만 지금은 예전의 성화를 다시금 찾은 상태였다.

내륙 쪽에서는 구경조차 못했던 늘씬한 서역 미녀들을 이곳 장안에서는 중원의 여인들처럼 흔하게 볼 수 있었다.

다시 왕족발의 목소리가 주적자의 귀에 파고들었다.

"결혼하기 싫어서 당신들을 쫓아온 것이 아니라니까! 난 내 동생 족쌍이를 찾으러 가는 길이야!"

소리를 지르는 왕족발의 눈은 어느새 금발 여인의 뒤를 쫓고 있었다.

"저 인간은 어떻게 입과 눈이 따로 노냐 그래."

소소자의 빈정거림이 정겹게 들렸다. 한동안 침울해 있던 소소자는 악양을 떠나 장안에 이르는 석 달 동안 예전의 모습을 거의 되찾았다. 낮에도 활동할 수 있었던 것이 상당 부분 작용했겠지만 그보다 쾌활함은 그의 천성이었다. 흡혈귀로의 변환이 그런 성격까지 앗아가지는 못한 것이다.

어쨌든 체르샤는 소소자의 은인(?)이라고 할 수 있었다. 주적자는 의식적으로 주먹을 쥐었다 폈다를 반복했다. 힘이 약해질 것이라고 했는데, 지난 세 달 동안 별반 그런 기분은 느낄 수 없었다. 주적자는 바로 곁에서 신기한 눈으로 사방을 둘러보는 체르샤에게 눈길을 주었다.

"이곳은 정말 놀랍도록 화려하군요."

센 억양으로 말했기 때문에 체르샤의 말은 그 자체가 탄성처럼 들렸다. 주적자는 혼자서 '와와!' 거리는 체르샤에게서 눈을 떼고 앞을 보았다. 머리에 수건을 둘러 모자 형태를 만든 이십여 명의 이슬람인들이 걸어가고 있었다. 이번에 그들과 동행하게 된 상인들이었다.

'저들 말로 상인단(商人團)을 카라반이라고 했던가?'

지금 시기에 비단길을 횡단하기 위해서는 이슬람 상인들이 가장 좋았다. 서장과 서역 거의 전 지역을 정복한 몽고와 가장 친한 상인 집단이 이슬람의 상인이었기 때문이다. 물론 몽고 군사가 두려운 것은 아니었지만 귀찮은 일은 피하는 것이 좋았다.

그들이 도착한 곳은 안현장(安現莊)이란 이름이 붙은 커다란 장원이었다. 일 장 가까운 높이의 대문을 들어서자 삼백여 평의 마당에 짐을 실은 말과 나귀가 보였다. 어림잡아 이백 마리 정도 되는 것 같았다.

이슬람제국의 바그다드까지 같이 동행할 다마스 반누크가 주적자에게 다가왔다. 그는 이름도 생경한 소그디아나 출신이라고 했는데 다른 이슬람 사람들과는 전혀 다른 복장을 하고 있었다.

뾰족한 꼭대기를 앞으로 접은 모자, 무릎까지 내려오는 청색의 비단 저고리와 허리띠, 장단지까지 올라오는 비단신, 장화 속에 바지 단을 쑤셔 넣은 통 좁은 바지에 텁수룩한 수염까지 기르고 있어서 다른 사람들과 확연하게 구분이 되었다.

"안현장은 티나이에서 산 물건을 보관해 두는 곳입니다."

중원을 '티나이' 라는 생경한 이름으로 칭한 반누크는 다른 이슬람 제국 상인들보다 한어가 유창했다. 이제 막 이슬람제국 말을 배우는 주적자이기에 듣기가 훨씬 편했다.

"가욕관(嘉峪關)에서 저 말과 나귀들을 낙타로 대체하게 됩니다."

주적자는 그 말을 듣는 둥 마는 둥 하고 물었다.

"우리가 부탁한 것은 어디 있소?"

반누크는 포장이 드리워진 커다란 마차를 가리켰다. 비단길을 가는 동안 살아 있는 닭을 운반할 마차였다.

"저기 준비시켜 놓았습니다. 그런데 저것은 어디에 쓰려고 그러는 것입니까?"

"개인적인 용도이니 신경 쓰지 마시오."

"하지만 저런 마차로는 사막을 건너지 못합니다."

"그것도 우리가 알아서 하겠소."

반누크는 어깨를 으쓱하고 더 이상 따지지 않았다.

"자! 빨리빨리 출발하자구!"

마호메드 소올 자하드라는 긴 이름의 사내가 불분명한 한어로 소리쳤다. 마호메드는 이 카라반의 우두머리였다. 이십여 명의 상인과 이곳에서 고용한 일꾼들이 부산하게 움직였다.

준비를 마친 그들은 해가 하늘 꼭대기에 걸릴 때쯤 안현장을 나섰다. 장안의 성문을 빠져나오자 이 장 넓이의 관도가 곧게 뻗어 있었다. 주적자는 문득 생각이 나 곁에서 말을 몰고 가는 체르샤에게 물었다.

"그런데 네가 말한 겔릭서라는 물건……."

"겔릭서가 아니라 엘릭서예요."

"그래, 엘릭서. 그건 어떻게 찾는 거지?"

체르샤는 어깨를 으쓱했다.

"방법은 저도 몰라요. 저로서는 세상 어딘가에 존재한다는 것만 알 뿐이죠. 물론 앞으로 연구를 하겠지만 아마 내 연구가 끝나기 전에 토이틀이 먼저 찾게 될걸요."

"토이틀?"

"아참! 토이틀에 대해 얘기를 안 했었죠? 그 녀석은 제 사촌인데 저와 함께 마법을 공부했어요. 제가 과학과 마법의 조합을 연구하는 동안 그 녀석은 오로지 엘릭서를 찾는 데만 열중했죠. 그리고 보니 토이틀이 엘릭서에 대해 연구한 지도 벌써 십오 년이 넘었군요. 아홉 살 때부터니까……."

체르샤는 손가락을 헤아리더니 말을 정정했다.

"정확히 십육 년 하고 삼 개월이네요. 어쨌든 머지않아 토이틀이 엘릭서를 찾을 방법을 알아낼 거예요. 그래서 흡혈야황에게 녀석을 소개시켜 줬죠. 제가 편지까지 써줬으니 흡혈야황에게 적극 협조할 거예요. 그런데 정말 이해할 수 없어요."

"뭐가?"

"보름 만에 삼 개 국어를 모두 익힐 정도로 초인적인 두뇌와 엄청난 힘을 가진 흡혈야황이 왜 사람으로 돌아가려 할까요? 주 보표님은 어때요? 당신도 불과 세 달 만에 내가 사는 곳의 말을 모두 익혔고 엄청난 힘을 가졌잖아요. 설마 당신도 사람으로 돌아가고 싶은 것은 아니겠죠?"

주적지는 그저 실소를 머금을 뿐이었다. 말로써 설명할 수 없는 그 권태 속에서 치열하게 삶을 연명해야만 깨달을 수 있는 그런 것이었다.

'아니면 나처럼 삶의 고통스러움을 너무 빨리 알아버리든가.'

주적지는 생각을 하며 긴 관도 끝을 보았다. 숲과 하늘이 만나는 접점은 너무도 멀게 느껴졌다. 하지만 그가 가야 할 길은 그보다 백 배는 더 먼 곳이었다. 그렇게 당과를 향한 먼 여정이 시작된 것이다. 아주 먼 여정……

*　　　　*　　　　*

단탈리안은 문을 나서자마자 자리에 털썩 쓰러졌다. 온몸이 땀에 전 그는 단숨에 이십 파운드(1파운드:0.45359kg) 정도 빠진 것 같았다.

"주인님……"

"다가오지 마!"

단탈리안은 버럭 소리를 지르면서 엉덩이로 지하실 바닥을 문지르며 뒤로 물러섰다. 벽에 가로막히자 마치 그 속으로 파고들어 갈 것처럼 마구 할퀴어댔다.

튜리핀은 단탈리안이 나온 문을 보았다. 윗부분이 반원형인 흑색 철문은 굳게 닫혀 있었다. 안에 뭐가 들었는지 그로서는 상상조차 할 수 없었다. 문을 보고 있는 것만으로도 오싹한 소름이 스치고 지나갔다.

한참 동안 두려움에 몸부림치던 단탈리안이 갑자기 커다란 고함을 질렀다.

"으아아아아ㅡ!"

속의 것을 모두 토해내듯 절규하는 단탈리안의 모습은 묘한 공포를 느끼게 했다. 튜리핀은 자신도 모르게 주춤주춤 뒤로 물러섰다. 어느 순간 단탈리안의 절규가 끊어졌지만 그 여운은 오랫동안 지하실 안을 맴돌았다.

"후우ㅡ!"

긴 한숨을 뱉은 단탈리안은 검은색 옷을 툭툭 털고 일어섰다. 마치 아무 일도 없었던 것처럼.

"떠날 준비는 되었느냐?"

"네? 네!"

단탈리안은 옷 속에서 주먹 크기의 검은색 구슬을 꺼내 튜리핀에게 건넸다.

"봉인을 어떻게 푸는지는 알고 있겠지?"

"물론입니다."

"그리고……."

단탈리안은 달걀만한 파란색 구슬을 하나 더 안겨주었다.

"파주주의 봉인이 풀리거든 이 구슬을 그의 앞에 던져라. 그 구슬 안에는 내가 전하는 메시지가 들어 있다."

튜리핀은 두 개의 구슬을 품에 갈무리했다.

"실패해서는 안 된다. 천년 암흑왕국이 네 손에 달려 있다."

그는 새삼스러운 사명감에 불타올랐다.

"제 목숨과 바꿔서라도 꼭 성공하겠습니다."

그 말은 진심이었다.

"떠나라!"

*　　　　*　　　　*

샤를롯트는 페르시아 산 양탄자가 깔린 방을 가로질러 분홍색 레이스가 드리워진 침대에 털썩 주저앉았다. 오늘도 그녀의 아버지 투리스트 베일 아우구슈트라스에게 혼담을 거절하느라 진땀을 뺐다.

겨우 열일곱의 나이에 귀족 집안으로 들어가 속박당하기는 정말 싫었다. 그리고 더 큰 이유는……

"여어! 다행히 있었구려."

그녀는 깜짝 놀라서 고개를 돌렸다. 더 큰 이유를 만든 사내가 창문에 걸터앉아 있었다.

"벨리알님!"

벨리알은 창문에서 내려오며 말했다.

"그동안 더 예뻐지신 것 같군요."

예쁘다는 말은 일곱 살 이후 귀에 못이 박히도록 들은 그녀였다. 그래서 그리 기분 좋은 말도 아니었는데 베리알에게 듣는 느낌은 달랐다. 그녀는 얼굴을 붉히다가 자신의 처소가 삼층이라는 것에 생각이 미쳤다.

"어떻게 올라오신 거예요?"

벨리알은 창문 쪽을 힐끔 보고 말했다.

"친절하게도 지붕에서 땅까지 넝쿨이 내려뜨려져 있더군요."

"넝쿨을 타고 올라오신 거예요? 그런 위험한 일을 하시다니. 저번처럼 키에프에게 연락을 주시잖구요."

그들은 산에서 이후 이번이 세 번째 만남이었다.

"당신을 빨리 만날 수 있다면 삼층이 아니라 삼십층이라도 올라올 수 있소."

요즘 유행하는 연애 소설에서나 나올 법한 낯간지러운 얘기가 더없이 달콤하게 들렸다. 베리알은 그녀를 어지럽게 해놓고 어느새 바짝 가까이 다가와 있었다. 남자의 강렬한 향기가 그녀의 심장을 심하게 두드렸다.

베리알의 손이 그녀의 어깨를 타고 뒤쪽 머리칼 안쪽으로 들어갔다.

"실크보다 부드럽고 달보다 빛나는 금발이군요."

그녀는 그의 손이 목에 닿자 흠칫 몸을 떨었다. 온몸의 피가 머리로 쏠리는 것처럼 화끈거렸다. 베리알의 입김이 그녀의 앞머리를 간질렀다. 그녀는 천천히 고개를 들었다. 그의 코가 눈앞에 크게 확대되어 있었다.

베리알의 입술이 그녀의 콧등을 타고 내려오는 것을 느끼며 그녀는 눈을 감았다. 첫 키스의 설레임 때문에 숨이 넘어갈 것 같았다. 입술에 따뜻한 입김이 닿을 때였다.

콰앙!

문이 거칠게 열리는 소리가 울렸다. 그녀는 화들짝 놀라 물러서며 고개를 돌렸다.

"아가씨!"

키에프가 헐레벌떡 들어오더니 두 사람의 모습에 우뚝 멈췄다. 샤를롯트는 감미로운 순간을 깨버린 키에프에게 날카로운 목소리를 날렸다.

"왜 그래? 노크하는 것도 잊어먹은 거야?"

키에프는 퍼뜩 정신을 차리고 빠르게 말했다.

"크, 큰일 났습니다! 산에서 보석을 받은 애들과 노인 둘이… 둘이……."

"그들이 어쨌다는 거야?"

"도시 공회당 앞에서 공개 처형을 기다리고 있습니다!"

"뭐? 왜?"

"아가씨께서 주셨던 보석을 팔려고 했는데 강도로 오해를 받았나 봅니다!"

"그런 말도 안 되는!"

베리알이 소리를 지르며 밖으로 뛰쳐나갔다.

퓌르트 성의 골목길은 거미줄처럼 얽혀 있었다. 공회당은 성벽으로 둘러싸인 도시의 동쪽에 자리했는데 평상시에는 시장이 서는 곳이었다.

베리알은 사람들의 어깨를 쳐서 넘어뜨리든 말든 전력으로 질주했다. 지나치는 사람들의 얼굴에는 묘한 흥분이 서려 있었다. 성안에 교수대가 자리한 지는 오래됐지만 실제로 처형이 일어나는 경우는 극히 드물기 때문이다.

왕의 명령에 의해 주교가 법을 처리하는 이곳—대부분의 신성로마제국이 그렇듯—에서는 살인조차 칠 년 동안 일 년에 사십 일 금식의 벌 정도밖에 내려지지 않는다.

살인이란 행위가 얽히고설킨 개인 간의 문제이고, 그들 가문 간에 사사로운 징계가 이루어지는 경우가 흔한 탓도 있었다.

어쨌든 이곳의 법은 그랬고, 그것은 주교들이 만들어낸 법령집에 명시된 사항이었다. 물론 모든 도시들이 퀴르트 같지는 않았다. 베리알의 영지인 밤베르크도 이곳과는 처벌이 달랐다. 주교마다 캐논텍스트(canontext)라고 하는 법령집이 서로 다르기 때문이다.

그러니 교수형을 받는 사람이 없을 수밖에 없었다. 하지만 영지 사람이 아닌 떠돌이는 문제가 달랐다. 그들은 곧바로 이곳의 사법을 집행하는 사법관에게 판결이 맡겨졌고, 영주민들보다 무거운 벌이 내려지기 마련이었다.

단순한 도둑질이라 할지라도 손목이 잘리기 일쑤인데 하물며 강도라는 죄목을 둘러썼으니 교수형은 당연한 판결이었다.

정신없이 골목을 내달리던 베리알은 뒤늦게 길을 잘못 들었다는 것을 깨달았다. 몇 번 와보기는 했지만 이곳의 지리를 완벽히 익힌 것은 아니었다. 그는 지나가는 사람을 잡고 공회당 장소를 확인한 후 다시 내달렸다.

거의 이 마일을 전력으로 달렸기 때문에 숨이 턱까지 차 올랐다. 골목길에 내놓은 쓰레기통을 뛰어넘어 우측으로 꺾자 긴 골목 끝에 놓인 공회당이 눈에 들어왔다. 골목 끝에는 사람들이 빽빽이 들어차 있었고, 사람들 머리 위로 목에 올가미를 건 네 사람이 보였다.

복면을 둘러쓴 소년의 앞에는 신부가 축언을 하는 듯 손을 이리저리 놀리고 있었다.

"멈춰!"

그는 부질없는 외침을 토하며 땅을 박찼다. 골목을 벗어나 사람들 속으로 파고들자 그의 힘에 밀린 군중 한쪽이 우수수 무너졌다. 그는 있는 힘을 다해 사람들 사이를 파고들었다. 신부가 축언을 마치고 내려갔다.

그의 시선은 교수대 한쪽에 두건을 쓰고 긴 막대를 잡고 있는 사내에게로 향했다. 저 막대가 당겨지면 교수대 바닥이 꺼지며 칠 피트 높이의 바닥이 꺼지게 되어 있었다.

"멈추란 말이야!"

그는 계속 소리를 지르며 앞에 있는 사내의 목을 잡고 옆으로 밀어 젖혔다.

"이 자식! 뭐야!"

떠밀린 사내가 도끼눈을 뜨며 달려들었지만 그의 주먹 한 방에 코가 깨져 뒷사람 품에 안겼다. 베리알이 교수대에 십 야드 가까이 다가갔을 때 복면 사내의 손이 앞으로 당겨졌다.

덜컹!

바닥이 꺼지며 네 사람이 동시에 아래로 떨어졌다. 느슨하던 밧줄이 단숨에 팽팽하게 당겨졌다. 뒤로 손이 묶인 네 사람은 온몸으로 고통을 내뿜었다.

"비켜! 비키란 말이야!"

다시 한무리의 사람들이 그의 힘에 떠밀려 우수수 넘어졌다. 베리알은 그들의 등을 밟고 앞으로 나아갔다. 그가 사람의 숲을 빠져나가자 창을 든 병사가 황급히 앞을 막았다.

"멈춰라!"

베리알은 병사의 얼굴에 주먹을 먹이고 단검을 빼 들어 교수대 위로 올라갔다. 그는 우르르 몰려오는 병사들에게 신경도 쓰지 않고 네 개의 밧줄을 단숨에 잘랐다. 발 밑에서 털썩거리는 소리가 울렸다.

그들의 생사를 확인하기 위해 내려가려던 베리알은 창을 들고 덤비는 병사들을 먼저 상대해야 했다. 가슴을 향해 찔러오는 창을 옆으로 돌아서 피한 베리알은 창 자루를 잡고 병사의 배를 걷어찼다.

그는 검 대신 창을 사용해 교수대로 올라오는 병사들을 차례로 쓰러뜨렸다. 나무 부분만을 이용했기 때문에 죽은 병사는 없었지만 몇은 뼈가 부러지는 것을 면치 못했다. 열두 명의 병사를 때려눕힌 베리알은 교수대 밑으로 뛰어내렸다.

"감히 신성한 법을 집행하는 곳에서 난동을 부리다니!"

제법 멋있는 말을 내뱉으며 다가오는 사내는 은빛 체인 갑옷을 입은 기사였다. 유난히 반짝이는 갑옷이 눈에 거슬렸다. 일단 저놈부터 해치우고 보자는 생각을 하고 있는데 날카로운 목소리가 들렸다.

"멈추세요!"

샤를롯트가 공회당의 문을 나오며 지른 외침이었다. 아마 사람들의 눈을 피해 후문으로 들어가 공회당을 통과한 모양이다.

"샤를롯트 아가씨!"

기사는 그녀를 익히 아는지 놀란 음성을 내뱉었다. 하긴 퀴르트 시 제일 갑부의 딸이며, 이곳의 통치자인 인트르트 다아 아우구슈트라스의 조카인데 모를 리가 없었다.

베리알은 기사가 덤비지 않을 것을 확신하고 교수대 밑으로 다가갔다. 그는 재빨리 네 사람의 목에서 올가미를 걷어냈다. 그리고 가장 작은 체구를 가진 자의 얼굴에서 복면을 벗겼다.

창백한 안색, 부릅뜬 눈, 길게 내밀어진 혀, 진득한 침…….

소년은 죽어 있었다. 다음 노인도, 그 다음 소년도, 그리고 또 노인도 모두 죽어 있었다.

"젠장!"

그는 땅을 후려치며 욕설을 퍼부었다. 그의 얄팍한 동정심이 저들을 죽인 것이나 마찬가지였다.

"왜 내게 와서 저들의 말을 확인하지 않았죠?"

"뻔한 거짓말이라고 생각했습니다. 저따위 부랑자들이 아가씨께 그런 보석을 받았으리라고는 믿기 어려웠으니까요."

"사람 목숨이 달린 일인데 확인했어야죠!"

"저런 부랑자들 목숨이 뭐 대수겠습니까? 오히려 없는 것이 훨씬 낫죠."

그 말이 베리알의 분노를 폭발시켰다. 베리알은 기사에게 성큼성큼 다가갔다.

"너 같은 놈이야말로 세상에서 없어져야 할 인간이다! 개새끼만도 못한 놈!"

기사는 그의 주먹을 피할 엄두도 내지 못했다.

우지직!

코뼈 어긋나는 소리와 함께 기사는 바닥에 내동댕이쳐졌다. 훈련받은 티를 내려는 듯 코를 감싸 쥐고 검을 잡으려 했지만 베리알이 그것을 용납하지 않았다. 그는 쓰러진 기사의 가슴에 앉아 주먹을 마구 휘둘렀다.

"네 눈에는 저들이 사람으로 안 보인다는 말이냐, 이 후레자식아! 너 같은 놈이 기사를 하고 있으니 백성들의 원성이 그토록 높은 것이다! 저 교수대에 매달아야 할 놈은 바로 너처럼 썩어 빠진 기사들이란 말이다! 기사서임식(騎士敍任式)을 받을 때 외운 기사의 맹세를 잊었단 말이냐!"

기사의 피와 이빨이 사방으로 튀어 오르고 있는데도 베리알의 주먹질은 멈추지 않았다.

"무용(武勇), 성실(誠實), 명예(名譽), 예의(禮意), 경건(敬虔), 겸양(謙讓) 따위는 잊더라도 약자를 보호한다는 것은 잊지 말아야 할 것 아니냐, 이 돼지보다 못한 기사 놈아!"

"그만 하세요! 제발 그만 하세요!"

샤를롯트가 그의 뒤에서 목을 껴안고 소리쳤다. 그제야 베리알은 주먹질을 멈췄다. 안면이 완전히 뭉개진 기사는 기절한 지 오래였다.

그는 거친 숨을 내쉬다 천천히 일어섰다. 광분 뒤에 찾아온 허탈함은 걸음을 떼기조차 힘들게 만들었다.

"베리알님……."

샤를롯트의 부름을 뒤로한 그는 네 구의 시체를 향해 다가갔다. 힘없는 백성들, 배가 고파 도적이 될 수밖에 없었던 그들, 다른 의미의 힘없음으로 그들의 죽음을 막지 못한 그.

만약 그가 밤베르크의 성주였다면 저들을 이곳까지 오게 하지도 않았을 것이다.

"빌어먹을!"

그는 욕설을 뱉고 땅을 박찼다. 사람들이 그를 피해 황급히 양쪽으로 갈라졌다. 그의 뇌리에 며칠 전 만났던 정체 모를 마법사의 목소리가 울렸다.

"힘만 있다면 세상에 못 이룰 것이 없지."

*   *   *

가욕관은 이름처럼 아름다운 계곡은 아니었다. 밤이고 낮이고 모래 바람이 불어 마을을 뿌연 먼지로 덮고 있었다. 그래서 가욕관의 마을은 작지 않음에도 초라하게 보였다.

카라반은 맡겨놓았던 낙타에 짐을 옮겨 싣고 지체없이 길을 떠났다. 주적자 일행도 모두 말에서 낙타로 옮겨 탔다. 처음 타보는 낙타는 말보다 훨씬 흔들림도 컸고 안장도 불편했다. 그런데도 화백은 군이 주적자의 뒤에 타려고 애썼고, 그녀의 노력은 결실을 이뤘다.

"오늘은 모래 위에서 야영을 해야 할 것 같습니다."

반누크가 옆으로 다가오며 말했다. 그들을 걱정해서 하는 말 같았지만 주적자나 소소자로서는 머무는 곳이 어디든 상관없었다. 물론 왕족발도 마찬가지일 것이다. 척 봐도 어디서든 잘 적응할 녀석이니까.

"제기랄! 우라지게 덥군."

왕족발이 투덜대며 가까이 다가왔다. 흔들리는 모습이 금방이라도 낙타에서 떨어질 것 같았다.

"그러게 중원에서 똑똑한 마누라 얻어서 편하게 살지 왜 따라와?"

"아무리 똑똑하면 뭐 해요! 생긴 것이⋯⋯!"

왕족발은 황급히 입을 다물었다. 끝까지 듣지 않아도 주적자는 녀석이 하려다 만 말을 훤히 알고 있었다. 기선진과 싸우며 면사 밑으로 그녀의 용모를 확인했었기 때문이다.

뭐 그녀가 어떻게 생기든 주적자가 상관할 바가 아니었지만 같이 살아야 하는 왕족발로서는 문제가 될 수밖에 없었다. 물론 아내 될 사람의 용모가 처진다고 그들을 따라온 왕족발이 이해되는 것은 아니었다.

"생긴 게 어떤데?"

소소자가 왕족발의 말꼬리를 잡고 늘어졌다. 왕족발은 초라한 집들이 띄엄띄엄 자리한 마을의 끝 어귀로 눈길을 돌리며 얼버무렸다.

"그냥 마음에 안 든다 그거죠."

하지만 이 정도 흐리멍덩한 대답에 그냥 넘어갈 소소자가 아니었다.

"그러니까 뭐가 마음에 안 드냐구?"

"그냥 마음에 안 들어요! 거 쬐끄만 양반이 꼬치꼬치 따지긴!"

"뭐? 쬐끄만 양반? 이런 미친년 요강에 코 박고 죽을 놈 같으니라고! 호적에 먹물도 안 마른 놈이 어른한테 감히 그런 언사를 남발하다니!"

"쳇! 어른도 어른 같아야지."

중얼거린 소리였지만 그것을 못 들을 소소자가 아니었다.

"너같이 싸가지없는 놈한테는 몽둥이가 약이지!"

소소자는 서툰 솜씨로 낙타를 몰아 왕족발에게 다가갔다. 왕족발도 그만큼 서툰 솜씨로 소소자에게 멀어지려 애썼다. 주적자는 그들의 기우뚱거리는 추격전을 보며 실소를 머금었다. 마치 지난날 사도철광과 소소자의 모습을 보는 것 같았다.

마을 외곽을 벗어나 짧은 계곡을 지나자 갑자기 눈앞이 훤해졌다. 황금색 태양 빛을 받은 모래가 눈앞에 끝없이 펼쳐졌다. 그것은 모래의 바다였다. 작열하는 태양 아래서 가물거리는 아지랑이를 피워 올리는 모래바다!

추격전을 벌이던 소소자와 왕족발도 움직임을 멈추고 사막을 보았다.

"어휴―! 저 지겨운 사막을 걸어서 가야 하다니."

체르샤의 말에 화백이 대꾸했다.

"왜요? 멋지잖아요! 낙타를 타고 황금빛 바다를 항해하다! 한 편의

시 그 자체네요. 주 가가, 안 그래요?"

화백은 가가라는 말을 어디서 배웠는지 언제부터인가 주적자를 주가가로 부르기 시작했다. 그렇게 부르지 말라고 했는데도 막무가내이니 어쩔 도리가 없었다. 분명 소소자나 왕족발, 둘 중 누군가가 가르쳐 줬을 텐데 이미 쏟아진 물이니 어찌하겠는가. 그냥 참고 가는 수밖에.

주적자는 긴 한숨을 쉬고 사막 너머의 빈 공간을 보았다. 파란 하늘은 거꾸로 뒤집어놓은 바다 같았다. 그의 생각이 수만 리의 공간을 격하고 당과에게로 달려갔다. 저 너머 어딘가에 당과가 있었다. 그의 몸에 묶인 끈을 당기고 있는 그녀가 그곳에… 있었다.

*　　　　*　　　　*

"이 일을 해결하는 데 무려 금 이십 파운드와 말 여덟 마리가 들어갔어. 이게 얼마나 대단한 금액인지 너도 알겠지?"

목소리를 높인 보람도 없이 베리알은 뉘 집 개가 짖느냐는 듯 귀만 후벼 팠다.

"베리알! 내 얘기를 알아들은 거야?"

지그문트가 소리를 지르자 베리알은 마지못해 고개를 끄덕였다.

"그래, 그래. 그 썩어 빠진 기사 안면 값에 비하면 너무 후하지."

지그문트는 어금니를 지그시 물어 화를 내리눌렀다. 저런 여유로운 모습의 베리알이 마음에 들지 않았다. 저 녀석은 한낱 동거녀의 자식임에도 불구하고 언제나 당당했다. 검술도 그보다 월등했고, 생긴 것도 주근깨투성이에 유약해 보이는 그와는 너무도 차이가 났다.

베리알과 마주 서 있으면 자신이 검투사 앞에 있는 쪼그만 소년처럼 느껴졌다. 거기에 녀석은 인기가 많았다. 성지의 모든 소년들이 베리알처럼 되기를 바랐고, 거의 모든 처녀들은 베리알의 사랑을 받기 원했다. 늙은이들 또한 베리알을 닮으라고 자식들에게 호통을 쳐댄다.

그래서 베리알만 보면 화가 났고, 그것이 열등감 때문이란 것을 느낄 때마다 미칠 것만 같았다. 하지만 베리알을 어떻게 할 수가 없었다. 아직은 성주가 되지 못했기 때문이다.

"아함—!"

긴 하품을 한 베리알은 '낮잠을 잘 시간이군' 하며 몸을 돌렸다.

"다시는 이런 사건 일으켜서 내 재산 축내지 마!"

그의 외침에 베리알은 그저 어깨 너머로 손을 흔들었다. 막 문을 나서려던 베리알이 걸음을 멈추고 물었다.

"그런데 그 기사 녀석에게 벌은 안 내려졌나?"

"그 녀석이 왜 벌을 받아?"

"무고한 양민을 넷이나 죽였잖아."

지그문트는 코웃음을 쳤다.

"그깟 부랑자들 죽는 게 무슨 대수냐? 거기에 그 자식들은 강도 짓을 하려 했잖아. 어차피 죄가 있으니 그 기사 녀석이 잘못했다고 볼 수도 없지."

"귀족이란 이름의 강도들에게는 왜 신의 철퇴가 안 떨어지는지 모르겠군."

베리알은 그 말을 하고 나가 버렸다.

"망할 놈의 자식!"

그는 옆에 놓인 화병을 들어 던지려다가 다시 탁자에 내려놓았다. 실크로드 너머에서 들어온 화병은 홧김에 부숴 버릴 정도로 값싼 물건이 아니었다.

"카시프트! 카시프트!"

그의 외침에 문이 벌컥 열리며 카시프트가 들어왔다.

"부르셨습니까?"

"불렀으니까 왔지, 멍청한 놈아!"

그의 히스테리에 카시프트는 찔끔한 표정을 지었다.

"갔던 일은 어떻게 됐어?"

"알아냈습니다."

그 말에 지그문트의 화가 조금 누그러졌다.

"말해 봐. 베리알이 왜 오십 마일이나 떨어진 퓌르트까지 간 거야?"

"여자 때문입니다."

"여자?"

별로 놀랄 일은 아니었다. 베리알은 신성로마제국 곳곳에 소문이 난 바람둥이니까.

"어떤 여잔데?"

"퓌르트 성의 성주인 인트르트 디아 아우구슈트라스 백작의 조카이고 그곳 제일 갑부인 투리스트 베일 아우구슈트라스의 딸 샤를롯트입니다."

"뭐야? 그게 사실이냐?"

"네, 그렇습니다."

이건 분명 놀랄 만한 일이었다. 상대의 신분으로 볼 때 그냥 놀다가 버릴 상대가 아니었다. 어쩌면 베리알은 투리스트의 딸과 결혼을 생각하고 있는지도 모른다.

절대 그렇게 돼서는 안 된다. 만약 베리알이 투리스트의 딸과 결혼

이라도 하게 되면 녀석은 당당히 일가를 이루게 되는 것이다. 서출이
나 상속자가 아닌 아들들의 가장 성공한 케이스가 바로 성주나 갑부
딸과 결혼을 해서 스스로 영지를 확보하는 경우였다.

베리알이 그렇게 잘되는 꼴을 볼 수는 없었다. 녀석은 서출이라는
꼬리표를 달고 평생 그가 주는 푼돈으로 살아야 한다. 그것이 어렸을
때부터 그에게 열등감을 심어준 베리알에 대한 복수였다.

"그 여자 이름이 뭐라고 했지?"

"샤를롯트입니다. 샤를롯트 자알 아우구슈트라스."

＊　　　＊　　　＊

"아직도 생각이 바뀌지 않았나?"

문을 닫던 베리알은 깜짝 놀라 돌아섰다. 마법사는 벽과 벽이 만나
가장 짙은 그늘을 만드는 그곳에 서 있었다. 아직 환한 대낮인데도 마
치 어둠 속에 있는 것 같았다.

"어떻게 들어왔소?"

베리알은 묻고 실소를 머금었다. 성주가 사는 저택이 아닌 도시의
변두리에 있는 그의 집은 좀도둑이라도 쉽게 들어올 수 있을 정도로
허술했다.

그는 마법사를 마주하고 침상에 앉았다.

"대체 당신 정체가 뭐요?"

"중요한 것은 내가 누구냐가 아니다. 네가 진정 네 운명을 받아들인
것인가가 중요하지."

마법사가 말하는 운명이란 단어가 귀에 거슬렸다. 서출로 태어난 운

명부터가 마음에 안 드는 그였다. 물론 그보다 훨씬 불행한 사람들은 얼마든지 있었다. 신성로마제국의 거의 모든 백성이 그보다 못했다.

하지만 오늘처럼 지그문트를 불쾌한 일로 만난 날이면 자신의 신세를 한탄할 수밖에 없었다. 그런데 마법사가 자꾸 운명운명 하니 신경이 곤두설 수밖에.

"그래서 내 운명이 어떻게 결정되었다는 것이오?"

"지금은 말해 줄 수 없다. 다만 한 가지, 네가 운명을 받아들이겠다고 하는 순간 난 네게 상상할 수 없는 힘을 줄 수 있다. 밤베르크를 강제로 빼앗을 수 있을 정도로 강력한 힘을. 어떠냐? 네 운명을 받아들이겠느냐?"

베리알은 거실을 가로질러서 닫힌 문을 열었다.

"나가시오."

"베리알, 넌 선택된 인간이다. 거부한다고 되는 일이 아니야."

"어떤 선택이든 그건 내가 하오. 당신이나 다른 누가 아닌 바로 내가!"

마법사는 검은 달걀 같은 얼굴을 좌우로 흔들었다.

"한 치 앞을 못 보는 인간들이란……."

중얼거린 마법사는 어쩔 수 없다는 듯 문을 나섰다. 베리알은 앞을 지나는 마법사에게 으르렁거리는 목소리로 말했다.

"다시는 내 앞에 나타나지 마시오! 그때는 귀족에 대한 불경죄로 감옥에 처넣어 버리고 말겠소!"

"후후… 내가 널 찾아올 때는 그런 말이 나오지 않을 것이다. 운명이란 그런 것이지."

베리알은 햇빛 속에서도 어둠을 두르고 있는 듯한 마법사의 뒷모습을 보다가 문을 소란하게 닫았다. 별 이유 없이 격해진 감정을 다스리기 위해 숨을 몰아쉬고 있던 그는 마법사가 이제껏 반말을 하고 있었다는 것을 깨달았다.

과거 가끔 귀족 중에서도 마법사나 연금술사가 있기는 했지만 지금은 전무한 상태였다. 교황청이 그것들을 이단으로 규정하고 엄격히 단속했기 때문이다. 마법사와 연금술사는 결국 지하로 숨어들었고 직계 후손들 사이에만 비밀리에 비법이 전수되었다.

결국 평민이 지금껏 귀족인 그에게 하대를 하고 있었던 것이다. 뭐 나이가 많으니—목소리로 판단해서—그럴 수도 있었지만 보통 평민이라면 절대 그렇게 하지 못했다. 이상한 것은 그럼에도 전혀 그것을 느낄 수 없었다는 것이다.

"젠장, 내가 뭐에 씌인 것이 분명해."

그는 투덜거리고 침대에 몸을 던졌다. 회반죽이 발라진 하얀 천장을 물끄러미 쳐다보고 있자니 죽은 네 명의 시신이 차례로 스쳐 갔다. 직접 죽이지 않았다고 해도 그들의 죽음은 결국 자신의 탓이었고, 그래서 죄의식은 좀체 그를 떠나지 않았다.

"후—! 정말 최고의 선은 힘이란 말인가."

마법사의 얘기가 뇌리에 떠올랐다.

"그가 말한 대로 과연 내게 특별히 정해진 운명이 있는 것일까?"

그는 침대에서 일어나 거울 앞으로 갔다. 남들보다 덩치가 크고 잘생긴 것 외에 특별한 점이라고는 없었다. 검술이 뛰어난 것은 다섯 살 때부터 피나는 수련을 해서이지 특별히 재능이 뛰어난 때문은 아니었다. 다만 보름달만 뜨면 목에 생기는 통증이 좀 특별하다고 할까?

"워울프로 변신하면 볼 만하겠군."

그는 시니컬하게 중얼거린 후, 다시 심각한 시선으로 거울 속의 자신을 보았다. 지금 그가 가진 것이라고는 이 낡은 집과 주체할 수 없는 젊음이 전부였다. 그에게 귀족이라는 계급은 서출이라는 어둠에 밀려 나락으로 떨어진 지 오래다.

재산과 권력의 분산을 막기 위해 오직 상속자 일 인에게 모든 힘이 집중되는 제도 하에서는 정식 결혼조차 어려웠다. 결혼을 하면 그것은 독립을 의미하고 곧 재산 분할이 따라야 하기 때문이다.

그러니 그의 운명 상당 부분이 지그문트 손에 달려 있다고 해도 틀린 말은 아니었다. 정말 마음에 안 드는 삶이었다.

"마법사가 말하는 내 운명이 뭔지는 몰라도 지금보다는 낫지 않을까?"

그럴지도 모른다. 성의 주인이 될 수 있다는 말을 전적으로 믿을 수는 없지만 최소한 지금보다는 나을 것이란 생각이 들었다. 만약 마법사의 말대로 된다면 많은 무력한 사람을 그의 손으로 구할 수 있을지도 모른다.

"휴— 꿈같은 얘기지."

그는 고개를 젓고 다시 침대에 몸을 뉘었다. 하얀 천장에 이번에는 샤를롯트의 얼굴이 그려졌다. 그녀는 정말 사랑스러웠다. 외모뿐 아니라 그 비싼 장신구를 불쌍한 사람에게 선뜻 내준 그 마음씨가 더욱 마음에 들었다.

지금까지 숱한 여인들을 만나왔지만 샤를롯트처럼 가슴을 설레게 하는 사람은 없었다. 사랑이란 감정이 이런 것이구나 하는 것을 매 순간 깨닫게 해주는 그녀였다. 하지만 지금 이 상태로는 감히 그녀에게 청혼이란 것을 할 수 없었다.

그가 가진 것이라고는 그 자신뿐이기에.

물론 장남이 아닌 기사 중 가끔 그렇게 성공을 하는 예가 있기는 하지만 최소한 그는 그러고 싶지 않았다. 국왕으로부터 실질적인 명예만이라도 획득한 후 그녀에게 청혼을 하고 싶었다.

"다시 십자군 전쟁에 참가해 볼까?"

사실 이번 전쟁은 그가 자발적으로 나간 것이 아니었다. 군말없이 간다고는 했지만 아버지와 지그문트의 강권에 어쩔 수 없이 간 것이나 마찬가지였다. 그래서 공을 세우는 데 적극적이지 않았고, 세웠다 하더라도 자신의 것이라고 악착같이 주장한 적도 없었다.

성지 회복이란 거창한 구호를 그대로 받아들여도 마음에 들지 않는데—대부분의 병사들은 영적 구원을 받는다는 꼬임에 넘어간 일반 백성이었으므로—그 색깔마저 변질되어 버렸으니 당연히 그가 소극적일 수밖에 없었다.

하지만 이내 십자군 전쟁에 대한 생각을 뒤로 미뤘다. 전쟁에 나가면 최소한 일 년은 돌아오지 못할 텐데 그 긴 나날 동안 샤를롯트를 못 본다는 생각만으로 가슴이 아파왔다.

'다음에 그 마법사를 만나면 자세한 얘기를 들어볼까?'

*   *   *

당과는 드라칸이 데려온 토이틀이란 마법사를 보았다. 어두컴컴한 지하실에서 흡혈귀와 같이 있는데도 두려워하는 표정은 찾아볼 수 없었다.

이십 대 중반의 나이, 여섯 자 가까이 되는 키에 깡마른 체구, 헐렁

한 옷은 빗자루에 포대 자루를 씌워놓은 것 같았다. 거기에 날카로운 눈매와 가는 입술이 '나 한성깔 하는 놈이야!' 라는 것을 얼굴로 말해주고 있었다.

'피부색은 달라도 주적자 동생 같군.'

그녀는 무의식 중에 주적자를 떠올리고 실소를 머금었다. 그렇다고 나쁜 기분은 아니었다. 이처럼 주적자를 떠올리는 것만으로 지겨움이 사라지니 기쁘다고 해도 좋았다.

토이틀은 발목까지 내려온 긴 외투 주머니에서 꼬깃꼬깃해진 종이를 꺼냈다. 그것은 체르샤가 써준 편지였다. 토이틀은 드라칸을 힐끔 보고 말했다.

"저분한테 이걸 받았는데 여기 이 내용이 사실입니까?"

편지 내용은 그녀도 알고 있었기 때문에 쉽게 고개를 끄덕였다.

"그래."

"정말 엘릭서를 이용해 사람이 되고 싶은 겁니까?"

토이틀은 흡혈귀에게 둘러싸여 있는데도 전혀 두려워하지 않았다. 당과는 다시 한 번 '그래' 라는 말을 뱉었다.

"지금 엘릭서라는 것을 찾을 수 있나?"

"아뇨."

"찾을 수 없다는 것이냐?"

"지금은요."

"왜? 엘릭서를 찾을 방법이 아직 마련되지 않았나?"

"아뇨, 방법은 이미 찾아냈습니다. 의외로 간단한 원리였죠."

엘릭서에 대해 말하는 토이틀의 눈은 열정으로 반짝였다.

"엘릭서는 세상에서 가장 강한 힘을 가진 영체(靈體)입니다."

"영체?"

"네. 그것이 단순한 돌이나 구슬 따위는 아닐 겁니다. 설사 그런 것으로 포장을 하고 있다 하더라도 그건 겉모습일 뿐이죠."

"그래서?"

"그만큼 강한 영체라면 엄청난 에너지를 뿜어낼 겁니다. 땅에 흔히 굴러다니는 돌멩이도 에너지를 가지고 있는데, 하물며 엘릭서라면 두말할 필요가 없겠죠."

"그래서 그 에너지를 쫓아가면 된다 그거냐?"

"그렇습니다."

"하지만 세상에 네가 말한 에너지를 뿜어내는 것이 한두 개가 아닐 텐데 어떻게 엘릭서를 구분해 내지?"

"당신은 세상에서 가장 강한 에너지를 뿜어내는 것이 무엇이라고 생각합니까?"

당과는 이마에 주름을 만들었다.

"글쎄?"

"화산이 아닐까요?"

옆에서 드라칸이 끼어들었다. 그럴 수도 있다고 생각했는데 토이틀이 부정했다.

"아닙니다. 세상에서 가장 강한 에너지는 바로 태풍입니다. 태풍은 화산보다 족히 백 배의 에너지를 품고 있습니다."

당과는 토이틀이 하고 싶은 얘기가 뭔지 예상할 수 있었다.

"그러니까 갑자기 막대한 에너지를 가진 물체가 나타나면 그것이 엘릭서라는 것이냐?"

"확률이죠. 엘릭서가 아닌 다른 것일 수도 있지만, 확실한 것은 엘릭

서가 대기 중에 나타나면 분명 엄청난 에너지를 내뿜을 것입니다. 그
것만은 틀림없어요."

"낭중지추(囊中之錐:주머니 속의 송곳)란 소리군."

"네?"

"아니야. 그럼 네 얘기는 엘릭서가 아직 세상에 나오지 않았다는 것
이구나. 땅속이나 바닷속 어딘가에 있다는 말이지?"

"그렇죠. 어쨌든 대기 속에 놓여 있지는 않습니다."

당괴는 곰곰이 생각을 하다가 물었다.

"엘릭서가 대기 중에 나오면 어떻게 찾을 수 있지?"

사막에 부쿠브 카키슈

제58장 사막에 부쿠브 카키슈

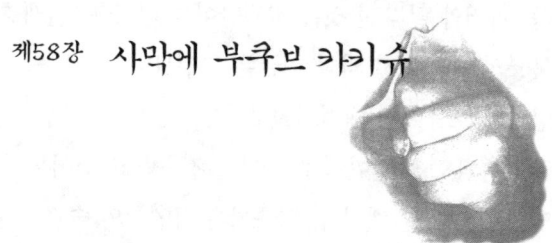

토이틀이 그들을 안내한 곳은 성곽 바깥에 있는 숲의 작은 오두막이었다. 낡은 통나무 오두막으로 들어간 토이틀은 중앙에 놓인 탁자를 옆으로 옮기고 바닥에 깔린 양탄자를 치웠다. 그런 후 바닥을 더듬어 감춰진 고리를 손에 쥐었다.

위로 끌어 올리자 끼이익 하는 소리와 함께 지하로 향하는 통로가 나왔다. 토이틀이 가장 먼저 내려가고 그 다음에 드라칸, 나인현, 왕족쌍, 당과 순으로 계단을 밟았다.

당과는 왕족쌍 너머의 나인현을 물끄러미 보았다. 나인현은 이제 완벽한 그녀의 충복이 되었다. 원래 있던 기억은 모두 지워 버려 나인현은 오직 그녀의 말만 듣는 꼭두각시로 변해 버렸다. 당과가 죽으라면 그 자리에서 죽을 수 있을 정도로 말이다.

나인현은 당과가 명령하는 것 외에는 어떤 자율 행동도 하지 않았다. 과거와 달라진 것은 그것만이 아니었다. 원래 가지고 있던 술법과 묵룡의 술법까지 익혀 지금은 그전보다 세 배는 강해져 있었다. 물론 당과의 도움이 절대적이었다.

왕족쌍도 나인현에게 술법을 전수받고 있어서 머지않아 뛰어난 술법사로 태어날 것이다. 왕족쌍은 나인현의 술법보다 묵룡의 술법에 더 관심을 가졌다. 특히 자신의 몸을 돌보지 않는 파괴적인 술법에.

당과는 저들을 볼 때마다 '괜한 짓을 하고 있는 것이 아닐까?' 하는 생각이 들었다. 저들을 데리고 다닌다고 특별히 그녀에게 득이 될 것도 없었다. 그녀들이 없다고 해도 주적자는 어차피 자신을 쫓아올 것이기 때문이다.

'그렇다고 나쁠 것도 없잖아.'

그녀는 마음 편하게 생각하기로 했다. 횃불이 벽에 걸린 나선형의 계단을 한참 내려와서야 비로소 넓은 지하실에 발을 들여놓을 수 있었다.

백 평 정도의 넓은 지하실은 양쪽 벽에 두 개의 횃불만 걸려 있어서 어두컴컴했다. 당과의 시선은 지하실에 들어서자마자 중앙에 머물렀다. 그곳에는 점박이 개가 철창에 갇혀 엎드려 있었는데, 개머리에는 금속으로 만든 둥근 철제 모자가 씌워져 있었다.

그리고 그 모자에는 수백 가닥의 선이 사방으로 뻗쳐 있었다. 그 많은 선 중 네 개만 빼고 모두 천장이나 벽 속에 박혀 있었다. 천장과 벽에 닿지 않은 네 가닥의 선 중 두 개는 허리 높이의 단 위 파란 수정구에 닿아 있었고, 나머지 두 가닥은 개가 쓰고 있는 모자 비슷한 것에 연결된 상태였다.

사방 벽에 맞닿은 탁자에는 알 수 없는 기구들이 널려 있었다.

끄응—!

토이틀이 다가오자 개가 낮은 신음을 토해냈다. 토이틀은 '조금만 참아' 하며 개의 머리를 쓰다듬고 당과를 보았다.

"이곳에서 엘릭서의 행방을 찾을 수 있습니다."

당과는 사방으로 뻗어 있는 줄을 피해 토이틀에게 다가갔다.

"어떻게?"

토이틀은 어지럽게 널린 줄을 가리키며 말했다.

"이 정신 감응선은 숲의 나무에 모두 연결되어 있습니다. 나무들은 대기의 반응에 가장 민감한 생물이죠. 그리고 그 반응을 또 가장 민감하게 느낄 수 있는 동물이 개나 늑대입니다. 여기 있는 개 폴락이 대기 중의 변화를 느끼는 순간……."

토이틀은 수정구를 가리켰다.

"저 싸일렉트가 붉게 물듭니다. 그러면 제가……."

그의 손가락은 단 위에 놓인 빈 철제 모자로 옮겨졌다.

"카라마일을 쓰고 그것이 무엇인지 알아내는 거죠."

"대기에 어느 정도의 변화가 일어나야 싸일렉트가 붉게 변하지?"

"화산 폭발 정도죠."

당과는 고개를 갸웃했다.

"엘릭서가 그 정도의 에너지를 품고 있을까?"

토이틀은 단호하게 말했다.

"그보다 크면 컸지 작지는 않을 겁니다."

당과는 굳이 그 말에 반론을 제기하지 않았다. 이 세계에 살고 있는 마법사들의 엘릭서에 대한 믿음은 거의 절대적이었다. 누가 뭐라고 해도 변할 것 같지 않았다.

"하지만 알아낼 수 있는 범위가 한정되어 있을 것 같은데?"

"아뇨, 세상 어디에서 나타난다 해도 찾아낼 수 있습니다. 이곳에서 보내지는 정신 에너지는 단선적인 것이 아닙니다. 대기 중의 정령들에 의해 끊임없이 뻗어나가죠."

토이틀의 말을 믿지 않을 수도 없었다. 체르샤도 그녀를 비슷한 방식으로 찾았으니까.

"결국 언제 엘릭서라는 것을 찾을지 알 수 없군."

토이틀의 안색이 금세 침울해졌다.

"현재로써는 그렇죠."

"그럼 여기서 시간을 죽이고 있을 수밖에 없군."

'주적자가 오기 전에 엘릭서를 찾아야 할 텐데.'

그녀는 생각을 하며 보이지 않는 동쪽으로 시선을 옮겼다.

'그는 어디쯤 오고 있을까?'

*   *   *

"선택할지 말지는 네가 결정해라."

단탈리안의 흐릿한 영상은 그 말을 끝으로 사라졌다. 튜리펀은 잔뜩 두려움을 품고 온몸이 털에 덮인 거대한 파주주를 보았다. 인간의 몸에 뿔이 난 사자의 얼굴과 손, 독수리의 발톱을 가진 파주주는 키가 이백 피트에 달했다.

독수리의 깃털에 형태는 나비의 그것 같은 두 쌍의 날개와 전갈 모양의 꼬리, 흉측하게 생긴 뱀 같은 남근은 제각각 생명을 가진 듯 끊임없이 꿈틀거렸다.

그가 봉인을 풀 때만 해도 세상을 모두 부숴 버릴 듯 요동을 치던 파주주는 단탈리안의 메시지가 끝난 지금 얌전한 강아지처럼 우두커니 서 있었다.

찰캉!

파주주가 다리를 움직이자 발목에 걸려 있던 쇠사슬이 움직여 소리를 냈다. 쇠사슬은 철보다 단단해 보이는 바닥에 박혀 있었다. 튜리핀은 파주주를 보기가 두려워 다른 곳으로 시선을 돌렸다.

땅속에 있는 거대한 신전은 그 끝이 보이지 않을 정도로 넓었다. 거대한 체구의 파주주가 백 번은 뒹굴 수 있을 것 같았다. 신전 가에는 쇠창살처럼 빽빽하게 세워진 돌기둥이 세워져 있었는데 알 수 없는 문양들이 뱀처럼 얽혀 있었다.

튜리핀은 들어온 입구를 돌아보았다. 대략 십 피트. 파주주와는 백 피트 정도 떨어져 있으니 여차하면 잡히지 않고 빠져나갈 수 있었다. 목숨을 바쳐서라도 임무를 수행하겠다고 했지만 파주주를 보는 순간 그런 생각은 도망가 버리고 말았다.

"단탈리안의 말이 사실이겠지?"

파주주의 목소리는 얼음을 부딪쳐 만든 것처럼 날카롭고 차가웠다. 튜리핀은 둘 사이의 거리와 그 거대한 체구를 생각해서 최대한 큰 목소리로 대답했다.

"물론입니다!"

"큭큭큭… 크하하하……!"

낮게 시작한 파주주의 웃음은 이내 광소로 변했다. 튜리핀은 골이 밖으로 퉁겨 나가는 것 같은 고통을 느끼며 귀를 막고 털썩 주저앉았다. 파주주는 그의 생각을 전혀 하지 않는 듯 한참 동안 그 끔찍한 웃음을 터뜨렸다.

"그분이 세상에 나오신단 말이지! 크하하하—!"

"파주주님, 제발… 그만……."

튜리핀은 고통스러워 소리조차 제대로 지르지 못했다. 그의 애원 때문에 웃음을 멈춘 건 아닐 것이다. 이유야 어쨌든 파주주는 광소를 멈추고 그를 내려다보았다. 골이 박살나고 눈이 빠질 것 같은 고통 속에서도 튜리핀은 일어서서 공손한 자세를 취했다.

"좋아. 찾아주지. 부쿠브 카키슈가 어디 있다고 했지?"

"이 타클라마칸 사막 가장자리에 위치한 미란이란 곳입니다."

"미란이라… 예전에 한 번 가본 적이 있지. 그곳 인간들은 별로 맛이 없었던 것 같은데. 큭큭큭……."

파주주는 버릇처럼 웃음을 짓더니 날개를 활짝 폈다. 몸에 붙어 있을 때는 몰랐는데 펼치자 양쪽 길이가 족히 사백 피트는 되어 보였다. 엄청난 크기였다.

투르르르—!

파주주의 날개가 심한 진동을 일으켰다. 단지 그것뿐인데도 엄청난 바람이 밀려왔다. 두 발을 땅에 대고 있는데도 뒤로 주르륵 밀려났다. 벽에 등을 부딪친 튜리핀의 눈에 우수수 떨어서는 깃털이 보였다.

땅에 떨어진 수백 개의 깃털이 불룩 솟아오르더니 그 하나하나가 파주주의 모습으로 변했다.

그것은 에킴무였다. 파주주에게 잡아먹힌 영혼이 하늘로 올라가지 못하고 흡수되어 몸의 일부가 되어버린 악령이었다. 원래 형체가 없기 때문에 파주주의 모습으로 나타나게 되는 것이다. 물론 그 형체가 파괴되면 대기 중으로 흩어져 버린다. 대기에는 그런 정령들이 상당수 차지하고 있었다. 덕분에 대기의 정령이 늘어나 마법사들이 정보를 빨리 알아낼 수 있어 좋았다.

끼이익—! 끼이익—!

키가 십이 피트에 달하는 삼백여 마리의 에킴무들은 기성을 지르며 파주주의 주위를 이리저리 날아다녔다. 튜리핀은 그 모습이 똥 주위를 떠도는 파리 같다고 생각했다. 그보다 덩치가 훨씬 크긴 하지만 말이다.

"안내해라."

파주주의 말에 튜리핀은 화들짝 정신을 차리고 대답을 했다.

"네! 그런데 제가 들어온 곳은 너무 좁아서 나갈 수가 없겠군요. 거기다……."

튜리핀은 파주주 발목에 채워진 쇠고랑을 보았다. 굵기가 그의 몸통 네 배는 되어서 끊을 수 있을지 의심스러웠다.

"흥!"

그의 걱정을 비웃듯 파주주는 코웃음을 치고 양쪽 다리를 번갈아 힘차게 굴렀다.

콰아앙—!

지하 신전 전체가 무너질 듯 요동 쳤다. 그 때문에 발목의 쇠고랑이 깨지는 소리는 들리지도 않았다. 산산조각난 쇠고랑 파편을 힐끔 본 파주주는 천천히 날갯짓을 했다. 튜리핀은 이미 경험을 했기 때문에 벽에 양손을 대고 몸을 밀착시켰다.

폭풍이 이는 듯한 소리와 함께 그를 벽 속으로 파묻어 버릴 것 같은 기세의 바람이 밀려들었다.

"으으으……!"

신음을 토하는 튜리핀에게 파주주의 목소리가 울렸다.

"따라와라!"

이어서 콰앙 하는 소리가 들렸다. 고개를 돌리자 천장을 부수며 올라가는 파주주가 보였다. 집채만한 바위들이 떨어지며 파주주는 점점 위로 솟구치고 있었다. 튜리핀은 등에 힘을 줘서 감춰놓았던 날개를 드러냈다.

'조심해야겠군.'

그의 날개는 얇아서 바위에 잘못 맞으면 찢어질 수도 있었다. 삼백 여 마리의 에킴무들은 우박처럼 쏟아지는 바위들을 잘도 피하며 파주주의 뒤를 따랐다. 튜리핀은 땅을 박차 에킴무 떼의 마지막 자리를 차지했다.

어떻게 뚫고 올라가는지 알 수 없지만 파주주는 거침없이 위로 솟구쳤다. 그리고……

꽈릉!

천둥이 치는 듯한 소리와 함께 강렬한 햇살이 쏟아졌다. 세상에서 가장 포악한 마족이 세상으로 뛰쳐나온 것이다.

＊　　　　＊　　　　＊

사막의 밤은 쌀쌀했다. 낮에는 세상을 태울 것처럼 지글거리는 것이 속 좁은 여편네의 변덕을 보는 것 같았다.

"신기하죠? 모래 땅 한가운데 이런 곳이 있다는 게 말이에요."

화백은 멀리 보이는 녹원(綠園:오아시스)을 보고 말했다. 주적자는 흙으로 만든 여관 벽에 등을 기댔다. 이곳 미란의 모든 건물은 지은 지

채 이 년이 되지 않았다. 몽고가 서역 정벌을 가는 길에 적에게 도움을 줄지 모른다는 이유로 지나는 녹원 근처에 있던 마을을 모두 불태워 버렸기 때문이다.

테무진(징기스칸)이 죽고 오고타이가 몽고 황제로 즉위한 후 비단길은 빠르게 옛 모습을 회복하고 있었다. 테무진도 그랬지만 오고타이도 상업을 매우 중히 여겨 상인들을 아꼈다. 이슬람 제국을 칠 때 이슬람의 상인들이 몽고를 도와준 것도 비단길의 빠른 발전을 돕고 있었다.

이곳 미란에는 지금 수많은 카라반들이 머물고 있었다. 비단길에 있는 거의 모든 녹원 마을이 그럴 것이다.

물론 요즘은 해양 무역이 부쩍 발달해서 비단길의 필요성이 줄어들기는 했지만 여전히 동서 교역의 중요한 길임에는 틀림없었다.

쭉— 쭉—

여관 저쪽에서 무언가 빠는 소리가 가까이 들려왔다. 주적자는 안 봐도 무슨 소리인지 알 수 있었다.

"어? 안 자고 있었어요?"

체르샤가 돼지 방광에서 입을 떼며 물었다.

"자는 사람들에게서 너무 자주 피를 빼는 것은 아니냐?"

"헤헤… 적당히 조절하고 있으니 걱정 마세요."

주적자는 그저 웃음으로 넘겼다. 그도 가끔 자는 사람 몸속에서 피를 빼서 마시곤 했기 때문에 체르샤를 탓할 수는 없었다. 중원을 떠나서 이곳까지 오는 동안 사람 피 맛을 못 봤다면 아마도 상인들 상당수가 그에게 죽음을 맞았을 것이다. 주로 닭이나 낙타의 피를 마시지만 그것만으로는 흡혈귀로서의 본성을 억제할 수 없었다.

이제 그는 사람 피가 없으면 안 되는 그런 흡혈귀로 변해 버린 것이다.

'당과를 만나기 전까지 적응해서 살아가는 수밖에.'

그의 생각 속으로 왕족발의 목소리가 파고들었다.

"피를 너무 많이 뺐잖아요! 어지러워서 걸음도 제대로 못 걷겠다구요!"

"자식, 겨우 돼지 방광 하나 찰 정도밖에 안 뺐어. 엄살 부리지 마."

"그게 겨우예요? 내가 어쩌다 피를 빼준다고 약속은 해가지고."

"약 지어준댔잖아. 자식, 남자가 약속을 해놓고 말이 많아. 자고로 사내란 뒤끝이 없어야 되는 거야. 한입으로 두 말하면 똥구멍에 털 난다."

"털은 벌써 났어……."

그때 여관 모퉁이를 돌아온 왕족발이 주적자를 보고 눈을 동그랗게 떴다.

"안 자고 뭐 해요?"

돼지 방광을 입에 물고 돌아온 소소자가 물었다.

"바람 맞고 있냐?"

주적자는 피식 웃음을 터뜨렸다.

"족발이가 용케 피를 빼줬구나."

소소자가 왕족발에게 손가락질을 하며 말했다.

"이 자식 기가 막힌 정력제 지어준다니까 당장 피를 빼던데?"

"내, 내가 언제……!"

"그럼 아니야?"

"아니죠!"

소소자는 고개를 끄덕였다.

"그럼 정력제는 안 지어줘도 되겠네?"

"아, 아니, 그건 또 아니죠. 정력… 그건 그거고 내 피는 피잖아요."

"그러니까 정력제 때문에 네가 피를 뽑아준 거잖아."

"그건 아… 그래요. 그렇다고 해두죠."

왕족발은 중얼거리면서 여관 안으로 돌아가려는 듯 몸을 돌렸다. 소소자가 뒤를 따라가며 물었다.

"말을 확실히 해. '그렇다고 해두죠'라는 말은 그래도 좋고 아니라도 좋다는 말이냐? 그럼 내가 수고스럽게 정력제 안 만들어도 되겠네?"

왕족발이 당장 발끈했다.

"무슨 소릴 하는 거예요! 그것 때문에 내가 피를 한 바가지나 뺐는데!"

"봐, 결국 정력제 때문이잖아."

왕족발은 결국 긴 한숨을 토해냈다.

"휴—! 내가 이 양반하고 말을 말아야 하는데."

"그거 예전에도 자주 듣던 소리군. 하지만……."

콰아앙—!

소소자의 말을 끊는 굉음은 지축을 흔들 정도로 컸다. 그들은 일제히 소리나는 쪽으로 고개를 돌렸다. 소리만 들렸을 뿐 눈에 보이는 것은 없었다. 여전히 모래언덕과 휘영청 뜬 달이 전부였다.

"사막에도 지진이 일어나나?"

주위 집들에 하나둘씩 불이 켜지기 시작했다. 하긴 이 정도 소리와 진동에 잠이 깨지 않는다면 죽었다고밖에 볼 수 없었다. 물론 체르샤가 피를 뺀 상인들은 깨어나지 않겠지만…….

"가볼까?"

호기심 많은 소소자가 말을 하며 먼저 걸음을 뗐다. 그가 세 발자국을 옮기기도 전에 수만 마리의 벌이 날갯짓을 하는 듯한 소리가 들려왔다. 모두 꼼짝도 하지 않고 소리의 정체가 나타나기를 기다렸다.

"어? 점점 어두워지는 것 같은데요?"

확실히 왕족발의 말대로 어둠이 짙어졌다. 주적자는 뒤늦게 그것이 모래 때문이라는 것을 알았다. 단숨에 덮지 않아서 몰랐는데 하늘 가득 모래가 피어 오르고 있었다. 그것이 달빛을 가린 것이다.

모래의 파도는 알갱이를 촘촘하게 겹치며 지평선 가득 밀려왔다.

"뭐, 뭐죠?"

체르샤가 겁먹은 목소리로 말했다. 하지만 아무도 그의 궁금증을 해소시켜 주지 못했다. 그저 저 모래파도를 지켜보는 수밖에 없었다.

우우웅—!

대기를 진동시키는 소리는 점점 커졌다.

펄럭—!

가장 앞에 있는 왕족발의 앞섶이 흔들렸다. 바람이었다. 입으로 훅 분 것 같던 바람은 점점 강해지더니 이내 주위에 있는 모래를 하늘로 말아 올렸다. 주적자는 비로소 저 모래파도가 바람에 밀린 때문이란 것을 깨달았다. 아직 이백 장 저 멀리 있는데도 그 여력 때문에 눈을 뜰 수 없을 정도의 바람이 몰아치고 있었다. 엄청난 강풍이었다.

"모두 여관 안으로 들어가!"

주적자의 외침에 모두 의문을 제기하지 않고 몸을 움직였다. 여관의 모퉁이를 돌기도 전에 바람은 걸음을 옮기기 힘들 정도로 강해졌다. 그들이 여관 문을 열 때 엉겁결에 밖으로 나온 상인 하나가 바람에 밀려 뒤로 나뒹굴었다.

상인은 일어서려 애썼지만 바람 때문에 버둥거리기만 할 뿐이었다. 모래바람을 뚫고 상인을 구한 것은 소소자였다. 소소자가 상인을 거의 끌다시피 해서 여관 안으로 들어오자 주적자가 문을 닫았다.

여관 안에 있는데도 바람 소리는 고막을 멍멍하게 울릴 만큼 크게 들렸다. 흙을 굳혀 벽돌처럼 쌓은 이층 여관이 이 바람에 버텨줄지 의심스러웠다. 사람들의 웅성거림이 들렸다. 여관 사람들이 모두 넓은 현관으로 모여든 것이다.

"무슨 일이오?!"

능숙한 한어로 묻는 상인은 바람 소리 때문에 거의 고함을 질러댔다. 차림새로 봐서는 이슬람 사람 같았다.

"젠장! 당신들이 모르는데 초행(初行)인 우리가 어떻게 알겠소?"

소소자의 말에 상인이 영문을 모르겠다는 표정을 지었다.

"미란은 이렇게 강풍이 치는 곳이 아니오! 십오 년 동안 비단길을 다녔지만 미란에서 이런 바람을 만나기는 처음이오!"

우르르릉!

여관이 금방이라도 무너질 것처럼 흔들렸다. 밖에 나온 사람들은 모두 겁먹은 표정으로 바닥에 납작 엎드렸다. 서 있는 사람은 주적자 일행뿐이었다. 체르샤만 빼고…….

"아무래도 그 굉음 때문에 생긴 바람 같은데?"

소소자의 말에 주적자는 동감을 표했다.

"평소와 다르다면 분명 그럴 이유가 생긴 거겠지."

"왜 우리가 지나갈 때 하필 이런 일이 생기는 거지요?"

체르샤가 머리 위에 손을 얹고 울상을 지었다.

"다른 곳에서는 다른 사람이 '하필' 이란 일을 당하고 있을지도 모르니 징징거리지 마!"

소소자는 체르샤에게 쏘아붙이고 주적자를 봤다.

"괜찮을까? 이 여관 어째 불안해 보이는데. 여관이 무너지면 우리를 인솔할 카라반이나 낙타도 모두 죽을 텐데. 그리고 여기 있는 사람들도 말이야."

그는 엎드려 있는 사람들을 걱정스런 눈으로 보았다. 소소자가 걱정하는 사태가 일어난다면 난감할 수밖에 없었다. 주적자는 벽을 툭툭 건드린 후 고개를 끄덕였다.

"기초가 어떻게 됐는지 모르지만 벽은 여느 벽돌로 쌓은 것보다 단단하군."

주적자의 말이 무색하게 여관이 심하게 흔들렸다. 천장에서 흙이 우수수 떨어지는 것으로 보아 금방이라도 무너질 것 같았다.

"젠장! 식량(?)도 없이 걸어가야 하는 것 아니야?"

이각 후, 소소자의 걱정은 단순히 기우로 끝났다. 바람은 언제 불었나 싶게 갑자기 멈췄고 건물의 흔들림도 멎었다. 천장에서 떨어진 흙더미를 머리에 얹은 사람들은 하나둘 고개를 들었다. 여기저기서 안도의 한숨이 터져 나왔다.

"가볼까?"

소소자의 말에 왕족발이 물었다.

"어딜요?"

"어디 긴 어디야? 소리가 들린 곳이지!"

"왜요?"

소소자는 한심하다는 표정으로 왕족발을 보았다.

"의문나는 점이 있으면 풀어야지."

"왜요?"

"알고 싶으니까 그렇지, 이 멍청한 놈아!"

소리를 지르고 돌아서는 소소자의 등으로 다시 왕족발의 질문이 부딪쳤다.

"그러니까 그 귀찮은 짓을 왜 하냐구요?"

왕족발을 째려 본 소소자는 고개를 절레절레 흔들었다.

"넌 여기서 잠이나 퍼 자라. 우리 둘만 갔다 올 테니까."

"나도 갈래요."

하긴 주적자가 가는데 화백이 안 따라갈 리가 없었다.

"그럼 저도 갈래요."

체르샤가 옷을 툭툭 털며 말했다.

"젠장! 달밤에 체조할 일 있나, 왜 다들 고생을 못해 안달인지."

왕족발은 투덜거리며 자신의 방이 있는 이층 계단을 밟았다. 밖으로 나와서 본 마을 풍경은 온통 금빛이었다. 월광(月光)에 반사된 모래가 마을을 세 자 두께로 덮고 있었다. 하긴 그만한 바람이 불었는데 푹 파묻히지 않은 것이 다행이었다.

그들이 마을에서 오십 장 정도 떨어졌을 때 뒤에서 뛰어오는 소리가 들렸다. 보지 않아도 누군지 알 수 있었다.

"넌 잔다고 해놓고 왜 기어나온 거야?"

왕족발이 가까이 오자 소소자가 핀잔을 줬다.

"잠이 안 와서 산책 나온 거요."

"그럼 다른 곳으로 가! 쫄래쫄래 따라오지 말고!"

"내 발로 내가 가는데 소 의원이 무슨 상관이오? 아이구, 달도 밝다."

그 말대로 모래바람이 지난 후의 달은 전보다 훨씬 밝아진 것 같았다.

"어휴―! 여자나 밝히는 쓸모없는 녀석은 데려오는 것이 아닌데."

소소자와 왕족발이 티격태격하는 사이 넘은 커다란 모래언덕 너머에는 또 그만큼 큰 장애물이 가로막고 있었다. 소리가 난 곳이 어느 정도 떨어졌는지 확실치 않았기 때문에 계속 가기가 망설여졌다. 딱히 무슨 일인지도 모르는 일에 낭비할 시간이 없었다.

하지만 호기심 많은 소소자는 계속 가고 싶은 눈치였다. 왕족발이 그런 소소자에게 또 제동을 걸었다.

"대체 어디까지 갈 생각이에요?"

"왜 따라와서 사람 귀찮게 굴어, 이 화상(畵像)아! 가서 잠이나 퍼질러 자!"

"당신 고집 때문에 다른 사람들이 쉬지도 못하잖아요!"

"뭐가 내 고집……!"

소소자의 말을 뚫고 화백의 목소리가 들렸다.

"저게 뭐죠?"

주적지는 화백의 시선을 쫓아 고개를 돌렸다. 달 아래, 그만큼이나 밝은 조그만 빛이 그들을 향해 다가오고 있었다. 그것은 분명 날개가 달린 여인이었다. 몸에서 빛이 나는 것과 날개가 있는 것만 빼고는 인간의 여인과 다름이 없었다.

"페리!"

체르샤가 놀람에 찬 음성을 토해냈다.

"저것의 이름이 페리냐?"

"네. 불의 정령입니다. 대부분 인간이 닿지 않은 산의 오지나 호수

밑바닥에 무리를 이루어 살지요. 사막에 나타날 이유가… 아! 어쩌면 이 녹원의 밑바닥 어딘가에 터를 잡았을지도 모르겠군요. 하지만 저렇게 사람 눈에 띌 정도로 날아다니지는 않는데……."

주적자는 페리가 백 장 가까이 왔을 때 움직임이 매우 불안정하다는 것을 알았고, 조금 더 다가오자 비로소 상처가 있다는 걸 발견했다. 비둘기의 그것 같은 날개는 털이 듬성듬성 빠져 있었고 옆구리에서도 피가 배어 나왔다.

"상처를 입은 것 같군. 가서……."

주적자는 페리의 뒤를 쫓는 물체를 발견하고 말을 멈췄다. 그것은 사람의 몸에 사자의 머리를 가진 이상한 '것'이었다. 등에 달린 두 쌍의 날개를 힘차게 젓는 '그것'은 페리보다 훨씬 빨랐고 크기도 열두 자에 달했다.

"저건 뭐지?"

주적자가 페리의 뒤를 쫓는 '그것'을 향해 손가락질하며 물었다. 체르샤는 잘 보이지 않는 듯 눈을 가늘게 떴다. 잠시 실눈을 뜨고 있던 체르샤의 눈이 그보다 열 배는 더 크게 벌어졌다.

"에킴무!"

"그게 뭔데?"

소소자의 물음에 체르샤는 주적자의 옷깃을 다급하게 잡아끌었다.

"빨리 이곳을 벗어나야 해요!"

"저게 뭔데 그래?"

"빨리 도망가야 한다니까요!"

따악!

소소자는 체르샤의 뒤통수를 사정없이 후려쳤다.

"이 자식아! 뭔지 알아야 도망을 가든 싸우든 할 거 아니야!"

"저, 저것은 바람의 마족 파주주의 부하예요. 저 에킴무도 강하지만 파주주는 누구도 상대할 수 없는 마족이라구요! 에킴무가 나타났다는 것은 근처에 파주주가 있다는 걸 뜻해요! 흉포한 파주주에게 정기를 빨리고 싶지 않다면 어서 도망쳐야 해요!"

체르샤는 주적자의 옷깃을 마구 잡아당겼지만 꼼짝도 하지 않았다. 주적자는 금방이라도 따라잡힐 것 같은 페리를 보며 눈살을 찌푸렸다. 그야 상관없는 일에 굳이 나서고 싶지 않았지만 참견을 하고 싶은 사람이 분명 있을 것이다. 주적자는 소소자를 보았다.

"그러니까 앞에 있는 여자가 좋은 편이고, 뒤쪽이 나쁜 놈이란 뜻이지?"

역시 소소자는 그냥 넘어갈 것 같지 않았다.

"그럼 오지랖 넓은 짓 좀 해볼까?"

그는 주적자를 향해 씨익 웃고 모래를 박찼다. 앞으로 치달리는 그의 손에는 어느새 여섯 개의 침이 들려 있었다.

"어쩔 수 없군."

주적자가 몸을 날리자 화백도 뒤를 따랐다.

"뭐가 어떻게 돌아가는지 원."

왕족발도 중얼거리며 행동을 같이했다.

"제발 돌아와요! 파주주가 화낸단 말이에요."

체르샤는 이러지도 저러지도 못하고 발만 동동 굴렀다. 소소자와 페리 사이는 빠르게 가까워졌다. 다가오는 그들을 발견한 페리가 소리를 질렀다.

"도와주세요!"

또로롱또로롱 우는 새소리 같은 목소리를 내는 그녀의 언어는 이슬 람 제국의 것이었다.

끼이익—!

에킴무가 긴 울음을 터뜨리며 페리를 빠르게 따라붙었다. 녀석과 페 리의 거리는 채 십 장이 되지 않았다. 주적자는 소소자의 머리를 뛰어 넘어 앞으로 나갔다. 그가 페리와 이십 장 가까이 다다랐을 때 소소자 가 던진 비침이 머리 위를 스치고 지났다.

찌르릉!

비침은 대기를 둥글게 말아 잔떨림을 만들어냈다. 주적자와 페리의 거리가 십 장 정도 떨어졌을 때 비침이 페리 어깨를 스쳐 갔다. 그리고 일 장 뒤에 있는 에킴무의 어깨를 꿰뚫었다.

끼아악—!

고통스런 비명을 지른 에킴무의 몸이 주춤 멈출 때 주적자의 검이 뽑힘과 동시에 허공을 갈랐다.

기파는 쩌렁 하는 소리를 만들며 대기를 날카롭게 쪼개놓았다. 막 중심을 잡아가던 에킴무의 목을 기파가 갈랐다. 우뚝 멈춘 에킴무 목 에서 피화살이 뿜어지더니 이내 목이 떨어졌다.

머리가 모래 위에 닿기도 전에 에킴무의 몸은 먼지처럼 부서져 갔 다. 어깨에서 시작된 붕괴는 빠르게 아래로 번졌다. 에킴무는 주검도 없이 그렇게 허공으로 흩어져 버렸다.

"괜찮소?"

페리는 소소자의 품에서 일어서려 안간힘을 썼지만 몸만 꿈틀거릴 뿐이었다.

"그냥 있으시오."

페리는 소소자의 소매를 잡고 애원했다.

"부쿠브 카키슈를… 지켜야 해요. 무슨 일이 있어도… 그걸 넘겨주면…….."

그녀는 자신의 목숨보다 부쿠브 카키슈라는 정체 모를 것에 더 집착했다.

"그게 뭔지 몰라도 일단 당신부터 치료해야겠소."

소소자는 말을 하고 난감한 표정을 지었다. 사람이 아닌 정령의 치료법을 그가 알 리 없었다.

"아니요, 전 이미… 틀렸어요. 빨리 가서… 제 동족들을 도와… 부쿠브 카키슈를 지켜… 주세요."

혼신의 힘을 짜내 말한 페리는 고개를 떨궜다. 여전히 눈은 뜨고 있었지만 그것이 삶을 의미하는 것이 아니었다. 죽은 페리의 볼을 타고 눈물 한 방울이 또르르 굴러 떨어졌다. 그녀 몸에서 빛나던 빛이 잘게 쪼개지는가 싶더니 갑자기 불길이 화악 일어났다.

소소자는 화들짝 놀라 페리에게서 물러섰다. 순식간에 불덩이로 변한 그녀의 시신은 한 줌의 재도 남기지 않고 사라져 버렸다.

"그녀는 불의 정령이기 때문에 죽으면 그렇게 타서 사라지죠. 대기의 정령으로 변한 거예요."

어느새 따라온 체르샤가 말했다. 어리둥절한 표정을 짓던 소소자가 물었다.

"부쿠브 카키슈가 뭔지 아냐?"

"부쿠브 카키슈? 아! 부쿠브 카키슈는 고대에 살았던 괴물 이름이에요. 온몸이 황금과 백은으로 되어 있고, 엄청난 크기와 괴력을 가지고 있다고 전해지지요. 그것 외에는 아는 것이 없어요. 그런데 갑자기 부쿠브 카키슈는 왜요?"

소소자의 얼굴은 여전히 영문을 알 수 없다는 표정 그대로였다.

"아무래도 체르샤가 말하는 부쿠브 카키슈는 아닌 것 같지? 그런 괴물을 지켜달라고 할 리가 없잖아."

주적자는 페리가 날아왔던 방향을 보았다. 달은 아까보다 더 모래산에 가까워져 있었다. 소소자가 그의 어깨를 툭 건드렸다.

"뭐 해? 일단 가고 보자."

걸음을 옮기려는 소소자를 주적자가 잡았다.

"꼭 페리의 일에 끼어들어야겠냐?"

"무슨 소리야?"

"이건 우리와 상관없는 일이잖아."

소소자는 씨익 웃음을 지어 보였다.

"살면서 나와 상관있는 일들만 하고 살 수는 없잖아. 그러려면 혼자 살아야지."

말을 한 소소자는 걸음을 옮겼다. 다른 사람들과는 상관없이 혼자서라도 가겠다는 의지가 뚜렷했다.

"정말 못 말릴 참견꾼이군."

왕족발은 말을 하고 힐끔 주적자를 보았다. 왕족발도 가고 싶은 기색이 역력했다. 아마 소소자 혼자 보내기가 걱정돼서일 것이다.

'어차피 아침에 출발할 것이니 시간을 낭비하는 것도 아니지. 며칠 자지 않아도 상관없고.'

주적자는 그렇게 생각하고 땅을 박차 소소자를 앞질렀다.

"이왕이면 서두르자구!"

"주 보표님! 파주주가 있을 거라니까요!"

체르샤도 소리를 지르며 따라왔다. 그들은 두 개의 모래언덕을 빠르게 넘었다. 가장 앞장서서 몸을 날리던 주적자는 언덕의 가장 낮은 곳에서 멈췄다. 유난히 짙은 색의 모래는 분명 물을 머금고 있었다. 주적자는 이십 장 높이의 모래언덕을 올려다보았다.

끼이익—!

멀리서 에킴무가 내뱉었던 괴성이 들렸다. 주적자는 몸을 위로 솟구쳤다. 단숨에 모래언덕의 정상에 선 그의 시야에 놀라운 광경이 펼쳐졌다.

십 리 가까이 떨어진 아득히 저 먼 곳. 수백 마리의 에킴무들이 떼지어 날아다니고 있었다. 주적자의 시선은 그중 가장 큰 녀석에게 고정되었다.

'저게 파주주라는 마수일까?'

그의 곁으로 일행이 속속 도착했다. 주적자와 화백만이 멀리 떨어진 광경을 똑똑히 볼 수 있었고, 나머지는 그저 떠도는 먼지 정도의 크기로밖에 확인할 수 없을 것이다. 물론 왕족발의 눈에는 아예 띄지도 않겠지만.

"뭐예요?"

왕족발의 물음은 체르샤에게 향한 주적자의 질문에 묻혀 버렸다.

"저게 파주주냐?"

주적자가 손가락으로 가리켰지만 체르샤는 고개를 저었다. 체르샤가 육안으로 확인하기에는 너무 먼 거리였다.

"가까이 가보면 알겠지."

소소자가 먼저 나섰고, 주적자가 뒤를 따랐다.

"난 안 갈래요!"

체르샤가 꽁무니를 뺐다. 하지만 누구도 그에게 신경 쓰지 않았다.

"정말 안 갈 거예요!"

그 목소리를 들으면서도 주적지는 걸음을 멈추지 않았다. 혼자 남기가 더 무서울 테니 결국 따라올 것이고, 그 예상은 맞아떨어졌다. 헐레벌떡 따라오는 체르샤를 일별한 주적자가 소소자에게 말했다.

"체르샤의 말로는 상당히 강력한 적인 것 같은데 괜한 일에 나서는 것은 아닐까?"

"그럴지도 모르지만 곤경에 처한 자를 보고 그냥 지나칠 수는 없잖아."

"페리는 사람이 아니야."

소소자는 커다란 눈을 초승달 모양으로 만들며 말했다.

"어차피 우리 또한 사람이 아니잖아."

상당히 아플 법한 이야기를 아무렇지 않게 말하는 소소자였다.

"난… 만약 영원히 흡혈귀로 살게 된다면… 이 세상을 조금 더 적극적으로 살고 싶어. 탈명침의 모습과 비슷하게."

소소자가 중간중간 말을 끊은 것은 숨이 차서가 아닐 것이다. 가장 불행한 예상을 전제하고 거기서 최선을 찾는 고통이 배어 있는 까닭이었다.

주적지는 소소자의 뒤통수를 보다가 이내 앞서서 나아갔다. 아픔을 느끼는 소소자의 뒷모습조차 보고 싶지 않았다. 범인에게는 십 리가 먼 거리이지만 바람처럼 달리는 그들은 순식간에 거리를 좁힐 수 있었다.

주적자와 화백뿐 아니라 소소자도 제법 똑똑히 볼 수 있을 정도로 가까워졌다.

"정말 고약하게 생겼군. 크기도 엄청나게 크고."

소소자가 말대로 파주주는 거대, 그 자체였다. 거리가 오백 장 정도 떨어져 있어서 확실한 크기를 가늠할 수 없었지만 그가 싸웠던 붕보다 두 배가량 큰 것 같았다.

"그냥 도망치고 싶어지는데."

장난처럼 말하는 소소자는, 그러나 걸음을 늦추지는 않았다.

사막 위에 떠서 날갯짓을 해대던 파주주의 시선이 갑자기 그들 쪽으로 향했다. 아니, 정확히 그들과 파주주의 중간쯤이었다. 파주주의 눈길이 머문 곳에는 페리가 희미한 빛을 뿜으며 날아오고 있었다.

"부쿠브 카키슈가 저기 있다! 쫓아라!"

파주주가 사자의 앞발 같은 손을 들어 가리키자 에킴무들이 일제히 페리를 향해 돌진했다. 주적자는 소소자를 뒤로하고 혼신의 힘을 다해 페리에게 다가갔다. 그는 파주주나 에킴무들보다 훨씬 빨리 페리를 만날 수 있었다. 불안하게 비행을 하던 페리는 주적자와 십 장 거리를 두고 결국 땅으로 추락했다.

무언가가 페리의 품에서 빠져나오더니 달려가는 주적자의 품으로 절묘하게 떨어졌다. 마치 일부러 던진 것 같았다. 주적자는 허공에 뜬 한 자 반 크기의 사각형 금빛 상자를 받아 들었다.

바닥에 쓰러진 페리는 힘겹게 고개를 들더니 끊어질 듯 말 듯한 목소리로 말했다.

"그것을… 소그디아나에 있는… 무그산… 셰두에게… 전해…….."

페리는 말을 끝맺지 못하고 고개를 떨궜다. 그녀의 몸은 곧 파랗고 붉은 불꽃으로 변해 형체도 없이 사라졌다. 주적자는 손에 든 상자를 보았다. 이 안에 부쿠브 카키슈가 들어 있는 것이 분명했다.

끼이익―!

그는 날카로운 소리에 눈길을 정면으로 돌렸다. 수백 마리의 에킴무들에 섞여 파주주가 날아오는 것이 보였다. 주적자는 등에서 검을 빼들고 상자를 허리 뒤쪽으로 돌려 묶었다.

"저 마족, 상당히 강하군요."

화백은 안색을 딱딱하게 굳히고 말했다. 그녀가 이처럼 긴장하는 표정을 짓기는 처음이었다. 소소자가 도착하고 다음 왕족발과 체르샤가 나란히 주적자 뒤에 섰다.

에킴무들은 곧바로 공격하지 않고 겁을 주듯 그들 주위를 떼 지어 날아다녔다.

쿠웅!

파주주가 이십 장 앞에 내려섰다. 자욱한 모래 뒤로 달이 만들어낸 그림자가 그들을 시커멓게 덮어버렸다.

"킁킁!"

툭 튀어나온 시커먼 코를 벌렁거리던 파주주가 입을 열었다.

"너희들은 한 명만 빼고 모두 사람이 아니군."

커다란 목소리는 그래서 더욱 듣기가 거북했다. 파주주는 다시 한 번 코를 킁킁거린 후 말했다.

"셋은 흡혈귀 냄새가 나고 하나는 잘 모르겠는걸. 뭐 같으냐?"

파주주의 물음은 사람 모습에 박쥐 날개를 단 요괴에게 향했다. 귀 바로 위에 작은 뿔이 난 요괴는 보통 사람보다 큼에도 불구하고 파주주 옆에 있으니 완두콩만하게 보였다. 질문을 받은 요괴는 고개를 갸우뚱한 후 대답했다.

"확실히는 모르겠습니다만 정령의 냄새가 나는군요. 한 번도 접해보지 못한 새로운 종류입니다."

저들이 얘기를 하는 사이에도 에킴무들은 정신없이 주적자 일행의 머리 위를 날아다녔다. 어떤 에킴무는 스치듯이 그들을 지나쳤다.

"뭐든 상관없겠지. 죽이고 빼앗으면 그만이니까."

파주주의 말에 소소자가 비침을 꺼내며 말했다.

"저것이 우리를 완전히 장기판의 졸(卒)로 아는데?"

"이, 이제 우리는 죽은 목숨이에요."

체르샤가 금방이라도 울 듯한 얼굴로 징징거렸다. 소소자는 못마땅한 표정으로 돌아본 후 주적자에게 말했다.

"네가 저 우두머리를 맡아라. 나머지는 우리가 처리할 테니까."

말만큼 간단한 일이 아니라는 것은 소소자도 잘 알 것이다. 너무도 막강해 보이는 파주주를 상대하는 거나 수백 마리의 에킴무와 싸우는 것 모두 쉽지 않았다.

주적자는 화백을 보고 말했다.

"네가 다른 일행들을 좀 보호해 줘야겠다."

지금 가장 믿을 수 있는 아군은 역시 화백이었다. 그녀는 완강하게 고개를 저었다.

"싫어요. 주 가가와 함께 싸울 거예요."

"이번만은 내 부탁을 들어줘. 내 걱정은 하지 말고 다른 사람들 안전을 살펴줘. 난 네가 걱정하지 않아도 될 만큼 충분히 강하니까."

솔직히 자신이 파주주를 꺾을 수 있을 정도로 강한지 확신할 수 없었다. 아까 마을에서 만난 바람을 파주주가 일으킨 것이라면 그것만으로도 감당하기 힘든 적임에 분명했다.

사방으로 어지럽게 날아다니는 에킴무들 때문에 그들은 서로 등을 맞대고 둥글게 섰다. 끼이익거리는 울음소리가 송곳처럼 고막을 후벼 팠다.

"제길! 별 이상한 것들과 싸움을 하는군."

왕족발이 수라도를 이리저리 옮기며 투덜거렸다. 주적자 일행 중 가장 죽을 확률이 높은 사람이 바로 왕족발이었다. 그의 실력이 가장 달리니 어쩔 수 없는 일이었다.

"부쿠브 카키슈를 빼앗아라!"

드디어 파주주의 명령이 떨어졌다. 어지럽게 날아다니던 에킴무들이 일제히 그들을 향해 내리꽂혔다. 경계를 하거나 망설이는 기색은 찾아볼 수 없었다. 파주주나 에킴무들에게 주적자 일행은 먹잇감 이상도 이하도 아니었다.

가장 먼저 소소자가 손을 떨쳤다. 비침은 엄청난 속도로 회전을 하며 허공을 갈랐다. 예전에 소소자가 던지던 비침보다 족히 열 배는 강했다. 비침 주위의 대기가 둥글게 말리는 것을 보면 알 수 있었다.

께에엑!

가장 먼저 비침에 목이 뚫린 에킴무가 비명을 질렀다. 회전력 때문에 구멍 크기는 무려 주먹이 들어갈 정도로 컸다. 하지만 워낙 큰 덩치 탓에 에킴무는 힘없이 떨어질 뿐 곧바로 숨이 끊어지지는 않았다.

주적자는 소소자가 여덟 개의 침을 모두 뿌리는 것을 보고 모래를 박찼다. 그를 네 마리의 에킴무가 동시에 덮쳤다. 주적자보다 족히 두 배는 큰 에킴무는 그를 깔아뭉개서 죽일 기세였다.

그는 허공으로 치솟으며 검을 휘둘렀다. 분분히 흩날리는 모래 알갱이가 검파에 일 자로 갈라졌다. 그 끝에 있던 네 마리의 에킴무 목에서 동시에 피가 터져 나왔다. 주적자는 에킴무 특유의 비명을 뒤로하고 파주주를 향해 몸을 날렸다.

양쪽에서 네 마리, 앞뒤에 각각 한 마리씩의 에킴무가 마치 인간이 합공을 하듯 동시에 공격을 들어왔다. 녀석들이 가까이 다가오기를 기다린 주적자는 최대한 빠르게 위로 솟구쳤다. 앞뒤에서 오던 에킴무가 미처 멈추지 못하고 충돌하며 머리가 산산조각으로 박살났다.

양쪽의 에킴무는 가까스로 충돌을 피한 후 주적자를 향해 치솟았다. 날카로운 이빨을 드러내는 그들의 커다란 아가리로 주적자의 기파가 쏟아졌다. 두 번을 그었는데도 머리는 거의 동시에 쪼개졌다.

주적자는 자욱한 피를 뿌리는 에킴무의 머리를 차고 허공을 갈랐다. 기회를 보며 날아다니던 에킴무 다섯 마리가 재수없이 그의 앞을 막아서다 목과 몸통이 반 토막으로 쪼개졌다.

스물두 마리의 에킴무를 벤 주적자는 파주주와의 거리를 십 장으로 좁혔다.

퍽!

낮은 소리와 함께 허벅지 뒤쪽에서 화끈한 고통이 찾아왔다. 황급히 고개를 돌리자 날카로운 발톱에 그의 살점을 달고 날아가는 에킴무가 보였다. 워낙 에킴무들의 수가 많았기 때문에 소리로써 그들의 위치를 모두 파악하기란 불가능했다. 주적자는 한 번의 성공에 득의해서 재차 공격해 오는 에킴무의 골을 반으로 쪼개 버렸다.

자욱한 피만 날릴 뿐 주검은 어느 곳에도 남아 있지 않았다. 주적자는 여섯 마리의 에킴무를 더 벤 후 뒤를 돌아보았다. 다행히 땅에 쓰러진 일행은 보이지 않았다.

화백은 몸에서 긴 실을 뽑아내 에킴무들을 닥치는 대로 사냥하고 있었고, 가장 걱정스러웠던 왕족발은 소소자와 한 조를 이뤄 고군분투를

했다.

소소자가 먼저 침을 날려 상처를 입히면 왕족발이 마무리를 하는 식이었다. 위태위태해 보였지만 화백이 간간이 도와줬기 때문에 잘 버티고 있었다. 체르샤는 모래 속으로 숨었는지 보이지 않았다.

주적자는 가장 큰 적인 파주주에게 시선을 돌렸다. 몸이 너무 커서 겨우 아래턱밖에 볼 수 없었지만 몸이 잘게 떨리는 것으로 보아 상당히 놀라는 것 같았다.

그의 검에 다시 두 마리의 에킴무가 죽을 때 파주주의 시선이 아래쪽으로 떨어졌다. 턱을 가슴에 붙여 주적자를 보는 파주주의 얼굴에는 분노가 서렸다. 사자의 표정을 확실히 알 수는 없지만 주적자의 느낌은 그랬다.

파주주가 입을 열어 무슨 말을 뱉었지만 알아들을 수가 없었다.

"그냥 흡혈귀가 아니구나. 네놈들은 누구냐?"

겨우 알아들을 수 있게 뱉어낸 말은 이슬람 제국의 언어였다. 앞에 것은 다른 나라 말이거나 마족의 언어였는지도 모른다.

"그냥 지나가는 행인이지."

파주주는 주적자를 물끄러미 내려보다 말했다.

"혹시 발키리아의 힘을 받은 놈들이냐?"

"발키리아?"

당연히 들어본 적이 없는 이름이었다. 그의 표정을 읽었는지 파주주가 중얼거렸다.

"아닌가 보군. 그럼 다행이지."

씨익—!

털 달린 파주주의 입가가 좌우로 벌어졌다. 상당히 보기 거북한 웃음이었다. 파파주 입에서 침 한줄기가 모래 위로 떨어졌다.

퍼엉!

단지 침일 뿐인데 그 엄청난 크기 때문에 폭포가 떨어진 듯 모래가 사방으로 흩어졌다. 주적자는 끈끈한 액체가 섞인 모래를 피해 옆으로 훌쩍 몸을 날렸다. 이제 더 이상 그에게 덤벼드는 에킴무는 없었다.

"오랜만에 강한 놈들의 제대로 된 영기를 먹겠구나."

말을 한 파주주는 날개를 활짝 폈다. 아무리 작은 파주주의 움직임에도 주위는 바람과 모래로 요동을 쳤다. 주적자는 모래가 전신을 강타해도 물러서지 않았다. 저렇게 큰 덩치를 상대하는데 거리를 두면 불리했다. 어떻게든 몸에 달라붙어 싸움을 끝내는 것이 좋았다. 그것이 붕과의 결투에서 얻은 소중한 경험이었다.

우우우웅—!

파주주가 가볍게 날갯짓을 하자 한 치 앞도 볼 수 없는 모래바람이 불어왔다. 주적자는 허리를 낮게 구부리고 검을 내려뜨렸다. 무언가가 머리 위에서 막대한 힘으로 떨어졌다. 시야를 집중시킨 그는 비로소 그것이 사자 앞발처럼 생긴 파주주의 손이라는 것을 알았다. 주적자는 지체하지 않고 옆으로 몸을 날렸다.

쿠웅!

그가 있던 자리에 삼 장 깊이의 모래 구덩이가 파였다. 허공에서 몸을 비튼 주적자는 파주주의 손을 향해 검을 휘둘렀다. 기파가 모래를 일 자로 가르며 허공을 갈랐다.

파아—!

기파가 적중하며 파주주 손 근처의 털이 사방으로 흩날렸다. 하지만 피는 보이지 않았다. 검이 닿지 않는 공간까지 벨 수 있는 기파였지만 거리에는 한계가 있었고, 파주주의 가죽이 너무 두꺼웠다.

주적자는 파주주의 안쪽으로 방향을 잡았다. 그때 엄청난 양의 모래가 그를 향해 쏟아졌다. 파주주가 손에 잡힌 모래를 던진 것이다.

"허업!"

다급한 숨을 뿜은 주적자는 천추근을 이용해 아래로 떨어졌다. 하지만 그 넓은 범위를 감싸고 오는 모래를 모두 피하지는 못했다. 온몸으로 날카로운 통증이 파고들었다. 상처를 입을 정도는 아니었지만 가고 싶은 방향으로 옮기는 것을 포기해야 했다.

막 바닥으로 내려서는 주적자의 머리로 다시 파주주의 발이 덮쳤다. 독수리의 그것 같은 발은 단숨에 그를 짙은 그림자로 가려 버렸다. 주적자는 물러서지 않고 전면을 향해 모래를 박찼다.

찌이익!

거대한 뒤쪽 발톱 끝에 걸린 옷이 길게 찢어졌다. 하지만 주적자는 상처없이 파주주의 뒤쪽으로 돌아갈 수 있었다.

쿠웅!

엄청난 굉음과 진동을 느끼며 그는 파주주의 발을 향해 뛰어올랐다.

푸욱!

소나무의 껍질처럼 균열이 간 다리에 검이 깊숙하게 파고들었다. 워낙 거대한 탓에 껍질조차 뚫지 못한 듯 피는 보이지 않았다. 주적자는 가로로 줄이 그어진 다리 틈을 차고 위로 솟구쳤다.

파주주가 심하게 다리를 털었지만 그의 움직임을 막지는 못했다. 두 번 도약을 하자 비로소 팔 두께만큼이나 굵은 털 속으로 들어갈 수 있었다. 주적자는 검을 집어넣은 후 털을 잡고 계속 위로 올라갔다. 모든 생물의 급소인 목까지 다다라 일격에 숨통을 끊는 것이 가장 효과적이기 때문이다.

물론 파주주의 급소가 다른 것들과 같은지는 알 수 없지만 가장 높은 가능성을 택하는 게 현명한 선택이었다. 한참 동안 다리를 털며 요동 치던 파주주의 움직임이 멎었다. 갑자기 사라진 움직임은 작은 불안을 가지고 왔다.

'왜?'

주적자는 털을 잡고 동정을 살폈다. 털이 워낙 빽빽하게 들어차 있었기 때문에 귀를 의존할 수밖에 없었다. 잠시 그렇게 있던 주적자는 털 잡은 손에 힘을 줘 위로 솟아올랐다. 뭔가를 이루기 위해서는 움직여야 했다.

그가 네 번의 도약으로 육 장 가까이 올라갔을 때, 갑자기 다리가 꿈틀하고 움직였다. 이전처럼 격렬하지 않은 것으로 보아 몸의 다른 부분이 활동하며 생긴 경련 같았다. 주적자는 퍼뜩 파주주가 붕과는 다르다는 것을 깨달았다. 크기의 문제가 아니라 파주주는 붕에게 없던 손이 있는 것이다.

깨달음과 고통은 동시에 찾아왔다. 그는 등에 엄청난 압력을 느끼며 앞쪽으로 거세게 밀려갔다. 두꺼운 털이 피부에 스치며 화끈한 고통을 안겨줬다. 주적자는 저 엄청난 힘에 반항해 봤자 소용없다는 것을 깨닫고 몸에 힘을 뺐다. 지금으로써는 딱딱한 곳에 부딪혀 몸이 누른 오징어처럼 변하지 않기를 바라는 수밖에 없었다. 전신을 최대한 유연하게 해서 옆으로 빠질 기회를 노리는 것도 한 방법이었다.

털이 수북한 탓에 한참 동안 앞으로 밀리던 주적자는 가슴이 파열되는 고통을 느꼈다. 몸이 산산조각나서 사방으로 흩어지는 것 같았다.

"끄윽—!"

억누른 신음을 토한 주적자는 숨을 몰아쉬었다. 가슴에 찾아온 또 다른 고통은 삶을 의미했다. 다행히 몸이 사분오열(四分五裂)로 찢어진 것 같지는 않았다. 주적자는 감았던 눈을 떴다.

회색 점액이 끈끈하게 달라붙은 벽 같은 것이 시야에 들어왔다. 양쪽으로 고개를 돌린 주적자는 안도의 한숨을 쉴 수밖에 없었다. 그가 살아난 것은 살 속에 파인 균열 부분에 몸이 들어간 때문이었다. 그야말로 천운이었다.

주적자는 뒤늦게 풍기는 고약한 냄새에 코를 찡그리며 몸을 돌렸다. 수많은 털이 몸을 감싸고 있는 탓에 움직이기가 쉽지 않았다. 그는 허리 쪽의 상자가 무사한 것을 확인한 후 작은 몸짓으로 신체의 이상 여부를 살폈다. 다행히 심하게 다친 곳은 없었다. 털이 스치며 얼굴과 손에 약간의 찰과상을 입은 정도였다.

'어느 정도 올라왔을까? 무릎? 허벅지?'

알 수 없었다. 설사 허벅지까지 왔다고 해도 올라갈 높이는 십 장이 훨씬 넘었다. 최소한 여섯 번은 도약해야 하는데 이런 식의 공격을 피한다는 것은 불가능했다. 뛰어오르며 피하기에는 파주주의 손이 너무 컸다.

쓰아악ー! 쓰아악ー!

눈앞의 털이 좌우로 움직이며 듣기 거북한 소리를 토해냈다. 확인 사살을 하는 심정으로 손을 문지르는 것 같았다. 주적자는 파주주의 움직임이 멈추기를 기다렸다.

잠시 후 털이 일제히 고개를 들어 그에게서 멀어졌다. 손을 뗐다는 뜻이었다. 주적자는 호흡을 가다듬고 조심스럽게 움직였다. 몸을 최대한 가볍게 한다면 그의 이동을 눈치 채지 못할 것이다.

주적자는 넝쿨이 드리워진 절벽을 타는 심정으로 털을 잡고 올라갔다. 지금 중요한 건 시간이 아니라 목 근처까지 무사히 도착하는 일이었다. 털을 번갈아 옮겨가며 움직이는 그의 뒤쪽에서 소란이 일어났다. 털들이 일제히 좌우로 밀려나며 언뜻 연회색의 무언가가 스쳐 갔다.

　그것은 의심할 나위 없이 파주주의 손톱이었다. 그를 찾아 이를 잡듯이 더듬고 있는 것이다. 주적자는 속도를 조금 높였다. 손톱은 아래쪽에서 점점 그를 향해 올라오고 있었다. 최대한 빠르게 올라가지 않는 이상 다가오는 손톱을 앞지를 수는 없었다.

　이대로 간다면 저 날카로운 손톱에 잡히는 것은 시간문제였다. 그렇다고 몸을 노출시키는 것 또한 위험천만한 일이었다.

　'어떻게 한다?'

　위로 올라가며 생각을 하는 주적자의 등에 섬뜩한 느낌이 전해졌다. 손톱이 나타났다 사라지는 거리로 보아 그에게 오려면 아직 두 번 정도의 여유가 있었는데 벌써 닿은 것이다. 어쩌면 미세한 그의 움직임을 감지했는지 모른다.

　주적자는 황급히 몸을 위로 솟구쳤다. 하지만 이미 닿은 손톱은 그를 자유롭게 움직이도록 놔두지 않았다. 양쪽 겨드랑이에 차가움이 전해지더니 이내 갈비뼈가 부서지는 듯한 고통이 찾아왔다.

　휘이잉―!

　자의와는 상관없는 움직임 속에서 바람이 밀려왔다. 파주주의 손톱 사이에 끼어 밖으로 나온 것이다. 황토색 모래땅이 빠르게 눈앞을 스쳐 갔다. 십오 장이 넘는 높이에서 심하게 흔들리자 어지러움이 밀려왔다.

등에 넣은 검 손잡이를 잡는 주적자의 눈앞에 파주주의 검은 콧등이 나타났다. 그 너머 저 깊숙한 곳에 위치한 눈이 살기로 번들거렸다.

"벼룩 같은 놈, 넌 죽었어."

*　　　　*　　　　*

토이틀은 머리의 카라마일을 벗으며 말했다.

"상당한 에너지를 품고 있지만 엘릭서가 아니에요."

"확실하냐?"

당과가 재차 확인을 했다.

"네. 과거에도 이번 것과 비슷한 기운을 세 번이나 느꼈죠. 물론 이번에 나타난 건 전에 것들보다 훨씬 강력한 에너지를 품고 있지만 엘릭서에 비할 바는 아니죠."

"엘릭서를 한 번도 접해보지 못했으면서 에너지의 크기로 가늠한다는 것은 앞뒤가 맞지 않군."

"당신은 엘릭서를 몰라서 그래요! 엘릭서는 세상에서 가장 강한 힘입니다! 나타나면 바로 알 수 있어요!'"

엘릭서 얘기만 나오면 흥분하는 토이틀이었다.

"알았어. 하지만 혹시 모르니 이번에 나온 '것'이 어디 있는지 그거나 알려줘."

"설마 내 말을 못 믿고 이번에 밖으로 나온 '것'을 엘릭서로 믿는 것은 아니겠죠?"

"밑져야 본전이니까. 딱히 할 일도 없으니 그거나 찾아보지."

사실 그녀는 이곳에 오면 권태를 떨칠 수 있을지 모른다는 기대를 했다. 하지만 이곳은 체르샤의 말대로 그냥 '심심한 곳'이었다. 크지도 않은 산과 호수, 차디찬 성벽, 이국적이지만 신선할 것도 없는 초라한 집과 사람들. 주적자가 오고 있지 않다면 벌써 떠났을지도 모른다.

"당신이 정 원한다면……."

토이틀은 말을 하고 긴 장포의 앞 단추를 풀었다. 장포 안에는 달랑 속옷 하나만 걸치고 있어서 빼빼 마른 몸이 모두 드러나 보였다. 그런데 특이하게 아랫배와 허리 둘레가 반원으로 불룩불룩 솟아 있었다. 내부에 구슬이라도 들어 있는 것 같았다.

토이틀은 배꼽 근처를 더듬다가 왼쪽 옆구리로 손을 옮겼다. 그의 손이 갑자기 옆구리의 살을 뚫고 쑤욱 들어갔다. 이상하게 피는 한 방울도 나지 않았다.

옆구리를 빠져나온 토이틀의 손에는 푸른색 수정구가 들려 있었다.

"이 수정구 안의 붉은 점이 있는 방향으로 가다 보면 만나게 될 겁니다. 열여섯 개의 눈금이 그려져 있기 때문에 방향을 놓칠 염려는 없습니다. 가까워지면 붉은 점이 중앙으로 점점 이동하게 되어 있죠."

토이틀은 수정구를 힐끔 보고 왼쪽으로 고개를 돌렸다.

"지금은 동쪽에 있군요."

당과는 '동쪽'이라는 말에 반사적으로 주적자를 떠올렸다. 그가 오고 있는 방향과 일치했다.

"이리 줘."

당과는 수정구를 갈무리한 후 지하실 계단을 밟아 올라갔다. 토이틀만 빼고 전원이 그녀의 뒤를 따랐다.

"가면 '그것'이 뭔지 가지고 오세요. 나도 궁금하니까요. 아! 잠깐만요."

토이틀의 부름에 당과는 걸음을 멈추고 돌아보았다. 토이틀이 옆구리에서 또 하나의 파란 수정구를 빼 그녀에게 던졌다.

"이걸 가져가세요."

수정구를 받아 든 당과가 물었다.

"이건 뭐지?"

"텔레툴이라고 하는데 일종의 신호기입니다. 갑자기 엘릭서가 나타날지도 모르니 가지고 계세요. 제가 신호를 보내면 텔레툴이 떨리면서 붉은색으로 변할 겁니다. 그러면 서둘러 오세요."

"그러지."

그녀는 대답을 하고 지하실을 나섰다. 오두막 문을 열자 검은 대기가 그녀를 감쌌다. 이곳도 여름에 가까워진 듯 후텁지근한 열기를 품고 있었다.

"정말 엘릭서도 아닌 '그것'을 찾으러 갈 건가요?"

드라칸이 시큰둥하게 물었다. 긴 여정을 끝낸 지 얼마 되지도 않았는데 또 길을 떠난다는 것이 못마땅한 모양이다.

"엘릭서인지 아닌지 가서 확인을 해봐야지. 넌 인간 마법사의 능력을 절대적으로 믿는 모양이지만 난 아니야."

"뭐… 저도 완전히 믿지는 않지만, 설사 그게 엘릭서라고 해도 우린 알아볼 수가 없잖아요."

"그러니 가서 가져와서 토이틀에게 보여줘야지. 그게 확실한 방법일 테니까."

당과는 말을 하고 드라칸을 물끄러미 쳐다보았다. 드라칸도 한참 동안 당과에게 시선을 주다가 얼굴을 문질렀다.

"제 얼굴에 뭐가 묻었나요?"

"박쥐로 변신을 해야 할 것 아냐."

"네? 아! 그렇군요."

드라칸은 그 자리에서 훌훌 옷을 벗고 양팔을 벌렸다. 바닥에 떨어진 그의 옷을 챙기는 것은 왕족쌍의 몫이었다.

"타세요."

박쥐로 변한 드라칸이 친절한 마부처럼 말했다. 세 여인이 모두 등에 올라타자 드라칸은 힘찬 날갯짓을 했다. 하늘로 솟아오른 지 얼마 되지도 않았는데 대기는 금세 차가워졌다.

당과는 수정구에서 눈길을 떼고 동쪽을 보았다. 그녀는 '혹시 주적자를 만나는 건 아닐까?' 라는 생각을 하다가 쓴웃음을 지었다. 자신의 모든 행동이 주적자를 중심으로 돌아가는 듯한 기분을 느꼈다.

'그것도 나쁘지 않겠지. 같이 있을 수만 있다면. 하지만……'

그녀는 고개를 저어 부정적인 생각을 떨치려 애썼다. 지금은 걱정 같은 건 집어치우고 엘릭서를 찾는 데 집중해야 했다.

'그것이 주적자와의 관계를 해결하는 방법이니까.'

그녀의 근심을 싣고 드라칸은 힘찬 날갯짓을 했다. 동쪽으로… 동쪽으로……

〈8권으로 이어집니다〉

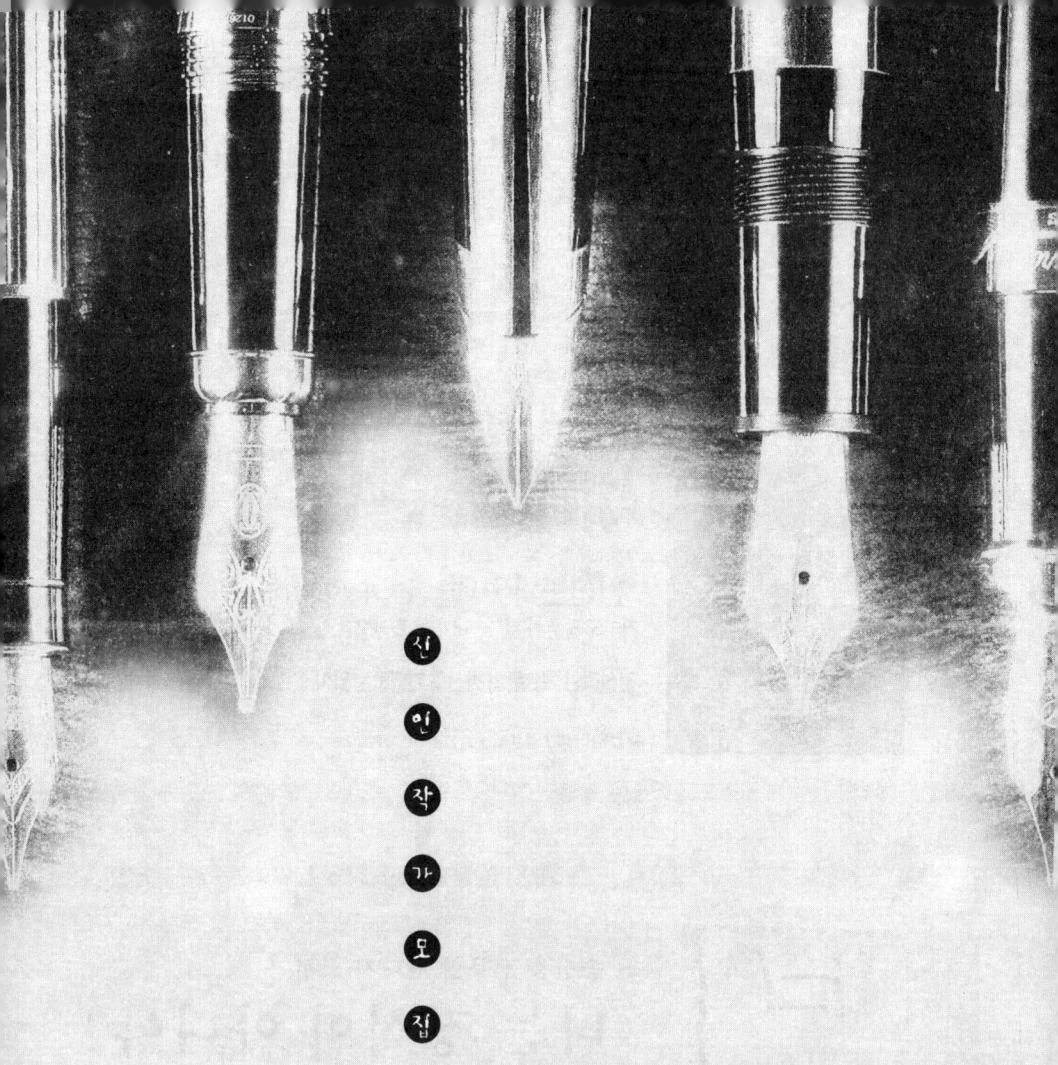